HEYNE BÜCHER

SCIENCE FICTION

Vom selben Autor erschienen in den
Heyne-Büchern die Science-Fiction-Romane

Weltraummollusken erobern die Erde · Band 3043
Ein Doppelleben im Kosmos · Band 3049
Bewohner der Milchstraße · Band 3054
Die Reise in die Zukunft · Band 3087
Revolte auf Luna · Band 3132/3133
Ein Mann in einer fremden Welt · Band 3170/71/72
Die Straße des Ruhms · Band 3179/3180
Farmer im All · Band 3184/3185
Die Zeit der Hexenmeister · Band 3220
Die Entführung in die Zukunft · Band 3229
Die sechste Kolonne · Band 3243

ROBERT A. HEINLEIN

UTOPIA 2300

Science-Fiction-Roman

Deutsche Erstveröffentlichung

WILHELM HEYNE VERLAG
MÜNCHEN

HEYNE-BUCH Nr. 3262
im Wilhelm Heyne Verlag, München

Titel der amerikanischen Originalausgabe
BEYOND THIS HORIZON
Deutsche Übersetzung: Birgit Reß-Bohusch

Printed in Germany 1971
Redaktion und Lektorat Günter M. Schelwokat
Umschlag: Atelier Heinrichs & Bachmann, München
Gesamtherstellung: H. Mühlberger, Augsburg

1

Es gab keine Probleme mehr: Arme weilten nicht mehr unter ihnen; die Kranken, Lahmen, Bresthaften und Blinden gehörten der Geschichte an; die Ursachen der früheren Kriege waren abgeschafft; sie besaßen mehr Freiheit, als der Mensch je genossen hatte. Eigentlich mußten alle glücklich sein . . .

Hamilton Felix verließ den Lift im dreizehnten Stock des Finanzministeriums, betrat einen Förderweg zur Linken und hielt vor einer Tür mit folgender Aufschrift an:

BÜRO FÜR WIRTSCHAFTSSTATISTIK
Abt. Analyse und Vorhersage
Direktor
PRIVAT

Er gab die Kode-Kombination ein und wartete die Sichtkontrolle ab. Sie erfolgte prompt; die Tür ging auf, und eine Stimme sagte: »Komm herein, Felix.«

Er trat ein, warf einen Blick auf sein Gegenüber und stellte fest: »Du bist der achtundneunzigste.«

»Der achtundneunzigste was?«

»Der achtundneunzigste Miesepeter seit zwanzig Minuten. Es handelt sich um ein Spiel, das ich eben erfunden habe.«

Monroe-Alpha Clifford sah verwirrt drein, ein Ausdruck, den er in Gegenwart seines Freundes Felix des öfteren trug. »Und worin besteht der Witz? Wahrscheinlich hast du auch die anderen gezählt?«

»Natürlich. Achtundneunzig Trauerweiden, die eben ihre engsten Angehörigen zu Grabe getragen hatten, und sieben glückliche Gesichter. Aber ich mußte einen Hund mitzählen, damit es sieben wurden.«

Monroe-Alpha warf Hamilton einen kurzen Blick zu, um zu ergründen, ob der Freund scherzte. Aber er war sich nicht sicher – bei Hamilton konnte man nie wissen. Seine Bemerkungen wirkten oft scherzhaft, wenn nicht gar unsinnig. Auch schienen sie nicht den goldenen Regeln des Humors zu folgen – Monroe-Alpha bildete sich etwas auf seinen Sinn für Humor ein und war bekannt dafür, daß er seinen Untergebenen die Notwendigkeit eines gesunden Humors predigte. Aber Hamiltons Gehirn schien seine eigenen, ein wenig unheimlichen und unlogischen Wege zu verfolgen, die in sich vielleicht folgerichtig waren, aber nach außen hin keine Beziehung zur realen Welt hatten.

»Aber worin besteht der Zweck deiner Aufstellung?« fragte er.

»Benötigt sie einen Zweck? Ich sage dir doch, ich habe das Spiel eben erst erfunden.«

»Aber deine Zahlen sind zu spärlich, um irgend etwas von Bedeutung zu ergeben. Mit so wenigen Daten läßt sich keine richtige Kurve zeichnen. Außerdem sind die Vorbedingungen unkontrolliert. Deine Ergebnisse bedeuten überhaupt nichts.«

Hamilton warf einen Blick zur Decke. »Höre mich an, Großer Bruder«, sagte er leise. »Lebendiger Geist der Vernunft, leihe Deinem Diener gnädiglich Dein Ohr. In dieser Deiner größten und blühendsten Stadt steht das Verhältnis von Essiggesichtern zu freundlichen Mienen vierzehn zu eins – und *er* sagt, das bedeute nichts.«

Monroe-Alpha sah verärgert drein. »Laß den Spott«, meinte er. »Außerdem ist das Verhältnis sechzehn ein Drittel zu eins. Den Hund hättest du nämlich nicht mitzählen dürfen.«

»Ach, vergessen wir die Sache«, erwiderte sein Freund. »Was macht der Wettlauf mit den Zahlen?«

Er schlenderte durch das Zimmer, hob hier und da einen Gegenstand auf, legte ihn unter Monroe-Alphas aufmerksamen Blikken wieder hin und blieb schließlich vor dem großen Integrier-Computer stehen. »Es dürfte bald Zeit für deine vierteljährliche Vorhersage sein, nicht wahr?«

»›Es dürfte nicht bald‹ – es *ist* Zeit. Ich hatte eben das erste Gesamtprogramm eingespeist, als deine Anmeldung kam. Möchtest du es sehen?« Er trat an die Maschine und drückte auf einen Hebel. Eine Fotokopie glitt aus einem Schlitz. Monroe-Alpha nahm sie und reichte sie Hamilton, ohne auch nur einen Blick darauf zu werfen. Das war nicht nötig. Er hatte dem Computer die richtigen Daten eingegeben und besaß die ruhige Sicherheit, daß die richtige Antwort herauskommen würde. Morgen würde er das Problem noch einmal nach einer anderen Prozedur bearbeiten. Wenn die beiden Lösungen dann innerhalb der gegebenen Toleranzen nicht übereinstimmten, würde er sich für die Zahlen selbst interessieren. Aber so etwas kam nie vor. Die Zahlen waren für seine Vorgesetzten bestimmt; ihn ging nur der Rechenvorgang etwas an.

Hamilton betrachtete die Lösung vom Standpunkt des Laien. Er würdigte wenigstens teilweise die ungeheure Menge an Einzelheiten, die in dieser simplen Lösung steckten. Auf zwei Kontinenten hatten Menschen die ihnen vom Gesetz zuerkannte Tätigkeit ausgeübt – sie hatten gekauft, verkauft, hergestellt, konsumiert, gespart, verschwendet, gegeben, empfangen. Eine Gruppe von Leuten in Altoona, Pennsylvanien, hatte ungedecktes Aktienkapital freigegeben, um Forschungen für eine neue Methode zur Eisengewinnung aus minderwertigen Erzen zu unterstützen. Die Freigabe war vor allem in Neu-Bolivar begrüßt worden, wo durch den gewaltigen Erfolg der tropischen Gartenstädte entlang des Orinoko (»Gönnen auch Sie sich einen Streifen Paradies!«) Guthaben im Überfluß vorhanden waren. Vielleicht war es der Einfluß der handelstüchtigen Holländer in der gemischten Kultur dieser Region, der diesen Boom eingeleitet hatte. Und der lateinamerikanische Einfluß in der gleichen Region bewirkte vielleicht, daß zur gleichen Zeit ein lebhafter Touristenverkehr weg vom Orinoko einsetzte — nach Lake Louise, Patagonien und Sitka.

Egal. All die komplizierten und ineinander verzahnten Transaktionen erschienen in der Lösung, die Hamilton in der Hand hielt. Ein Kind aus Walla Walle öffnete sein Sparschwein (heimlich, mit einem ängstlichen Blick auf die Tür), holte die mühsam angesammelten Münzen hervor und kaufte sich ein entzückendes, unübertreffliches Spielzeug davon, das nicht nur gewisse Bewegungen vollführen konnte, sondern auch noch die passenden Geräusche dazu machte. Irgendwo in den Innereien der automatischen Spielzeugladen-Kasse wurden vier Löcher auf eine Rolle Papier gestanzt; der Artikel erschien in der Kostenaufrechnung des Besitzers und in den Rechnungen einer endlosen Kette von Verteiler-, Transport-, Verarbeitungs-, Rohstoffe- und Service-Firmen, bei Ärzten, Anwälten, Kaufleuten und Geschäftsführern — Welt ohne Ende.

Das Kind (ein launischer, blondgeschopfter kleiner Fratz, der seinen Planern und Ernährern noch Kummer bereiten würde) hatte noch ein paar Münzen übrig, für die er Diät-Bonbons erstand (»Kaufen Sie unsere Süßigkeiten — garantiert keine Bauchschmerzen!«); der Kauf wurde zusammen mit vielen anderen bei der Seattle-Automaten-Firma registriert.

Das aufgebrochene Sparschwein und seine Verkettungen erschienen in den Zahlen, die Hamilton betrachtete — als Bruchteil eines Bruchteils einer supermikroskopischen Information, deren Auswirkung sich noch nicht einmal in der fünften Stelle hinter dem Komma zeigte. Monroe-Alpha wußte nichts von diesem einen Sparschwein, als er seine Aufstellung machte — er würde auch nie davon erfahren — aber es gibt Zehntausende von Sparschweinen, eine große, aber durchaus zählbare Anzahl von Unternehmen, mit Erfolg oder ohne, geschäftstüchtig oder nicht, Millionen von Herstellern, Millionen von Konsumenten, jeder mit einem Scheckheft, auf dem gewichtige Symbole stehen — der Kies, das Moos, der Zaster, die Kröten, die Piepen, die Eier, das Pulver, die Blauen, die Zechinen, der Mammon.

Sie alle, die klimpernden Blechstücke und die Scheine, vor allem aber auch die Symbole, die nichts anderes waren als Unterschriften eines ehrenhaften Mannes, Versprechungen sozusagen; sie alle oder ihre Schatten passierten den engen Schlund von Monroe-Alphas Computer und erschienen da als Winkelgeschwindigkeiten, dreidimensionale Nockenanordnungen, Elektronendichtungen, Nebenspannungen und so weiter. Und das alles wiederum ergab ein dynamisches, abstrahiertes Strukturbild vom Wirtschaftsleben einer ganzen Hemisphäre.

Hamilton betrachtete die Fotokopie. Die Neuinvestierung des angesammelten Kapitals verlangte nach einer Erhöhung der öffentlichen Subventionen für Einzelhandelskonsumgüter um drei Komma eins Prozent und nach einer Erhöhung der monatlichen Familienunterstützung um zwölf Dollar pro Kopf — außer der Politische Rat entschloß sich zu einer anderen Verteilungsmethode der sozialen Zuwachsrate.

»›Tag für Tag, ich weiß nicht, wie es gehen mag, vermehrt mein Reichtum sich‹«, sagte Hamilton. »Hör mal, Cliff, deine Geldmaschine ist ein großartiger Mechanismus. Das Huhn, das goldene Eier legt . . .«

»Ich verstehe zwar deine klassischen Anspielungen«, erwiderte Monroe-Alpha, »aber der Computer ist alles andere als eine Produktionsmaschine. Er ist ein Buchhalter, kombiniert mit einem gewissen Vorhersagetalent.«

»Das ist mir klar«, meinte Hamilton geistesabwesend. »Du, Cliff — was würde geschehen, wenn ich die Axt nähme und deinem kleinen Spielzeug die Eingeweide zertrümmerte?«

»Man würde dich nach deinem Motiv fragen.«

»Spiel nicht den Beschränkten. Ich meine, was würde mit dem Wirtschaftssystem geschehen?«

»Ich nehme an, du willst voraussetzen, daß wir keine Ersatzmaschinen haben. Jeder der Regionalcomputer könnte . . .«

»Sicher. Jage sie alle zum Teufel.«

»Dann müßten wir uns der mühsamen Methode der Versicherungsstatistik zuwenden. Das würde zu ein paar Wochen Verzögerung und größeren Fehlerquoten führen, die wir bei der nächsten Vorhersage auszubügeln hätten. Keine folgenschwere Tat.«

»Das nicht. Ich möchte folgendes wissen: Wenn niemand den Verbraucher-Produktions-Zyklus vorherberechnen könnte — was würde geschehen?«

»Deine Annahme ist so weit hergeholt, daß ich ihr kaum Bedeutung beimessen kann«, stellte Monroe-Alpha fest. »Aber gesetzt den Fall, es wäre so. Dann hätten wir eine Reihe von Panikzuständen und Booms wie im zwanzigsten Jahrhundert. Im Extremfall müßten wir sogar mit Krieg rechnen. Aber natürlich ist das unmöglich — die strukturelle Natur des Finanzwesens ist zu tief in unserer Kultur verwurzelt, als daß der Pseudo-Kapitalismus zurückkehren könnte. Jedes Kind versteht die Grundlagen der Produktionsberechnung, bevor es die erste Stufe des Entwicklungszentrums hinter sich hat.«

»Ich habe sie nicht verstanden.«

Monroe-Alpha lächelte tolerant. »Das kann ich kaum glauben. Du kennst das Gesetz von der Stabilen Geldwirtschaft.«

»In einer stabilen Wirtschaft muß die schuldenfreie neue Währung gleich der Netto-Investierung sein«, zitierte Hamilton.

»Richtig. So hat es Reiser formuliert. Reiser war ein kluger Kopf, aber er hatte die Eigenschaft, einfache Dinge kompliziert auszudrücken. Es gibt eine viel simplere Anschauungsweise. Die Vorgänge des Wirtschaftssystems sind im einzelnen so vielfältig und enthalten so viele Versprechungen für spätere Zeitpunkte, daß die Menschen psychologisch nicht in der Lage sind, diese Vorgänge ohne ein Symbolsystem zu durchschauen. Wir sprechen von einem ›Finanz‹-System, und unser Symbol heißt ›Geld‹. Die symbolische Struktur sollte in einem Verhältnis von eins zu eins zur tatsächlichen Struktur von Produktion und Konsum stehen. Meine Aufgabe ist es, das tatsächliche Anwachsen der tatsächlichen Vorgänge zu erfassen und dem Politischen Rat Vorschläge zur Veränderung der symbolischen Struktur zu machen, damit sie wieder mit der tatsächlichen Struktur übereinstimmt.«

»Verdammt will ich sein, wenn du die Erklärung vereinfacht hast«, beklagte sich Hamilton. »Aber laß nur – ich sagte nicht, daß ich das System nicht verstünde. Lediglich als Kind begriff ich es nicht gleich. Aber ganz ehrlich – wäre es nicht simpler, ein Kollektivsystem einzuführen? Dann hätten wir endlich Ruhe.«

Monroe-Alpha schüttelte den Kopf. »Die Finanzstruktur beruht auf einer allgemeinen Theorie und gilt für alle Staatsformen. Ein rein sozialistisches Land müßte für seine Kostenberechnung ebenso ein Symbolsystem einführen wie ein Land mit freien Unternehmern. Der Grad des öffentlichen oder privaten Besitztums ist nicht eine Frage der Wirtschaft, sondern der Kultur. Nahrungsmittel beispielsweise sind kostenlos, aber . . .«

»Moment, mein Freund. Du hast mich eben an einen meiner beiden Besuchsgründe erinnert. Hattest du schon etwas für heute abend vor?«

»Eigentlich nicht. Ich wollte mich um neun mit meiner Orthofrau treffen, doch bis dahin bin ich frei.«

»Sehr schön. Ich habe ein neues Restaurant im Meridian-Block entdeckt, das einige Überraschungen für den Verdauungstrakt bietet. Führt garantiert zu Magenbeschwerden, hat der Küchenchef versprochen.«

Monroe-Alpha sah zweifelnd drein. Er hatte schon des öfteren seine Erfahrungen mit der gastronomischen Abenteuerlust seines Freundes gemacht. »Warum suchen wir nicht unsere Kantine auf? Ich sehe nicht ein, daß ich gutes Geld für schlechtes Essen bezahlen soll, wenn eine kostenlose, ordentliche Diät vertraglich festgelegt ist.«

»Weil mir noch eine einzige kostenlose, ordentliche Diät den Magen umdrehen würde.«

Monroe-Alpha schüttelte den Kopf. »Ich hasse Menschenansammlungen.«

»Du haßt Menschen überhaupt?«

»Nein, das nicht — wenigstens nicht als Einzelwesen.«

»Aber du magst sie auch nicht sonderlich. Ich liebe Menschen. Menschen sind komischer als alle anderen Geschöpfe. Sie denken sich die verrücktesten Dinge aus.

Monroe-Alpha sah ihn grämlich an. »Und *du* bist wohl der einzige Normale in der Umgebung?«

»Ich? Du liebe Güte, nein. Ich stelle einen besonderen Witz dar. Wenn ich einmal mehr Zeit habe, erzähle ich ihn dir. Aber paß auf — noch etwas. Ist dir schon meine neue Waffe aufgefallen?«

Monroe-Alpha warf einen Blick auf Hamiltons Halfter. Bis dahin war ihm tatsächlich entgangen, daß der Freund eine neue Waffe trug. Monroe-Alpha hätte es vielleicht zur Kenntnis genommen, wenn Hamilton ganz unbewaffnet gekommen wäre, aber er achtete nicht sonderlich auf solche Dinge und konnte sich zwei Stunden mit einem Mann unterhalten, ohne anschließend zu wissen, ob er einen Stokes-Koagulator oder einen gewöhnlichen Nadler getragen hatte.

Doch nun, da er darauf hingewiesen worden war, erkannte er sofort, daß Hamilton eine neuartige Waffe trug. Irgendwie sah sie plump und primitiv aus. »Was ist das?« fragte er.

»Ah!« Hamilton zog die Waffe aus dem Halfter und reichte sie dem Freund. »Hoppla! Einen Augenblick! Du weißt nicht, wie man damit umgeht, und ich möchte nicht, daß du aus Versehen Selbstmord begehst.« Er drückte auf einen Hebel seitlich des Griffs und ließ einen flachen Behälter in seine Handfläche gleiten. »So — ich habe das Ding entschärft. Schon mal etwas Ähnliches gesehen?«

Monroe-Alpha untersuchte die Waffe. »Ja, ich glaube schon. Ein Museumsstück, nicht wahr? Eine Detonationshandwaffe.«

»Richtig und falsch. Das Ding ist fabrikneu, aber es stellt die Kopie einer Waffe aus der Smithsonian-Sammlung dar. Man nannte es früher 45er Automatik.«

»Fünfundvierzig was?«

»Eigentlich Null Komma fünfundvierzig Zoll.«

»Zoll? Mal sehen, wie viele Zentimeter sind das?«

»Wie? Oh — drei Zoll ergeben einen Yard, und ein Yard entspricht etwa einem Meter. Nein, das kann nicht stimmen. Egal, jedenfalls bedeutet die Zahl den Durchmesser des Geschosses. Hier. Sieh dir eines an.« Er löste eine der Patronen. »Beinahe daumengroß, nicht wahr?«

»Detoniert wahrscheinlich beim Aufprall?«

»Nein. Es bohrt sich nach innen.«

»Das klingt nicht besonders wirksam.«

»Freund, du würdest staunen. Die Waffe kann einen Menschen hübsch durchsieben.«

Monroe-Alpha gab ihm die Patrone zurück. »Und bis du ziehst, hat dich dein Gegner mit einem tausendmal schnelleren Nadler erledigt. Chemische Reaktionen sind langsam, Felix.«

»So langsam auch wieder nicht. Es kommt auf die Reaktionszeit des Schützen an. Die Hälfte aller Kämpfer, die frei herumlaufen, haben ihre Nadler bereits eingeschaltet, weil sie nicht schnell ziehen können. Mit diesem Ding bin ich ihnen überlegen. Ich werde es dir zeigen. Hast du irgendeine Zielscheibe in der Nähe?«

»Mmm — das hier ist kaum der rechte Ort für Schießübungen.«

»Beruhige dich. Ich möchte, daß wir gleichzeitig auf irgendein Ziel schießen. Wie wäre es damit?« Hamilton hob einen großen Plastik-Briefbeschwerer auf.

»Gut — meinetwegen.«

Hamilton nahm das Ding, räumte eine Blumenvase weg, die in der Schußlinie stand, und stellte den Briefbeschwerer auf. »Wir beide bleiben in gleicher Entfernung vom Ziel stehen. Ich warte, bis du ziehst — wie bei einer richtigen Auseinandersetzung. Dann versuche ich das Ziel vor dir zu treffen.«

Monroe-Alpha hatte Spaß an dem Wettbewerb bekommen. Er war ein guter Schütze, aber er wußte auch, daß sein Freund noch schneller schoß. Nun hoffte er, diesen kleinen Nachteil zu seinen Gunsten ausgleichen zu können. »Ich bin fertig.«

»Schön.«

Monroe-Alpha zog.

Es folgte ein so lautes, heftiges PENG!, daß er ein Vibrieren auf der Haut fühlte. Danach surrte die Kugel mit einem hellen Ton durch den Raum und blieb in der Wand stecken.

»Verdammt und zugenäht!« sagte Hamilton. »Du mußt entschuldigen, Cliff — ich hatte das Ding bisher immer im Freien getestet.« Er trat an den Tisch, wo der Briefbeschwerer gelegen hatte. »Mal sehen, wie der Kampf ausging.«

Das Plastikmaterial war im ganzen Zimmer verteilt. Es war schwer, irgendwo ein größeres Stück zu finden. »Es wird sich kaum erkennen lassen, ob dein Strahl ihn verbrannt hat.«

»Ich kann es dir sagen — er hat nicht.«

»Wie?«

»Dieses Knallen erschreckte mich so, daß ich gar nicht abdrückte.«

»Tatsächlich? Du, das ist großartig. An diesen Vorteil der Waffe habe ich noch gar nicht gedacht. Sie schockt den Gegner.«

»Ja, sie ist sehr laut.«

»Das ist noch nicht das Wesentliche. Man müßte nicht gleich beim ersten Schuß treffen. Der Gegner wäre so erschrocken, daß man ihn mit dem zweiten Schuß in aller Ruhe erledigen könnte. Außerdem sind die Kampfhähne in der Stadt daran gewöhnt, ihre Feinde so ins Jenseits zu befördern, daß man keine Wunde sieht. Mein Colt dagegen ist blutig. Du hast gesehen, was mit dem Plastik geschah. Stell dir vor, wie die Stirn eines Gegners nach dem Kampf aussieht. Ein Nekrokosmetiker müßte eine Stereomaske anfertigen, damit die Freunde den toten Helden bewundern könnten. Und wer wird dieses Risiko schon auf sich nehmen?«

»Vielleicht hast du recht. Dennoch — mir ist das Ding zu laut. Gehen wir jetzt zum Essen.«

»Guter Gedanke. Sag mal — du hast einen neuen Nagellack. Die Farbe gefällt mir.«

Monroe-Alpha spreizte die Finger. »*Silbermalve*. Du kannst meine Sprühdose ohne weiteres benützen.«

»Nein, danke. Meine Haut ist leider zu dunkel für diese Schattierung. Aber zu dir paßt sie ausgezeichnet.«

Sie gingen in das Restaurant, das Hamilton entdeckt hatte. Monroe-Alpha fragte beim Eintreten automatisch nach einem Privatraum; im gleichen Moment verlangte Hamilton einen Tisch im großen Saal. Sie einigten sich auf einer Nische auf der Galerie. Hier konnte Monroe-Alpha ungestört essen, während Hamilton die Menge unten im Saal beobachtete.

Hamilton hatte das Essen schon ein paar Stunden vorher bestellt. Nur so war es ihm gelungen, den Freund zum Ausgehen zu bewegen. Die Gänge wurden rasch serviert. »Was ist das?« fragte Monroe-Alpha mißtrauisch.

»Bouillabaisse. Eine Mischung aus Suppe und Fischeintopf. Ein gutes Dutzend Fischsorten, Weißwein, und alle möglichen Kräuter und Gewürze. Alles natürliche Zutaten.«

»Das muß ja gräßlich teuer sein.«

»Es ist die Kunst in höchster Vollendung, und dafür zahlt man gern. Außerdem weißt du, daß mir das Geld ganz von selbst zufließt.«

»Ja, natürlich. Ich konnte nie verstehen, weshalb du so großes Interesse an Spielen hattest. Allerdings zahlt es sich aus.«

»Du siehst die Sache falsch an. Ich interessiere mich nicht für die Spiele. Hast du je gesehen, daß ich einen einzigen Dollar an einem Spielautomaten verschwendet habe — ob es nun eine meiner eigenen Erfindungen oder etwas anderes war? Ich habe seit meiner frühen Jugend nicht mehr gespielt. Für mich steht fest, daß ein Pferd schneller läuft als das andere, daß eine Kugel entweder auf Rot oder auf Schwarz liegenbleibt und daß die Drei mehr wert ist als zweimal die Zwei. Aber wenn ich die einfältigen Spielautomaten sehe, mit denen sich die Menschen ihre Zeit vertreiben, dann kommt mir sofort eine Idee, wie man diese Apparate komplizierter und geheimnisvoller gestalten könnte. Wenn ich mich langweile und weiter nichts zu tun habe, zeichne ich eine meiner Ideen auf und schicke sie meinem Agenten. Und kurz danach rollen die Dollars an.« Er zuckte mit den Schultern.

»Was interessiert dich ernsthaft?«

»Menschen. Aber nun iß deine Suppe.«

Monroe-Alpha kostete vorsichtig das Gericht, sah überrascht auf und aß dann mit sichtlichem Vergnügen weiter. Hamilton folgte seinem Beispiel schmunzelnd.

»Felix . . .«

»Ja, Cliff?«

»Weshalb hast du mich zu den achtundneunzig gezählt?«

»Zu den . . .? Ach so, du meinst mein Miesepeterspiel. Tut mir leid, Kamerad, deine Miene erfüllte alle Bedingungen. Wenn du hinter diesem Grabesausdruck Fröhlichkeit besitzt, dann verbirgst du sie gekonnt.«

»Ich habe keine Ursache zum Unglücklichsein.«

»Nein, wenigstens nicht, soweit ich das beurteilen kann. Dennoch siehst du nicht glücklich drein.«

Sie aßen eine Zeitlang schweigend weiter. Dann hob Monroe-Alpha den Kopf. »Weißt du, eigentlich stimmt es. Ich bin nicht glücklich.«

»Tatsächlich? Hmmm – und weshalb?«

»Das weiß ich nicht. Wenn ich es wüßte, könnte ich etwas dagegen tun. Mein Hauspsychiater kann den Grund nicht finden.«

»Du bist auf der falschen Weiche. Ein Psychiater wird zuallerletzt erkennen, was dir fehlt. Diese Leute wissen viel über uns Menschen, aber sie haben keine Ahnung, was wir sind und wie wir funktionieren. Außerdem – hast du je einen dieser Quacksalber erlebt, der selbst normal war? Es gibt keine zwei in ganz Amerika, die ordentlich bis zehn zählen können.«

»Das mag schon stimmen. Er hat mir bisher kaum geholfen.«

»Natürlich nicht. Und weshalb? Weil er von der Annahme ausgeht, daß mit dir etwas nicht stimmt. Er findet den Fehler nicht, und schon sitzt er fest. Auf den Gedanken, daß du ganz normal sein könntest und daß das vielleicht der Haken ist, kommt er gar nicht.«

Der andere sah ihn müde an. »Ich verstehe dich nicht. Aber er behauptet, daß er eine bestimmte Spur verfolgt.«

»Ja?«

»Nun – du weißt, ich weiche von der vorausberechneten Linie ab.«

»Ja, ich weiß«, erwiderte Hamilton knapp. Er kannte die Entwicklungsgeschichte seines Freundes verhältnismäßig gut, aber er hörte es nicht gern, wenn er davon sprach. Irgend etwas in Hamilton rebellierte gegen den Gedanken, daß ein Mensch unwiderruflich das Gen-System darstellte, das die genetischen Planer ausgearbeitet hatten. Außerdem glaubte er nicht, daß man Monroe-Alpha als »abweichend« bezeichnen konnte.

»Abweichend« war ein fragwürdiger Ausdruck. Wenn eine befruchtete Eizelle nach der Verschmelzung von zwei sorgfältig ausgewählten Gameten anders aussieht, als die Genetiker es vorhergesagt haben, der Unterschied aber auch nicht so auffallend ist, daß man von einer Mutation sprechen kann, dann sagt man, die Zygote ist »abweichend«. Es handelt sich nicht, wie allgemein angenommen wird, um einen besonderen Ausdruck für ein genau definiertes Phänomen, sondern um einen Sammelbegriff, der alles umfaßt, was mangelhaftes Wissen nicht genau zu klären vermag.

Monroe-Alpha (dieser besondere Monroe-Alpha, Clifford, 32-847-106-B62) war ein Versuch gewesen, zwei Linien der ursprünglichen Monroe-Alphas wieder zu vereinen, um die glänzende mathematische Begabung seines berühmten Vorfahren festzuhalten und zu verstärken. Aber mathematische Begabung wird nicht durch ein einzelnes Gen oder eine Gen-Gruppe vermittelt. Man ist eher der Auffassung, daß es sich um einen Gen-Komplex handelt, der in einem ganz bestimmten Schema angeordnet ist.

Leider schien dieser Gen-Komplex bei der Monroe-Alpha-Linie eng mit einer neurotischen Abneigung gegen das Leben verbunden zu sein, deren genaue Natur keiner bestimmten Gen-Gruppe zugeordnet werden konnte. Man war jedoch der Überzeugung, daß diese Verbindung nicht notwendigerweise bestehen mußte, und die Genetiker, welche die Gameten für Monroe-Alpha Clifford wählten, glaubten, die unerwünschte Nebenwirkung ausgeschaltet zu haben.

Monroe-Alpha selbst war anderer Meinung.

Hamilton deutete mit spitzem Finger auf seine Brust. »Du hast den Fehler, liebster Freund, daß du dir das Hirn mit Dingen zermarterst, die du nicht verstehst. Deine Planer sagten, daß sie ihr Möglichstes getan hätten, um das auszumerzen, was deinen Urgroßvater dazu brachte, Giftschlangen im Hut spazierenzutragen. Es besteht die winzige Möglichkeit, daß sie sich irrten, aber weshalb versteifst du dich darauf?«

»Meine Urgroßväter taten nichts dergleichen. Sie waren vielleicht Hedonismus-Gegner und . . .«

»Weshalb benimmst du dich dann, als hätte man sie an der Leine führen müssen? Das reicht mir allmählich, mein Freund. Du hast einen besseren Stammbaum als neunundneunzig von hundert und ein Chromosomendiagramm, das so säuberlich wie ein Schachbrett angeordnet ist. Dennoch jammerst du ständig. Wärst du lieber eines von diesen Naturkindern, die ihre Eltern und damit ihre Gene nicht kennen? Würdest du lieber Kontaktlinsen tragen? Möchtest du anfällig gegen ein Dutzend scheußliche Krankheiten sein? Möchtest du, daß dir die Zähne ausfallen und du dein Essen mit einem falschen Gebiß kauen mußt?«

»Nein, selbstverständlich möchte niemand zu den Naturkindern gehören«, meinte Monroe-Alpha nachdenklich. »Aber diejenigen, mit denen ich sprach, kamen mir eigentlich recht glücklich vor.«

»Um so mehr Grund für dich, das unsinnige Grübeln aufzugeben. Was weißt du von Schmerzen und Krankheiten? Du spürst sie ebensowenig wie der Fisch das Wasser. Du besitzt dreimal soviel Geld, als du ausgeben kannst, eine wunderbare Stelle und eine Arbeit, die du selbst wählen konntest. Was erwartest du eigentlich noch mehr vom Leben?«

»Ich weiß nicht, Cliff. Ich weiß es nicht, aber ich bin mir im klaren darüber, daß ich es nicht bekomme. Dräng mich bitte nicht.«

»Entschuldige. Aber nun iß weiter.«

Die Bouillabaisse enthielt mehrere große Krebsschenkel. Hamilton legte einen davon auf das Gedeck des Freundes. Monroe-Alpha betrachtete ihn unsicher. »Sei nicht so mißtrauisch«, meinte Hamilton. »Los, versuche es wenigstens.«

»Wie ißt man das Ding?«

»Du nimmst es mit zwei Fingern und zerbrichst die Schale.« Monroe-Alpha kam der Aufforderung nach, aber die fettige harte Schale rutschte ihm aus den Fingern. Als er versuchte, den Schenkel aufzufangen, schleuderte er ihn durch eine ungeschickte Bewegung über das Geländer der Galerie.

Er wollte aufstehen, aber Hamilton legte ihm die Hand auf den Arm. »Es war meine Schuld«, sagte er. »Ich bringe die Sache wieder in Ordnung.« Er erhob sich und warf einen Blick auf den Tisch direkt unter ihnen.

Er sah den Krebsschenkel nicht sofort, aber er konnte sich ungefähr ausrechnen. wohin er gefallen war. Am Tisch saßen acht Gäste. Zwei von ihnen waren ältere Männer, welche die Friedens-Armbinde trugen. Vier Frauen zählten zu der Tischrunde, und eine davon, jung und hübsch, rieb an ihrem Kleid. Das widerspenstige Krebsbein schwamm in einer Kristallschale mit roter Flüssigkeit direkt vor ihr; Ursache und Wirkung waren leicht zu erraten.

Die beiden übrigen Männer am Tisch waren aufgesprungen. Sie trugen Waffen und starrten zur Galerie herauf. Der Jüngere von ihnen, ein schlanker Mann mit leuchtendrotem Promenade-Anzug, legte die Hand auf die Waffe und wollte etwas sagen. Aber sein Gefährte wandte den Blick von Hamilton ab und sah ihn ruhig an. »Wenn Sie gestatten, Cyril«, sagte er, »das ist mein Vorrecht.«

Man sah, daß der junge Mann nur unwillig nachgab. Er verbeugte sich steif und nahm wieder Platz. Der Ältere erwiderte die Verbeugung sehr korrekt und sah wieder zu Hamilton hinauf. Die Rüsche seiner Manschette berührte das Halfter, aber bis jetzt hatte er die Waffe noch nicht gezogen.

Hamilton beugte sich mit deutlich ausgebreiteten Händen über das Geländer. »Sir, meine Ungeschicklichkeit hat Ihnen das Vergnügen am Mahl genommen und Sie in Ihrer Privatsphäre gestört. Ich drücke Ihnen mein tiefstes Bedauern aus.«

»Habe ich die Versicherung, daß es sich um einen unbeabsichtigten Verstoß handelt, Sir?« Die Blicke des Mannes waren immer noch kühl, aber er zog die Waffe nicht. Allerdings setzte er sich auch nicht.

»Sie erhalten meine Versicherung, Sir, und zugleich meine unterwürfige Entschuldigung. Würden Sie mir gestatten, den Schaden gutzumachen?«

Der andere warf einen Blick auf das Mädchen, dessen Kleid verdorben worden war. Sie zuckte mit den Schultern. Der Mann erklärte: »Das Anerbieten gilt als Tat, Sir.«

»Sir, ich bleibe tief in Ihrer Schuld.«

»Keineswegs, Sir.«

Sie verbeugten sich und wollten eben wieder ihre Plätze einnehmen, als jemand aus der Galerienische ihnen gegenüber rief: »Wo ist Ihre Armbinde?«

Sie sahen beide zu dem Störenfried hinüber. Eine Gruppe von bewaffneten jungen Männern – jedenfalls konnte Hamilton keine Armbinden sehen – flegelte in der Nische, und einer der Männer starrte nun herausfordernd Hamilton an. Hamilton wandte sich an den Mann im Saal. »Mein Vorrecht, nicht wahr, Sir?«

»Ihr Vorrecht. Ich wünsche Ihnen viel Glück.« Er setzte sich und unterhielt sich wieder mit den anderen Gästen am Tisch.

»Sie meinten mich?« fragte Hamilton den Mann auf der Galerie.

»Ganz recht. Sie kamen zu leicht davon. Sie sollten daheim essen – wenn Sie ein Daheim besitzen. Jedenfalls ist es eine Zumutung, sich unter ehrenwerte Gesellschaft zu mischen.«

Monroe-Alpha zupfte Hamilton am Ärmel. »Er ist betrunken«, flüsterte er. »Laß ihn.«

»Ich weiß«, erwiderte sein Freund ebenso leise. »Aber ich habe kaum eine Wahl.«

»Vielleicht kümmern sich seine Freunde um ihn.«

»Mal sehen.«

Die Freunde versuchten tatsächlich, den Störenfried zu beruhigen. Einer von ihnen legte ihm besänftigend die Hand auf den Arm, aber er wehrte sich zornig. Er spürte, daß er Publikum hatte. Der Speisesaal war voll, und obwohl die Gäste ostentativ weiteraßen, war es doch still geworden. »Antworten Sie mir!« rief er.

»Gern«, sagte Hamilton ruhig. »Sie haben getrunken und sind für Ihre Worte nicht mehr verantwortlich. Ihre Freunde sollten Sie entwaffnen und Ihnen eine Friedens-Armbinde überstreifen. Es könnte sein, daß ein anderer Ehrenmann nicht so langmütig ist wie ich und die Tatsache verkennt, daß der Alkohol Ihre Manieren wegschwemmte.«

Die Männer in der Nische berieten sich flüsternd. Hamilton gewann den Eindruck, daß sie seinem Vorschlag positiv gegenüberstanden. Einer von ihnen sprach hartnäckig auf den Betrunkenen ein, aber der Mann schien nicht hören zu wollen.

»Was sagten Sie von meinen Manieren, Sie Fehlplanung?«

»Ihre Manieren sind ebenso vom Alkohol umnebelt wie Ihre Worte. Sie sollten sich schämen, eine Waffe zu tragen.«

Der andere Mann zog rasch, aber er riß die Waffe hoch, wohl in der Absicht, Hamilton am Kopf zu treffen.

Die gewaltige Detonation des 45er Colts ließ alle Bewaffneten im Saal hochspringen. Sie warteten, ob sie eingreifen sollten. Aber der Kampf war bereits vorbei. Eine Frau lachte, kurz und schrill. Der Laut löste die Anspannung. Die Männer steckten achselzuckend ihre Waffen ein und setzten sich wieder. Die Gäste aßen weiter, als sei nichts geschehen – so wollte es das ungeschriebene Gesetz der Gebildeten.

Hamiltons Gegner wurde von seinen Begleitern gestützt. Er wirkte vollkommen überrascht und schien wieder nüchtern geworden zu sein. Ein Blutfleck in der Nähe seiner rechten Schulter wurde rasch größer. Einer der Männer winkte Hamilton mit geöffneter Handfläche zu. Hamilton nahm die Kapitulation mit der gleichen Geste an. Jemand zog die Vorhänge der gegenüberliegenden Nische zu.

Hamilton ließ sich mit einem Seufzer der Erleichterung in die Kissen sinken. »Und das alles wegen eines Krebsschenkels«, stellte er fest. »Darf ich dir noch etwas anbieten, Clifford?«

»Nein, danke«, erwiderte Monroe-Alpha. »Ich werde mich in Zukunft an Löffelgerichte halten. Ich hasse Unterbrechungen während der Mahlzeit. Er hätte dich auch töten können.«

»Dann wäre es deine Aufgabe gewesen, die Zeche zu begleichen. Gib dir keine Mühe, so große Worte stehen dir nicht.«

Monroe-Alpha wirkte verärgert. »Du weißt, daß es mir nicht darum geht. Ich habe zu wenig Freunde, um einen davon in einem albernen Gefecht zu verlieren. Warum hast du keinen Privatraum genommen, als ich dich darum bat?« Er drückte auf einen Knopf unter dem Geländer, und die Vorhänge schlossen sich.

Hamilton lachte. »Eine kleine Aufregung fördert den Appetit.«

In der gegenüberliegenden Nische wandte sich der Mann, der die Kapitulation angezeigt hatte, wütend an den Verwundeten. »Du Idiot! Du hirnverbrannter Idiot! Du hast alles falsch gemacht.«

»Es war nicht meine Schuld«, widersprach der Verletzte. »Nachdem der andere das Vorrecht abgegeben hatte, mußte ich den Betrunkenen spielen und so tun, als hätte ich seinen Gegner gemeint.« Er versuchte vergeblich das Blut wegzuwischen. »Im Namen des Großen Eies, was war das für eine Waffe?«

»Das tut nichts zur Sache.«

»Pah! Ich werde ihn aufsuchen.«

»Gar nichts wirst du. Ein Fehler ist schon genug.«

»Aber ich dachte, er stünde auf unserer Seite. Ich hielt es für einen Teil des Komplotts.«

»Hmm. Wenn es so gewesen wäre, hätte man dir Bescheid gesagt.«

Nachdem Monroe-Alpha sich verabschiedet hatte, um seine Ortho-Frau aufzusuchen, wußte Hamilton nicht recht, was er tun sollte. Das Nachtleben der Hauptstadt bot genug Gelegenheit zum Geldausgeben, aber es war nichts Neues mehr für ihn. So schlenderte er einfach durch die Stadt und beobachtete die Menschen. Die Korridore waren zu eng wie immer, und in den Lifts drängten sich die Abendbummler; der Große Park unter dem Hafen war überfüllt. Wohin wollten die Leute alle? Weshalb die Eile? Was glaubten sie an ihrem Ziel vorzufinden?

Natürlich sah man manchen Leuten an, was sie vorhatten. Die Männer mit Friedens-Armbinden, die sich gelegentlich vorbeidrängten, gingen bestimmt auch zu dieser Stunde irgendwelchen Geschäften nach. Auch die wenigen Männer, die Armbinde und Waffe trugen, hatten ihre Aufgabe: sie waren Mitglieder der Polizeitruppe. Sie besaßen Schußwaffen, durften aber nicht angegriffen werden.

Aber die anderen, die bewaffneten und reich gekleideten Männer und ihre ebenso prunkvollen Begleiterinnen – weshalb zeigten sie solche Eile? Weshalb blieben sie nicht ruhig in ihren Wohnungen? Er erkannte mit einem grimmigen Lächeln, daß er selbst ein Teil der Menge war, daß er sich umherstoßen ließ, weil ihm Menschen Spaß machten. Er wußte, daß er nicht einmalig mit dieser Anschauung dastand. Vielleicht kamen auch die anderen her, um an ihren Mitmenschen die eigenen Verrücktheiten zu bestaunen und zu belachen.

Beträchtliche Zeit später fand er sich in einer kleinen Bar wieder. Er war der letzte Gast an der Theke. Die Anzahl der leeren Gläser neben seinem Ellbogen war beträchtlich. »Herbert«, fragte er schließlich den Besitzer der Bar. »Weshalb führen Sie diese Kneipe?«

Herbert hielt im Gläserwaschen ein. »Um Geld zu verdienen.«

»Eine gute Antwort, Herbert. Geld und Kinder – welche anderen Ziele gibt es? Ich habe zuviel von dem einen und zuwenig vom anderen. Kommen Sie, Herbert. Trinken wir auf Ihre Kinder.«

Herbert füllte zwei Gläser und schüttelte den Kopf. »Suchen Sie sich einen anderen Toast. Ich habe keine Kinder.«

»Verzeihung, ich wollte nicht indiskret sein. Wir trinken auf die Kinder, die ich nicht habe.« Herbert füllte die Gläser aus verschiedenen Flaschen.

»Was haben Sie da für eine Privatmarke, Herbert? Darf ich sie auch einmal versuchen?«

»Sie würde Ihnen nicht schmecken.«

»Weshalb nicht?«

»Ehrlich gesagt, es ist Limonade.«

»Damit trinken Sie einen Toast? Aber Herbert!«

»Verstehen Sie mich nicht falsch – meine Nieren . . .«

Hamilton sah ruckartig auf. Der Wirt lachte gutmütig. »Hätten Sie nicht gedacht, was? Ja, ich bin einer von den wenigen Naturburschen. Aber ich trage noch mein eigenes Haar. Und die Zähne sind zum größten Teil echt. Ich halte mich fit. Bin auch nicht schlechter als die anderen.« Er goß den Inhalt seines Glases in das Spülbecken und schenkte sich etwas aus Hamiltons Flasche ein. »Ach was, ein Schnaps bringt mich nicht um.« Er hob das Glas. »Auf ein langes Leben!«

»Und Kinder«, erwiderte Hamilton mechanisch.

Sie kippten die Gläser. Herbert schenkte nach. »Ja, ja, die Kinder«, begann er. »Jeder Mensch möchte, daß es seine Kinder einmal besser haben als er selbst. Was mich betrifft, ich bin seit fünfundzwanzig Jahren mit der gleichen Frau verheiratet. Wir gehören beide der Wahrheitsgemeinde an und halten nichts von den modernen Verbindungen. Aber Kinder – das haben wir vor langer Zeit geregelt. ›Martha‹, sagte ich zu ihr, ›es ist gleichgültig, was die anderen Brüder und Schwestern denken. Was uns zusteht, steht uns zu. Unsere Kinder sollen die gleichen Vorteile wie andere Kinder haben.‹ Nach einer Weile gelang es mir, sie zu überreden. Wir gingen also zum Eugenik-Ausschuß . . .«

Hamilton versuchte einen Weg zu finden, um die Lebensbeichte des Mannes abzubrechen.

»Ich muß sagen, sie waren freundlich und nett zu uns. Erst baten sie uns, die Sache noch einmal von allen Seiten zu betrachten. ›Wenn Sie eine Gen-Auswahl treffen, können Ihre Kinder nicht mehr den Zuschuß der Natürlichen beanspruchen.‹ Als ob wir das nicht gewußt hätten. Um Geld ging es uns nicht. Wir wollten, daß unsere Kinder groß und kräftig wurden und besser denken konnten als wir. Also bestanden wir auf unserem Recht, und sie legten von uns beiden ein Chromosomen-Diagramm an. Nach ein paar Wochen riefen sie uns wieder zu sich. ›Nun, Doc‹, fragte ich sofort, ›wie sieht die Sache aus? Was sollen wir wählen?‹ ›Sind Sie wirklich ganz fest entschlossen, es zu tun?‹ fragte er. ›Sie sind beide gesunde Menschen, und der Staat braucht auch die Naturkinder. Wenn Sie sich die Sache aus dem Kopf schlagen, bin ich bereit, Ihren Zuschuß zu erhöhen.‹ ›Nein‹, sagte ich, ›ich kenne meine Rechte. Jeder Bürger, auch ein Natürlicher, kann Gen-Kontrolle durchführen.‹ Na, und dann sagte er mir die Wahrheit, mitten ins Gesicht.«

»Ja?«

»Bei uns beiden gab es einfach keine Auswahl.«

»Wie bitte?«

»Es stimmt. Kleinigkeiten vielleicht. Wir hätten den Heuschnupfen meiner Frau ausmerzen können, aber das war so ziemlich alles. Doch es hätte niemals ausgereicht, um unseren Kindern die gleichen Chancen wie anderen zu geben. Das war einfach nicht drin. Sie hatten mir ein Idealdiagramm von den besten Genen zusammengestellt, doch das genügte mir immer noch nicht. Das Maximum stand nämlich nur vier Prozent über unserer Einstufung. ›Außerdem‹, sagte der Doc. ›können Sie mit diesen vier Prozent nicht bestimmt rechnen. Es ist durchaus möglich, daß während Ihrer ganzen Fruchtbarkeitsperiode die günstigsten Gameten niemals zusammentreffen.‹ ›Und wie steht es mit Mutationen?‹ fragte ich ihn. Er winkte bloß ab. ›Erstens ist es verdammt schwer, im Gensystem eines Gameten eine Mutation zu erkennen. Im allgemeinen bemerkt man die Mutation erst, wenn das Lebewesen geformt ist, und versucht dann eine Abweichung zur Norm in den Genen festzustellen. Und zweitens wären in Ihrem Fall an die dreißig Mutationen nötig, damit Sie das Kind bekommen, das Sie sich wünschen. Es ist mathematisch nicht möglich.«

»Und da gaben Sie den Gedanken auf, Gen-Selektion für Ihre Kinder zu treffen?«

»Wir gaben den Gedanken auf, Kinder in die Welt zu setzen – Punkt. Martha bot mir sogar an, ich sollte mich mit einer anderen Frau zusammentun. Sie wollte das Kind anschließend bei sich aufnehmen. Aber ich sagte ihr: ›Das ist nichts für uns, nein.‹«

»Hm, ich verstehe Ihren Standpunkt. Aber eines leuchtet mir nicht ein: Wenn Sie und Ihre Frau natürlicher Herkunft sind, weshalb plagen Sie sich dann mit dieser Kneipe ab? Die Bürgerzuschüsse plus zwei Kontroll-Bewilligungen müßten Ihnen doch ein ordentliches Einkommen verschaffen. Sie sehen nicht so aus, als hätten Sie kostspielige Hobbys.«

»Habe ich auch nicht. Um die Wahrheit zu sagen, wir versuchten es nach der ersten Enttäuschung. Aber es funktionierte nicht. Wir wurden unruhig und nervös. Und schließlich kam Martha zu mir und sagte: ›Herbert, ich muß meinen Frisier-Salon wieder eröffnen, ich kann nicht anders.‹ Ich verstand sie. Und so machte ich die Kneipe auf.«

»Ja, ja.« Hamilton seufzte. »Es ist schon eine sonderbare Welt. Trinken wir noch einen.«

Herbert polierte die Theke, bevor er antwortete. »Mister, ich möchte Ihnen lieber nichts mehr geben – außer Sie lassen Ihre Waffe da und streifen eine Armbinde über.«

»Oh? Wahrscheinlich habe ich genug getrunken. Gute Nacht.«

»Gute Nacht.«

2

Das Telefon begann zu klingeln, als er die Tür hinter sich geschlossen hatte. »Bist du wahnsinnig?« fragte Hamilton. »Ich muß jetzt schlafen.« Die ersten drei Worte waren der Kode, bei dem sich das Gerät automatisch abschaltete; mitten im Klingeln unterbrach es sich.

Hamilton schluckte vorsichtshalber achthundert Einheiten Thiamin, stellte sein Bett auf fünf Stunden Schlaf ein, warf die Kleider in die ungefähre Richtung des Dienstroboters und legte sich hin. Das Wasser in der Matratze stieg sanft an, bis er warm und weich auf der Oberfläche dahinschaukelte. Die Einschlafmusik wurde leiser, als er regelmäßig zu atmen begann. Als seine Herztätigkeit tiefen Schlaf verriet, schaltete sich die Musik ganz ab.

»Es ist so«, erklärte ihm Monroe-Alpha, »wir haben einen Überschuß an Genen. Nächstes Quartal erhält jeder Bürger sechsundneunzig Chromosomen...« »Aber das will ich nicht«, widersprach Hamilton. Monroe-Alpha grinste zynisch. »Du kannst nichts dagegen tun«, sagte er. »Zahlen lügen nicht. Alles hebt sich auf. Ich werde es dir zeigen.« Er trat an den Hauptakku und schaltete ihn ein. Die Musik schwoll an. »Siehst du?« erklärte er. »Das beweist alles.« Die Musik wurde noch lauter.

Und lauter.

Hamilton merkte, daß das Wasser aus seiner Matratze geflossen war und daß er nur auf einer dünnen schwammartigen Schicht lag. Er hob den Arm und stellte den Wecker ab, und im gleichen Augenblick drang die quäkende Stimme des Telefons zu ihm durch. »Kümmere dich um mich, Boß, kümmere dich um mich, Boß, sonst gibt es Schwierigkeiten. Kümmere dich...«

»Noch eine halbe Stunde.« Das Gerät schaltete sich gehorsam ab. Er wählte das Frühstück, trat unter die Dusche und beschloß, für heute die Massage auszulassen. Außerdem hatte er Hunger. Er stellte die Dusche auf vier Minuten ein.

Warmer Seifenschaum hüllte seinen Körper ein und wurde von Luftstrahlen eingerieben. Nach einer Minute lösten scharfe Wasserstrahlen die Luftstrahlen ab. Die Temperatur sank, dann wurde der Druck des Wassers schwächer. Hamiltons Körper prikkelte vor Frische. Er hatte diese Kombination selbst erdacht. Ihm war es gleichgültig, was die Physiotherapeuten sagten.

Der Luftstrahl trocknete ihn, und ihm blieb noch eine volle Minute Zeit zur Massage. Dann streckte er den Kopf ein paar Sekunden in den Dekapillator. Eine feine Düse besprühte ihn mit Parfüm, nachdem er rasiert war. Allmählich fühlte er sich wieder wohl.

Er trank einen Viertelliter Limonensaft und widmete sich ausgiebig dem Kaffee, bevor er die Nachrichten einschaltete.

Sie enthielten nichts, das eine längere Aufzeichnung wert gewesen wäre. Mangel an Neuigkeiten, dachte er, machten das Land glücklich und das Frühstück langweilig. Die Maschine gab ein Dutzend Histörchen mit den jeweiligen Bildern von sich, ohne daß Hamilton sich die Mühe machte, etwas zu verlangsamen oder zu vergrößern. Als er endlich die Hand an den Schalter legte, tat er es nicht, weil die Nachricht wichtig war, sondern weil sie ihn persönlich betraf. Der Sprecher verkündete: »Dianas Glückspark eröffnet!« Die Kameras zeigten zuerst einen aufgehenden Mond, dann die schroffen Krater der Mondlandschaft und schließlich ein bunt beleuchtetes künstliches Paradies. Hamilton drückte auf den Einzelheiten-Schalter.

»Leyburg, Luna. Dianas Glückspark, von seinen Erbauern seit langem als das umfangreichste Vergnügungszentrum der Erde und des gesamten Sonnensystems angekündigt, wurde heute um genau zwölf Uhr zweiunddreißig terranischer Zeit von der ersten Schiffsladung Touristen überschwemmt. Ich habe zwar schon manches Erholungszentrum gesehen, aber ich muß gestehen, daß ich überrascht war. Biographen berichten, daß Ley selbst der Fröhlichkeit sehr zugetan war; während ich auf Luna weile, werde ich einmal sein Grab besuchen. Vielleicht erhebt er sich und mischt sich unter die Menge ...« Hamilton sah nur noch mit halber Aufmerksamkeit die Bilder an und widmete sich seinem halbrohen Steak.

»Die Spielhallen sind voll besetzt; es sieht so aus, als müßte die Geschäftsleitung bald die angrenzenden Räume öffnen. Besonders beliebt sind die Automaten der Glücksrad-Co. – Hamiltons Hexereien, wie man sie nennt.« Das Bild, das dazu gezeigt wurde, enthielt nach Hamiltons Ansicht alles andere als eine dichte Menschenmenge. Man spürte geradezu, daß der Kameramann sich Mühe gab, günstige Szenen zu filmen.

»... Pauschalkarten, die es dem Besitzer gestatten, alle Einrichtungen des Glücksparks zu benutzen. Sie enthalten ferner einen dreitägigen Hotelaufenthalt in Normalschwerkraft-Zimmern und ...«

Er schaltete aus und wandte sich dem Telefon zu. »Verbindung – eins eins eins null.«

»Sonderservice«, sagte sofort eine rauchige Stimme.

»Luna bitte.«

»Selbstverständlich. Mit wem darf ich Sie verbinden, Mister – äh – Hamilton?«

»Hamilton ist richtig. Ich möchte Peter Blumenthal sprechen. Wählen Sie am besten die Geschäftsleitung des Diana-Parks.«

Es dauerte ein paar Sekunden, bis der Schirm aufleuchtete. »Blumenthal am Apparat. Bist du es, Felix? Die Bildqualität bei uns ist miserabel. Überall Streifen.«

»Ja, ich bin es. Ich wollte wegen der Apparate fragen, Pete – was ist los? Kannst du mich nicht hören?«

Das Bild stand drei Sekunden lang still, dann sagte Blumenthal: »Natürlich kann ich dich hören. Vergiß die Zeitverzögerung nicht.«

Hamilton schnitt eine Grimasse. Er hatte die Verzögerung tatsächlich vergessen. Er vergaß sie grundsätzlich. Wenn er das Gesicht seines Gegenübers sah, wollte ihm nicht einleuchten, daß es anderthalb Sekunden dauerte, bis der Partner seine Worte verstand, und weitere anderthalb Sekunden, bis die Antwort zurückkam.

Er war froh, daß es keinen Fernsprechdienst zu den äußeren Planeten gab. Er hätte es nicht ertragen können, zwischen den Sätzen zehn Minuten zu warten. »Entschuldige«, sagte er. »Wieder mal meine Vergeßlichkeit. Wie ging es im Park? Allzuviel schien nicht los zu sein.«

»Oh, selbstverständlich. Ein einziges Schiff ist noch gar nichts. Aber das Geschäft ging gut. Die Leute hatten eine Menge Kleingeld und wollten es auch ausgeben. Wir haben den Bericht an deinen Agenten weitergeleitet.«

»Gut. Ich werde ihn mir ansehen. Aber was mich vor allem interessiert: Welche Apparate haben am meisten eingeschlagen?«

»Der *Verschwundene Komet* und *Sonnenfinsternis* waren ständig belagert.«

»Wie steht es mit der *Todesjagd* und *Wer mit wem*?«

»Nicht so gut, aber noch einträglich. Astronomie ist das große Geschäft, das sagte ich dir voraus.«

»Ja, ich hätte auf dich hören sollen. Paß auf, du könntest die *Todesjagd* sofort ändern. Nenne sie *Flugbahn* und erfinde ein paar Asteroidennamen für die Mobiles. Das ist im Augenblick alles. Ich mache Schluß.«

»Einen Augenblick. Ich habe selbst am *Verschwundenen Kometen* gespielt. Das wird die Masche, Felix.«

»Wieviel hast du verloren?«

Blumenthal warf ihm einen mißtrauischen Blick zu. »Um die achthundertfünfzig, wenn du es genau wissen willst. Wie kommst du auf die Idee, daß ich verloren habe? Arbeitet der Apparat mit Tricks?«

»Aber nein. Du darfst nur nicht vergessen, Pete, daß ich das Spiel selbst entworfen habe. Es ist etwas für Leute, die gern hereinfallen. Halte dich fern davon.«

»Paß auf — ich habe eine Möglichkeit gefunden, den Mechanismus zu umgehen. Das wollte ich dir nur sagen.«

»Du *glaubst*, du hättest eine Möglichkeit gefunden. Es gibt aber keine, mein Freund.«

»Na bitte — wie du meinst.«

»So, ich lege auf, Pete. Langes Leben.«

»Und Kinder.«

Kaum war das Gespräch beendet, als das Telefon wieder zu

mahnen begann. »Dreißig Minuten. Kümmere dich um mich, Boß, kümmere dich um mich.«

Er holte eine Mitteilung aus dem Empfänger, und sofort schwieg das Gerät. »An Bürger Hamilton Felix 65-305-243 B47«, stand darauf. »Der Distrikts-Vorsitzende für Genetik läßt Bürger Hamilton grüßen und bittet ihn, morgen um zehn Uhr sein Büro aufzusuchen.« Das Datum stammte vom Vortag. Weiter unten stand noch, daß er den Vorsitzenden benachrichtigen sollte, falls ihm der Zeitpunkt nicht angenehm sei.

Es fehlte noch eine halbe Stunde bis zehn Uhr. Er beschloß, die Verabredung einzuhalten.

Im Büro des Vorsitzenden fiel Hamilton auf, daß wenige Roboter und Computer herumstanden. Der Mitarbeiterstab bestand hauptsächlich aus jungen Damen. Sie waren hübsch, lebhaft und ganz offensichtlich intelligent.

»Der Vorsitzende erwartet Sie.«

Hamilton erhob sich, warf die Zigarette in den nächsten Abfallschacht und warf der jungen Dame einen fragenden Blick zu. »Muß ich die Waffe abgeben?«

»Nur, wenn Sie es wünschen. Kommen Sie bitte.«

Sie brachte ihn an die Tür des Privatbüros und ließ ihn eintreten.

»Guten Morgen, Sir!« sagte eine angenehme Stimme.

Hamilton starrte den Vorsitzenden an. »Guten Morgen«, begann er automatisch, doch dann zögerte er. »Du liebe Güte . . .« Unwillkürlich tastete er mit der Rechten nach der Waffe.

Der Vorsitzende war der Mann, dessen Abendessen durch den Vorfall mit dem Krebsschenkel empfindlich gestört worden war.

Hamilton verbeugte sich. »Sir«, sagte er steif, »Ihr Verhalten entspricht nicht den Regeln. Wenn Ihnen meine Genugtuung zu wenig war, dann hätten Sie einen Vertreter schicken können.«

Der Vorsitzende starrte ihn an, dann lachte er schallend. Bei einem anderen Mann hätte das vielleicht pöbelhaft gewirkt — bei ihm war es einfach großzügige Überlegenheit. »Glauben Sie mir, Sir, ich bin ebenso überrascht wie Sie. Ich hatte keine Ahnung, daß der werte Herr, mit dem ich gestern eine höfliche Unterhaltung führte, identisch mit Ihnen war. Was den kleinen Zwischenfall im Restaurant betrifft — offen gestanden, ich hätte es nur zum Duell kommen lassen, wenn Sie mich absolut dazu gezwungen hätten. Ich habe mein Schießeisen seit vielen Jahren nicht mehr gezogen. Aber ich vergesse meine Manieren — bitte, nehmen Sie doch Platz. Machen Sie es sich bequem. Rauchen Sie? Darf ich Ihnen einen Drink anbieten?«

Hamilton setzte sich. »Wenn der Herr Vorsitzende gestattet.«

»Ich heiße Mordan — aber meine Freunde nennen mich Claude. Ich möchte mich in aller Freundschaft mit Ihnen unterhalten.«

»Sie sind zu liebenswürdig – Claude.«

»Aber nein, Felix. Vielleicht habe ich ein Motiv dazu. Doch zuerst eine Frage: Was war das für ein Teufelsding, das Sie gegen den jungen Kampfhahn einsetzten? Es hat mich in Erstaunen versetzt.«

Hamilton führte geschmeichelt seine neue Waffe vor. Mordan betrachtete sie genau. »Oh ja«, sagte er, »eine einfache Wärmeumwandlung. Wenn mich nicht alles täuscht, habe ich das Prinzip schon im Institut ausgestellt gesehen.«

Felix stellte ein wenig enttäuscht fest, daß Mordan recht gut Bescheid über die Waffe wußte. Aber der Vorsitzende machte das wieder wett, indem er sich nach allen Einzelheiten erkundigte und lebhaftes Interesse für die Eigenschaften der Waffe zeigte. »Wenn ich ein Kämpfer wäre, würde ich mir auch so einen Colt kaufen«, meinte er abschließend.

»Ich lasse Ihnen gern eine Kopie herstellen.«

»Nein, nein. Das ist zu liebenswürdig, aber ich hätte keine Verwendung dafür.«

Hamilton biß sich auf die Unterlippe. »Wenn Sie meine offene Frage verzeihen – ist es nicht ein wenig gefährlich, eine Waffe zu tragen, wenn man nicht gern kämpft?«

Mordan lächelte. »Sie haben meine Worte falsch verstanden. Da – passen Sie auf.« Er deutete auf die gegenüberliegende Wand. Sie war zum Teil mit einem geometrischen Muster bedeckt, das aus kleinen Kreisen in der gleichen Größe bestand. In jedem dieser Kreise befand sich ein winziger Punkt.

Mordan zog seine Waffe mit leichter Hand. Er schoß nach oben, nicht nach unten. Hamilton konnte die Bewegung des Laufes nur undeutlich verfolgen. Aber als Moran die Waffe wieder einsteckte, befanden sich drei neue Kreise exakt nebeneinander, und in ihren Mittelpunkten waren winzige Tupfen.

Hamilton sagte nichts. »Nun?« fragte Mordan.

»Ich überlegte gerade, daß es gut für mich war, als ich mich gestern entschloß, höflich zu sein.«

Mordan lachte vor sich hin.

»Obwohl wir uns noch nie persönlich kennenlernten«, meinte Mordan nach einer kleinen Pause, »habe ich mich schon immer besonders für Ihre Gen-Anlage interessiert.«

»Ich kann es mir denken. Mein Fall untersteht Ihrem Büro.«

»Sie mißverstehen mich. Ich kann mich natürlich nicht persönlich um die Milliarden Zygoten in meinem Distrikt kümmern. Aber es ist meine Pflicht, die besten Linien zu erhalten. Während der letzten zehn Jahre hoffte ich, daß Sie in der Klinik auftauchen und um Rat bei der Kinderplanung bitten würden.«

Hamiltons Gesicht wurde völlig ausdruckslos. Mordan schien es nicht zu sehen. Er fuhr fort: »Da Sie nicht freiwillig kamen, mußte ich Sie um einen Besuch bitten. Ich möchte Ihnen eine

Frage stellen: Haben Sie in nächster Zeit die Absicht, Kinder in die Welt zu setzen?«

Hamilton erhob sich. »Ich spreche nicht gern über dieses Thema, Sir. Wenn Sie gestatten, ziehe ich mich jetzt zurück.«

Mordan kam zu ihm herüber und legte ihm die Hand auf den Arm. »Bitte, Felix. Es geschieht doch nichts, wenn Sie mir zuhören. Glauben Sie mir, ich habe nicht den geringsten Wunsch, in Ihr Privatleben einzudringen – ich bin von Natur aus alles andere als neugierig. Leider zwingt mich mein Beruf, manchmal etwas peinliche Fragen zu stellen. Ich bin es der Erhaltung unserer Art schuldig.«

Hamilton setzte sich, aber sein Gesicht blieb ausdruckslos. »Gut, ich höre.«

»Danke. Felix, die Aufgabe, unsere Art nach den Grundsätzen der Republik zu verbessern, ist alles andere als einfach. Wir können raten, aber niemanden zwingen. Das Privatleben und das freie Handeln des einzelnen muß unbedingt respektiert werden. Wir besitzen keine Waffe außer der kühlen Vernunft und dem Appell an die gegenwärtige Generation, ihren Nachkommen möglichst viele positive Gene mit auf den Weg zu geben. Selbst wenn uns die Menschen aktiv helfen, können wir nur wenig tun – die Ausmerzung von ein oder zwei schlechten Zügen, die Erhaltung von ein oder zwei günstigen Eigenschaften. Aber in Ihrem Fall ist es etwas ganz anderes.«

»Inwiefern?«

»Sie wissen es. Vier Generationen lang wählten wir die günstigsten Linien aus und vereinigten sie. Sie sind das Endergebnis. Buchstäblich Zehntausende von Gameten wurden überprüft und zurückgewiesen, bis wir die dreißig Zellen hatten, die uns am wertvollsten erschienen. Es wäre schade, wenn all diese Mühe umsonst gewesen sein sollte.«

»Wie kommen Sie ausgerechnet auf mich? Ich bin nicht das einzige Ergebnis dieser Zuchtwahl. Es müssen mindestens hundert Nachkommen meiner Urgroßeltern zu finden sein. Mit mir können Sie ohnehin nichts anfangen – ich bin eine Niete. Ein Versager. Sie wären enttäuscht von mir.«

»Nein«, sagte Mordan leise, »nein, Mordan, Sie sind kein Versager. Sie gehören zur Sternlinie.«

»Wie?«

»Ich meine es ernst. Es ist zwar verboten, solche Dinge zu verraten, aber manchmal lassen sich Verbote nicht einhalten. Von Anfang an wurde Ihre Linie am höchsten bewertet. Sie sind der einzige Sproß der Linie, in dem sich alle günstigen Mutationen Ihrer Vorfahren vereinen. Nach den ursprünglichen Kombinationen tauchten nämlich insgesamt drei Mutationen auf. Sie sind in Ihnen enthalten, Felix.«

Hamilton lächelte bitter. »Dann muß die Enttäuschung um so

größer für Sie sein. Ich habe meine Talente noch nicht sehr vorteilhaft genutzt, was?«

Mordan schüttelte den Kopf. »In den Aufzeichnungen ist nicht die geringste Kritik enthalten.«

»Aber Sie haben keine hohe Meinung von mir, nicht wahr? Ich habe meine Zeit verplempert, ich weiß nichts Besseres als dämliche Spielautomaten zu konstruieren. Vielleicht bezeichnet ihr Genetiker die falschen Mutationen als ›günstig‹.«

»Möglich, aber ich glaube es nicht.«

»Was ist für Sie eine günstige Eigenschaft?«

»Der Überlebenswille im breitesten Sinn. Ihr Erfindergeist, den Sie so heruntersetzen, hat eine Menge mit dem Überlebenswillen zu tun. Bei Ihnen ist er latent, oder er äußert sich nur in unwichtigen Dingen. Sie brauchen ihn nicht, weil Sie in einem Sozialgefüge leben, das keine Ansprüche an Sie stellt. Aber er kann für Ihre Nachkommen ungeheuer wichtig werden. Er könnte den Unterschied zwischen Leben und Tod bedeuten.«

»Aber ...«

»Ich meine es ernst. Leichte Zeiten für den Einzelmenschen sind schwere Zeiten für die Spezies. In Notzeiten können sich die Schwachen nicht durchsetzen. Aber heutzutage gibt es keine Not mehr. Um die Art stark zu erhalten und sie noch stärker zu machen, bedarf es einer sorgfältigen Planung. Der Genetiker scheidet im Labor die Linien aus, die früher durch die natürliche Auswahl eliminiert wurden.«

»Aber woher wissen Sie, daß die Dinge, die Sie auswählen, Überlebensfaktoren sind? Daran zweifle ich schon seit einiger Zeit.«

»Ah! Das ist es also. Sie kennen die Geschichte des Ersten Genetischen Krieges.«

»So ungefähr – was man eben allgemein darüber erfährt.«

»Es kann nicht schaden, die Dinge zu wiederholen. Das Problem, mit dem die ersten Planer zu kämpfen hatten, war typisch ...«

Die Probleme der frühen Vererbungsforscher waren typisch für jede planmäßige Anwendung der Genetik. Durch die natürliche Auswahl werden einer Rasse automatisch Überlebenswerte erhalten, da die Linien ohne Überlebenswillen sich nicht durchsetzen. Aber die natürliche Auswahl ist ein langsamer, statistischer Vorgang. Eine schwache Linie kann eine Zeitlang unter günstigen Voraussetzungen weiterleben. Eine erwünschte Mutation kann eine Zeitlang von ungünstigen Umständen unterdrückt werden. Oder sie geht durch eine ziellose Fortpflanzung verloren. Jedes Lebewesen erbt von einem Elternteil nur die Hälfte der Eigenschaften.

Die Hälfte, die verlorengeht, ist vielleicht wertvoller als die Hälfte, die sich erhält. Reiner Zufall.

Natürliche Auswahl ist langsam – es dauerte achthunderttausend Generationen, bis sich ein neuer Pferdetypus gebildet hatte. Aber die künstliche Auswahl geht schnell vonstatten, wenn wir wissen, *was* wir erhalten und ausscheiden müssen.

Aber dieses Wissen fehlt natürlich. Nur ein Übermensch kann einen Übermenschen planen. Die Rasse bediente sich der künstlichen Auswahl, ohne zu wissen, was sie auswählen mußte.

Vielleicht war es ein schlechtes Vorzeichen für die Menschheit, daß die grundsätzliche Technik der Gen-Auswahl unmittelbar nach den letzten neo-nationalistischen Kriegen entwickelt wurde. Es wäre interessant zu ermitteln, ob die Errichtung der modernen Finanzstruktur nach dem Untergang des Madagaskar-Systems zum Erhalten des Friedens genügt hätte, wenn keine genetischen Experimente erfolgt wären. Aber damals befand sich die pazifistische Reaktion auf ihrem Höhepunkt. Man sah in der Technik der Para-Ektogenese ein Gottesgeschenk, um den Krieg für immer aus den Gedanken der Menschen zu verbannen.

Nach dem Atomkrieg von 1980 führten die Überlebenden drastische genetische Maßnahmen ein, die nur einen Zweck hatten: das rezessive Parmalee-Hitchcock-Charakteristikum des neunten Chromosoms zu erhalten und den dominanten Zug auszuschalten, der es meist überlagert. Mit anderen Worten – man versuchte Schafe aus Wölfen zu machen.

Es ist sonderbar, daß die meisten »Wölfe« jener Periode – der Parmalee-Hitchcock-Zug ist tatsächlich rezessiv, und es gab nur wenige natürliche »Schafe« – von Hysterie ergriffen wurden und ihre eigene Ausrottung erleichterten. Aber einige weigerten sich und setzten sich ab. So entstand schließlich die Nordwest-Kolonie.

Daß die Nordwest-Union letzten Endes zum Kampf gegen die ganze Menschheit antreten würde, war eine biologische Notwendigkeit. Der Ausgang war ebenfalls eine Notwendigkeit, und deshalb sind die Einzelheiten unwichtig. Die Wölfe fraßen die Schafe.

Natürlich nicht im Sinne der völligen Vernichtung; aber genetisch gesprochen stammen wir von den Wölfen und nicht von den Schafen ab.

»Man versuchte den Kampfgeist des Menschen auszuschalten«, fuhr Mordan fort, »ohne eine Ahnung von seiner biologischen Notwendigkeit zu haben.«

»Aber weshalb behaupten Sie, daß Kampfgeist ein Überlebenscharakteristikum ist?« fragte Hamilton. »Gewiß – ich besitze ihn, Sie besitzen ihn – wir alle besitzen ihn. Aber Tapferkeit und Streitlust nützen nicht das geringste gegen Atomwaffen. Was haben sie sonst für eine Aufgabe?«

Mordan lächelte. »Die Kämpfer überlebten. Das war der entscheidende Test. Die natürliche Auswahl geht immer weiter, ungeachtet unserer Versuche.«

»Einen Augenblick«, unterbrach Hamilton. »Das kann nicht stimmen. Wenn Ihre Theorie richtig ist, dann hätten wir den Zweiten Genetischen Krieg verlieren müssen. Die ›Mulis‹ hatten bestimmt den Willen zum Kämpfen.«

»Ja, gewiß«, entgegnete Mordan, »aber ich sagte nicht, daß Kampfgeist das einzige Überlebensmerkmal ist. Wenn das der Fall wäre, müßten Pekinesen-Hunde die Welt regieren. Der Kampfinstinkt sollte von einem kühlen Eigeninteresse dominiert sein. Weshalb schossen Sie sich nicht mit mir?«

»Weil ein Kampf keinen Sinn gehabt hätte.«

»Richtig. Die Genetiker des Großen Khans machten im wesentlichen den Fehler, der auch dreihundert Jahre zuvor gemacht worden war. Sie dachten, sie könnten das Gleichgewicht der menschlichen Charakterzüge, die in Millionen Jahren von der natürlichen Auswahl geformt worden waren, ohne weiteres umwerfen und eine Rasse von Übermenschen züchten. Aber sie ließen die wichtigste menschliche Eigenschaft außer acht.

Der Mensch ist ein Wesen ohne Spezialfähigkeiten. Bis auf das Gehirn ist sein Körper primitiv. Er kann nicht graben; er kann nicht sonderlich schnell laufen; er kann nicht fliegen. Aber er verträgt jede Kost, und er bleibt am Leben, wo eine Ziege verhungert, eine Eidechse vor Hitze umkommt und ein Vogel erfriert. Er besitzt keine Spezialeigenschaften, aber er kann sich anpassen ...

Das Reich des Großen Khans stellte einen Rückfall in den altmodischen totalitären Staat dar. Nur bei einer absoluten Herrschaft konnten die genetischen Experimente durchgeführt werden, die den *Homo proteus* erzeugten; denn die Experimente nahmen keine Rücksicht auf das Wohl des einzelnen.

Die Gen-Auswahl war nur eine der vielen Praktiken, welche die Genetiker des Reiches handhabten. Zusätzlich benutzten sie die künstliche Mutation durch Strahlung und Gen-Abtötung, und sie nahmen Drüsenveränderungen und chirurgische Eingriffe an der unreifen Zelle vor. Sie schneiderten Menschen – wenn ich den Ausdruck benützen darf. Auf dem Höhepunkt, kurz vor Ausbruch des Zweiten Genetischen Krieges, züchteten sie mehr als dreitausend Arten, darunter die Hypergehirne (dreizehn Sorten), die beinahe verstandlosen Matronen, die klugen, abstoßend schönen pseudo-femininen Künstler und die zwitterhaften Arbeitstiere oder ›Mulis‹.

Wir neigen heute dazu, den Ausdruck ›Muli‹ mit Kämpfer gleichzusetzen, da wir diese am besten kannten, aber in Wirklichkeit gab es für jede Arbeit im Reich eine bestimmte Sorte von Muli. Die Kämpfer waren eben nur für ihren Beruf spezialisiert. Und was für Kämpfer das waren! Sie brauchten keinen Schlaf. Sie waren dreimal so stark wie gewöhnliche Menschen. Es gibt keine Vergleichsmöglichkeiten für ihre Ausdauer, denn sie machten einfach wie Roboter weiter, bis sie sich verbraucht hatten. Jeder von ihnen konnte Brennstoff aufnehmen — Brennstoff erscheint mir passender als ›Essen‹ — und noch eine Woche mehr durchhalten.

Auch waren sie alles andere als dumm. Auf ihrem Spezialgebiet konnten sie scharf denken. Sogar ihre Offiziere gehörten zu den Mulis, und sie hatten ein meisterhaftes Geschick für Strategie, Taktik und den Einsatz von wissenschaftlichen Waffen. Ihre einzige Schwäche lag in der militärischen Psychologie; sie verstanden ihre Gegner nicht. Andererseits wurden sie aber auch von den Menschen nicht begriffen, und so glich sich der Fehler aus.

Ihre grundsätzliche Antriebsfeder wurde als ›Ersatz für Sex-Sublimierung‹ bezeichnet, aber das ist keine Erklärung, die wir verstehen. Gefangene Mulis beispielsweise wurden wahnsinnig oder begingen Selbstmord, wenn man sie länger als zehn Tage gefangenhielt — selbst wenn sie ihre eigenen Rationen erhielten. Bevor der Wahnsinn einsetzte, verlangten sie nach etwas, das in ihrer Sprache *Vepratoga* hieß, aber unsere Sprachwissenschaftler konnten niemals herausbringen, was dieser Ausdruck bedeutete.

Sie brauchten irgendeinen Funken, den sie nur von ihren Gebietern erhalten konnten. Ohne ihn starben sie.

Die Mulis bekämpften uns — aber die echten Menschen siegten. Sie siegten, weil sie nicht nachgaben. Sie kämpften einzeln und in Guerillatruppen. Das Reich hatte einen wunden Punkt — seinen Aufbau. Da war der Khan mit seinen Satrapen und Verwaltungsbeamten. Biologisch betrachtet, stellte das Reich einen einzigen Organismus dar, der von der Spitze her getötet werden konnte — so wie man einen Bienenschwarm töten konnte, wenn man die Königin entfernte. Am Ende erreichten ein paar Attentate das, was uns in langen Kämpfen versagt geblieben war.

Ich will nicht von dem Entsetzen sprechen, das auf den Zusammenbruch folgte. Es soll genügen, daß heute wohl keiner jener Mulis am Leben ist. Die Rasse ging den gleichen Weg wie die Dinosaurier und Säbeltiger. Sie konnte sich nicht anpassen.

Die Genetischen Kriege waren brutale Lektionen«, fügte Mordan hinzu, »aber sie lehrten uns, nicht leichtsinnig mit den menschlichen Genen zu spielen. Wenn sich ein Charakterzug nicht bereits vorfindet, versuchen wir gar nicht, ihn einzuführen. Wenn sich natürliche Mutationen zeigen, testen wir sie lange, bevor wir sie in die Rasse eingliedern. Die meisten Mutationen erweisen sich auf die Dauer als wertlos oder gar schädlich. Wir eliminieren deutliche Nachteile und fördern offensichtliche Vorteile; das ist so ziemlich alles. Da — Ihre Handrücken sind behaart, meine nicht. Sagt Ihnen das etwas?«

»Nein.«

»Mir auch nicht. Es scheint weder von Vorteil noch von Nachteil zu sein, wenn jemand stärker behaart ist. Deshalb kümmern wir uns nicht um diese Eigenschaft. Andererseits — haben Sie je Zahnschmerzen gehabt?«

»Natürlich nicht.«

»Wissen Sie, weshalb?« Er wartete.

»Hm – das ist eine Sache der Auswahl. Meine Vorfahren hatten gesunde Zähne.«

»Nicht alle Ihre Vorfahren. Theoretisch hätte es genügt, wenn einer Ihrer Vorfahren gesunde Zähne besessen hätte – vorausgesetzt, daß seine dominanten Züge weitervererbt wurden. Aber jede Samenzelle dieses Vorfahren enthält nur die Hälfte seiner Chromosomen; wenn er die gesunden Zähne nur von einem Elternteil geerbt hat, dann ist diese Dominante lediglich in der Hälfte seiner Samenzellen vorhanden.

Wir – das heißt, unsere Vorgänger – wählten immer die Samenzellen, in denen die Eigenschaft der gesunden Zähne mitenthalten war. Heutzutage findet man kaum noch einen Bürger, der diesen Zug nicht von beiden Eltern geerbt hat. Das gleiche gilt für Farbenblindheit, Krebs, Bluterkrankheit und ähnliches. Wir eliminierten die Krankheiten, ohne in irgendeiner Weise die normale, biologisch wünschenswerte Eigenschaft der Menschen zu beeinflussen, ihre Kinder mit geliebten Partnern zu zeugen. Wir gaben nur jedem Paar die Chance, die Gene der Kinder zu verbessern und ihren Charakter nicht dem blinden Zufall zu überlassen.«

»In meinem Fall haben Sie das nicht getan«, sagte Hamilton ein wenig verbittert. »Ich bin ein Zuchtexperiment.«

»Das stimmt. Aber Ihr Fall liegt ganz besonders, Felix. Sie gehören einer Sternlinie an. Jeder einzelne der letzten dreißig Vorfahren hat sich freiwillig zur Verbesserung Ihrer Linie hergegeben, nicht weil er von Amors Pfeil getroffen wurde, sondern weil er eine bessere, stärkere Rasse vor sich sah. Jede Zelle Ihres Körpers enthält in ihren Chromosomen die Anlage zu einer stärkeren, gesünderen, anpassungsfähigeren und zäheren Art. Ich bitte Sie, diese Anlage nicht zu verschwenden.«

Hamilton rutschte unbehaglich hin und her. »Was erwarten Sie von mir? Daß ich Adam für eine neue Rasse spiele?«

»Keineswegs. Ich möchte, daß Ihre Linie nicht ausstirbt, das ist alles.«

Hamilton beugte sich vor. »Ich verstehe«, sagte er. »Sie versuchen das gleiche wie der Große Khan. Sie versuchen eine Linie auszusondern und vom Rest der Menschheit abzusetzen. Meine Nachkommen werden sich von den normalen Menschen so unterscheiden, wie heutzutage die normalen Menschen von den Naturkindern. Es hat keinen Sinn. Ich lasse es nicht zu.«

Mordan schüttelte langsam den Kopf. »Sie täuschen sich in beiden Punkten. Wir verfolgen einen Prozeß, der Ähnlichkeit mit der Entwicklung gesunder Zähne hat. Haben Sie schon einmal vom Deaf Smith County gehört?«

»Nein.«

»Das Deaf Smith County lag im alten Texas — einem Teil der Vereinigten Staaten. Seine Bewohner hatten gesunde Zähne, nicht weil sie diese Eigenschaft ererbt hatten, sondern weil sie einen besonderen Boden besaßen. Er gab ihnen überdurchschnittlich viele Phosphate und Fluoride. Sie können sich kaum vorstellen, welcher Fluch die Karies in jener Zeit war. Die Zähne faulten den Menschen im Mund und waren Ursache für eine Reihe von anderen Krankheiten. Es gab allein in Nordamerika an die hunderttausend Techniker, die nichts anderes taten, als verdorbene Zähne zu entfernen oder zu reparieren. Dennoch litten vier Fünftel der Menschheit an Zahnschmerzen, und viele starben, weil die kranken Zähne ihren Körper vergifteten.«

»Was hat das mit mir zu tun?«

»Das kommt noch. Die Techniker jener Epoche — Zahnärzte nannte man sie — horchten auf, als sie vom Deaf Smith County hörten. Sie verschrieben ihren Patienten eine Diät, die viele Phosphate und Fluoride enthielt. Damit hatten sie völlig recht — und doch wieder nicht. Denn biologisch gesehen ist nur das ein Vorteil, was vererbt werden kann. Der Schlüssel lag vor ihnen, aber sie schlugen den falschen Weg ein. Wir suchten schließlich nach Männern und Frauen mit gesunden Zähnen, die aus phosphatarmen Gebieten kamen und nicht von Zahnärzten behandelt worden waren. Im Laufe der Zeit konnten wir beweisen, daß all diese Leute eine Gruppe von drei Genen besaßen, deren Eigenschaften bis dahin unbekannt gewesen waren.

Meine Vorgänger bewahrten diese Gen-Gruppe. Sie wissen, wie breit sich die Vererbung auffächert. Wenn man genügend viele Generationen zurückgeht, sind wir alle miteinander verwandt. Aber genetisch gesehen stammten unsere Zähne von einer einzigen kleinen Gruppe — weil wir uns die Mühe machten, diese Dominante zu erhalten. Und nun zu Ihnen, Felix. Ihre günstigen Gen-Kombinationen möchten wir erhalten, bis die ganze Rasse Ihre Vorteile besitzt. Sie werden nicht der einzige Stammvater der kommenden Generationen sein — oh nein! — aber Sie werden all das übermitteln, was Sie im Augenblick den anderen überlegen macht.«

»Sie haben den falschen Mann ausgewählt. Ich bin ein Versager.«

»Das dürfen Sie mir nicht sagen, Felix. Ich kenne Ihr Diagramm. Ich weiß besser über Sie Bescheid, als Sie selbst es können. Sie sind der Typ, der auf alle Fälle überleben will. Ich könnte Sie auf einer Insel mit johlenden Wilden und gefährlichen Raubtieren aussetzen — in zwei Wochen wären Sie Herr über diese Insel.«

Hamilton lächelte zögernd. »Vielleicht. Ich würde es gern ausprobieren.«

»Das ist nicht nötig. Ich weiß Bescheid. Sie haben den Körperbau, die Mentalität und das Temperament dazu. Wieviel Schlaf brauchen Sie?«

»Etwa vier Stunden.«

»Erschöpfungsindex?«

»Etwa hundertfünfundzwanzig Stunden, im Notfall noch mehr.«

»Reflex?«

Hamilton zuckte mit den Schultern. Mordan riß plötzlich die Waffe aus dem Halfter und zielte auf Hamilton. Im gleichen Moment hatte auch Hamilton seinen Colt in der Hand und deckte Mordan. Dann steckte er die Waffe wieder ein. Mordan lachte. »Ich war keinen Augenblick in Gefahr«, sagte er. »Ich wußte, daß Sie ziehen, die Situation überdenken und die Waffe wieder einstecken würden, bevor ein anderer Mann erkennen könnte, was vorging.«

»Immerhin – Sie sind ein Risiko eingegangen«, meinte Hamilton vorwurfsvoll.

»Nicht im geringsten. Ich kenne Ihr Diagramm. Ich verließ mich nicht nur auf Ihre Reaktion, sondern auf Ihre Intelligenz. Felix, sogar heutzutage könnte man Sie aufgrund Ihres Intelligenzquotienten zu den Genies zählen.«

Es folgte ein langes Schweigen. Mordan unterbrach es. »Nun?«

»Haben Sie alles gesagt, was Sie sagen wollten?«

»Im Augenblick ja.«

»Gut, dann bin ich an der Reihe. Sie konnten mich nicht überzeugen. Ich wußte zwar nicht, daß die Planer ein so starkes Interesse an mir hatten, aber ansonsten sagten Sie mir nichts als bekannte Tatsachen. Meine Antwort lautet ›Nein‹.«

»Aber . . .«

»Ich bin an der Reihe, Claude. Ich werde es Ihnen genau erklären. Zugegeben, ich bin ein Mensch, der sich durchsetzt. Das kann ich gar nicht leugnen. Ich bin klug und geschickt und so weiter, und ich weiß es. Dennoch sehe ich keinen plausiblen Grund, weshalb die Menschheit überleben sollte. Das ganze Leben hat doch keinen Sinn. Ich finde nichts daran. Und warum sollte ich an der Fortsetzung dieser dummen Komödie mitarbeiten?«

Er machte eine Pause. Mordan wartete und fragte dann vorsichtig: »Gefällt Ihnen das Leben nicht, Felix?«

»Oh doch«, erwiderte Hamilton lebhaft. »Ich habe einen verdrehten Sinn für Humor und finde deshalb alles amüsant.«

»Dann ist das Leben an sich doch schon lebenswert?«

»Ja – für mich. Ich habe die Absicht, so lange wie möglich zu leben und meine Tage zu genießen. Aber gefällt den anderen Menschen das Leben? Ich bezweifle es. Auf vierzehn Sauertöpfe kommt ein Glücklicher.«

»Der äußere Schein trügt oft. Ich neige zu der Ansicht, daß die meisten Menschen glücklich sind.«

»Beweisen Sie es.«

Mordan lächelte. »Das Glück läßt sich nicht mit Daten belegen. Aber – glauben Sie nicht, daß Ihre Nachkommen die Lebenslust von Ihnen erben werden?«

»Läßt sie sich denn vererben?« fragte Hamilton mißtrauisch.

»Nun, offen gestanden, wir wissen es nicht. Ich kann nicht auf einen bestimmten Punkt eines bestimmten Chromosoms deuten und sagen: ›Hier liegt das Glück.‹ Es ist schwieriger festzustellen als die Erblichkeit von blauen oder braunen Augen. Aber das Problem reizt mich. Felix, wann hatten Sie zum erstenmal das Gefühl, daß das Leben nichts wert sei?«

Hamilton erhob sich und ging nervös auf und ab. Er spürte eine Erregung wie schon lange nicht mehr. Er wußte die Antwort auf diese Frage. Er wußte sie genau. Aber konnte er sie diesem Fremden mitteilen?

Man erzählt einem kleinen Kind nichts von Chromosomendiagrammen. In dem ersten Entwicklungszentrum, an das er sich erinnern konnte, unterschied sich Hamilton Felix kaum von den anderen Kindern. Er war ein Nichts, wurde freundlich behandelt, aber durchaus nicht wichtig genommen. Ganz langsam hatte er erkannte, daß er größere Fähigkeiten als die meisten anderen besaß. Ein intelligentes Kind wird in den letzten Jahren von anderen, dümmeren Kindern beherrscht, einfach weil sie älter, größer, besser informiert sind. Und dann gab es immer noch diese fernen, allwissenden Geschöpfe, die Erwachsenen.

Er war zehn – oder elf –, als er merkte, daß er in Wettbewerben meist als Sieger hervorging. Danach hatte er bewußt versucht, sich in den Mittelpunkt zu stellen, seine Talente zu zeigen. Er spürte den stärksten aller gesellschaftlichen Antriebe – den Wunsch, für voll genommen zu werden. Und er wußte zu dieser Zeit auch, was er machen wollte, wenn er »erwachsen« war.

Er würde Synthese-Fachmann werden. Alle wirklich großen Männer waren Synthese-Fachleute. Ihnen gehörte die Welt. Wer außer einem Synthetiker hatte die Chance, in den Politischen Ausschuß gewählt zu werden? Gab es überhaupt Wissenschaftler und Spezialisten, die ihre Befehle letzten Endes nicht von Synthese-Fachleuten bezogen? Sie waren die Führer, die Männer, die alles wußten, die großen Philosophen, von denen das Altertum geträumt hatte.

Er behielt seinen Wunsch für sich. Er schien sich ohne besondere Schwierigkeiten aus seiner pubertären Narziß-Rolle zu lösen und gliederte sich ohne weiteres in die Gesellschaft der Erwachsenen ein. Seine Planer hatten keine Ahnung, daß er sich ein unerreichbares Ziel gesetzt hatte. Jugendliche haben selten den Wunsch, ihre Talente allgemein einzusetzen. Es gehört eine subtile Vorstellungskraft dazu, wenn man in einer politischen Karriere Romantik sieht.

Hamilton sah Mordan an. Das Gesicht seines Gegenübers flößte Vertrauen ein. »Sie sind Synthese-Fachmann, nicht wahr? Sie haben nicht Genetik studiert.«

Mordan nickte. »Ich konnte mich um die eigentlichen Techniken nicht kümmern. Man braucht ein Leben lang dazu, sie zu beherrschen.«

»Der beste Genetiker Ihres Mitarbeiterstabes kann nicht darauf hoffen, einmal Ihre Stelle einzunehmen.«

»Natürlich nicht. Die Leute würden das auch nicht wollen.«

»Könnte ich Ihr Nachfolger werden? Bitte – antworten Sie mir. Sie kennen mein Diagramm.«

»Nein.«

»Weshalb nicht?«

»Sie wissen es. Sie besitzen ein ausgezeichnetes Gedächtnis, das für die meisten Berufe mehr als ausreichend ist, aber es ist kein eidetisches Gedächtnis. Das Gedächtnis eines Synthese-Fachmanns muß vollkommen sein, sonst kann er den Forderungen seines Berufes nicht gerecht werden.«

»Und ohne dieses Gedächtnis kann ein Mensch niemals Synthetiker werden. Ebensowenig, wie ein Mann kein Ingenieur sein kann, wenn es ihm nicht gelingt, Gleichungen vierten Grades im Kopf auszurechnen. Ich wollte Synthetiker werden und besaß nicht die Fähigkeiten dazu. Als man mir schließlich eingehämmert hatte, daß ich den ersten Preis nicht bekommen könnte, zeigte ich auch kein Interesse für den zweiten Preis.«

»Ihr Sohn könnte Synthetiker werden.«

Hamilton schüttelte den Kopf. »Jetzt ist es nicht mehr wichtig. Ich schwärme immer noch von einem Beruf, der alle Aspekte des Lebens umfaßt, aber ich möchte nicht mit Ihnen tauschen. Sie fragten mich, wann und wie ich zum ersten Mal zu dem Schluß kam, daß das Leben nicht lebenswert sei. Ich habe Ihnen jetzt erzählt, wie mir die ersten Zweifel kamen, aber das Wesentliche daran ist: Ich habe diese Zweifel immer noch.«

»Moment«, warf Mordan ein. »Sie kennen noch nicht die ganze Geschichte. Es war geplant, das eidetische Gedächtnis in Ihrer Linie einzuführen, entweder in Ihrer oder in der Generation Ihres Vaters. Ihre Kinder werden es besitzen, wenn Sie mit uns zusammenarbeiten. Es fehlt immer noch eine Kleinigkeit, die wir einfügen müssen und werden. Ich sagte schon, daß Sie ein Mensch mit außergewöhnlichem Überlebenswillen sind. Das stimmt bis auf eine Ausnahme. Sie wollen keine Kinder. Vom biologischen Standpunkt aus ist das ebenso negativ wie Selbstmord. Sie haben diese Tendenz von Ihrem Urgroßvater väterlicherseits geerbt. Damals hatten wir keine andere Wahl, als diese Tendenz mit einzufügen, denn er starb, bevor wir sein Zellplasma entnehmen konnten, und wir besaßen in unseren Kühlräumen wenig Vorrat. Aber bei Ihnen können wir das korrigieren. Ihre Kinder werden sich mit Freuden zu Nachkommen entschließen — das kann ich Ihnen versichern.«

»Und was bedeutet mir das?« fragte Hamilton. »Oh, ich zweifle nicht daran, daß Sie es schaffen. Sie ziehen die Puppen auf, und die Puppen tanzen. Sie können wahrscheinlich meine Zweifel eliminieren und eine Linie produzieren, die sich in den nächsten zehn Millionen Jahren immer noch vermehrt. Aber dadurch wird die Sache nicht sinnvoller. Überleben! Wozu? Solange Sie mir keine überzeugende Erklärung geben können, weshalb die Menschen überleben sollen, solange bleibt meine Antwort ›Nein‹.« Er stand auf.

»Sie gehen?« fragte Mordan.

»Wenn Sie gestatten.«

»Möchten Sie die Frau, die wir Ihnen als Partnerin zugedacht haben, nicht einmal ansehen?«

»Eigentlich nicht.«

»Ich betrachte das als Erlaubnis«, erwiderte Mordan liebenswürdig. »Hier.« Er drückte auf einen Knopf an seinem Schreibtisch, und Hamilton sah in die angedeutete Richtung. Ein Teil der Wand löste sich auf und machte einem Stereobild Platz. Man hatte das Gefühl, durch ein offenes Fenster zu sehen. Vor ihnen lag ein kleiner Swimming-pool. Die Wasseroberfläche teilte sich, und ein Kopf tauchte auf. Die Schwimmerin war mit drei kräftigen Zügen an der Haltestange und kletterte mit müheloser Geschmeidigkeit auf den Beckenrand. Dann stand sie nackt und graziös da, streckte sich lachend und verschwand aus dem Bild.

»Nun?« fragte Mordan.

»Sie ist hübsch, aber ich habe schon ähnliche Frauen gesehen.«

»Es ist nicht nötig, daß Sie je mit ihr zusammentreffen«, fügte Mordan hastig hinzu. »Sie ist übrigens eine Kusine fünften Grades zu Ihnen. Die Verbindung Ihrer Diagramme wäre einfach.« Er schaltete die Szene aus und ersetzte sie durch ein statisches Bild. »Ihre Tabelle befindet sich rechts, die des Mädchens links.« Darunter zeigten sich zwei zusätzliche Diagramme. »Das sind die optimalen Haploiddiagramme für Ihre Gameten. Sie verbinden sich folgendermaßen ...«. Wieder drückte er auf einen Knopf, und im Zentrum der bisherigen Tabellen zeigte sich ein neues Diagramm.

Die Karten stellten keine Chromosomenbilder dar, sondern die Kurzzeichen der Genetiker, die angewandt wurden, um die mikroskopisch kleinen Teilchen menschlichen Lebens zu charakterisieren. Es handelte sich jedoch um eine Fachsprache, mit der Laien wenig anfangen konnten.

Nicht einmal Mordan erkannte die Zeichen ohne Unterstützung. Er verließ sich darauf, daß ihm seine Techniker das Nötigste erklärten. Danach half ihm sein perfektes Gedächtnis, die Einzelheiten zu behalten.

Eines war auch dem ungeschulten Auge klar: die beiden oberen Diagramme von Hamilton und dem Mädchen enthielten doppelt so viele Chromosomenzeichen — achtundvierzig insgesamt — wie die Tabellen der darunterliegenden Gameten. Aber die Karte mit dem hypothetischen Nachwuchs enthielt wieder achtundvierzig Zeichen — vierundzwanzig von jedem Elternteil.

Hamilton betrachtete interessiert die Tabellen, obwohl er sich Mühe gab, dieses Interesse vor Mordan zu verbergen. »Raffiniert«, sagte er ruhig.

»Leider verstehe ich nichts davon.«

»Ich kann es Ihnen jederzeit erklären.«

»Ach, lassen Sie nur. Die Mühe lohnt sich nicht.«

»Mag sein.« Mordan schaltete die Bilder aus. »Ich muß Sie jetzt bitten, mich zu entschuldigen, Felix. Vielleicht können wir die Unterhaltung ein anderes Mal fortsetzen.«

»Gern, wenn Sie es wünschen.« Er warf seinem Gegenüber einen erstaunten Blick zu, aber Mordan wirkte so freundlich und höflich wie immer. Ein paar Sekunden später befand sich Hamilton im Vorzimmer. Sie hatten sich in aller Herzlichkeit voneinander verabschiedet; dennoch hatte Hamilton ein sonderbares Gefühl der Unzufriedenheit. Die Besprechung war unvollständig geblieben.

Mordan setzte sich an seinen Schreibtisch und schaltete noch einmal die Tabellen ein. Er studierte sie, ganz besonders die mittlere.

Ein Summen kündigte seine engste Mitarbeiterin an. »Komm nur herein, Martha«, sagte er, ohne sich umzudrehen.

»Ich bin bereits hier, Boß«, erwiderte sie.

»Ah — schön.« Er sah sie an.

»Hast du eine Zigarette?«

»Bedien dich.« Sie holte sich eine Zigarette aus dem dekorativen Behälter am Schreibtisch, steckte sie zwischen die Lippen und wartete, bis sich das Ende entzündet hatte. Dann setzte sich sich lässig in den Besuchersessel. Sie war älter als er und hatte silbergraues Haar. Im Gegensatz zu dem beinahe stutzerhaften Anzug Mordans trug sie einen einfachen Labor-Coverall.

»Hamilton 234 war eben hier, nicht wahr?«

»Ja.«

»Wann fangen wir an?«

»Hmm. Was hältst du von Dienstag nächster Woche?«

Sie zog die Brauen hoch. »So schlimm?«

»Leider. Ich warf ihn gerade hinaus. Ich wollte ihm nicht die Chance geben, sich zu rechtfertigen. Wenn er das erst einmal getan hätte, wäre er nie mehr zurückgekommen.«

»Weshalb weigerte er sich? Ist er bereits verliebt?«

»Nein.«

»Was dann?« Sie stand auf, trat an den Wandschirm und

starrte Hamiltons Diagramm an, als könnte sie darin die Lösung finden.

»Er stellte mir eine Frage, die ich richtig beantworten muß. Andernfalls arbeitet er nicht mit uns zusammen.«

»Oh! Und wie lautet die Frage?«

»Ich stelle sie dir. Martha, welche Bedeutung hat das Leben?«

»Das ist eine idiotische Frage.«

»Er stellte sie alles andere als idiotisch.«

»Es ist eine psychopathische Frage, unbegrenzt, unlösbar und höchstwahrscheinlich unsinnig.«

»Davon bin ich nicht so überzeugt, Martha.«

»Nun gut, ich will nicht mit dir streiten, denn die Frage fällt nicht in mein Fach. Ich finde jedoch, daß ›Bedeutung‹ ein rein antropomorpher Begriff ist. Das Leben *ist* einfach. Es existiert.«

»Er hat den Gedanken auch anthropomorph gemeint. Was bedeutet das Leben für die Menschen? Und weshalb sollte er, Hamilton, zu seiner Fortdauer beitragen? Ich konnte ihm keine Antwort darauf geben. Und er will solange Sphinx spielen, bis ich sein Rätsel gelöst habe.«

»Unsinn!« Sie schnippte die Zigarette ärgerlich weg. »Wofür hält er unsere Klinik? Hier haben wir keine Zeit für Wortklaubereien. Ich finde, ein einzelner dürfte dem Fortschritt der Rasse nicht im Wege stehen. Das Leben in seinem Körper gehört ihm nicht. Es gehört uns allen. Der Mann ist ein Schwachkopf.«

»Du weißt, daß das nicht stimmt, Martha.« Er deutete auf das Diagramm.

»Nein, er ist kein Schwachkopf«, gab sie zu. »Trotzdem sollte man ihn zur Mitarbeit zwingen. Es tut ihm nicht weh und verschafft ihm auch keine Nachteile.«

»Aber, aber, Martha. Es gibt auch noch solche Kleinigkeiten wie das Gesetz.«

»Ich weiß. Ich halte mich daran, aber ich muß es nicht anhimmeln. Zugegeben, es ist ein vernünftiges Gesetz, aber hier handelt es sich um einen Sonderfall.«

3

Auf folgendes verpfänden wir unser Leben und unsere heilige Ehre:

Wir wollen kein fruchtbares Leben vernichten;

Wir wollen alles geheimhalten, was wir direkt oder indirekt durch unseren Beruf über die Leute erfahren, die sich bei uns beraten lassen;

Wir wollen unsere Kunst nur dann anwenden, wenn wir das volle Einverständnis der Zeugungspartner haben;

Wir wollen über das Wohlergehen der von uns entwickelten

Eizellen wachen und nach Kräften alles tun, was ihrer Zukunft förderlich ist;

Wir wollen uns genau an die Gesetze und Sitten der Gesellschaft halten, in der wir praktizieren;

Dies schwören wir im Namen des unsterblichen Lebens.

Auszug aus dem Mendelschen Eid, ca. 2085 n. Chr. (alte Ausgabe)

Zuckererbsen, Nachtkerzen, die häßliche kleine Taufliege *Drosophila* – im 19. und 20. Jahrhundert benutzten der Mönch Gregor Mendel und Dr. Morgan von der ehemaligen Universität Columbia diese bescheidenen Werkzeuge, um die Grundregeln der Vererbungslehre zu ermitteln.

Im Zellkern jeder Zygote, sei es nun Mensch, Taufliege, Zuckererbse oder Rennpferd, befindet sich eine Gruppe fadenartiger Partikel – die Chromosomen. An diesen Fäden befinden sich unglaublich winzige Körper, etwa zehnmal so groß wie die größten Proteinmoleküle. Das sind die Gene, von denen jedes einen Teil der Gesamtstruktur steuert, sei es nun Mensch, Tier oder Pflanze. Jede lebende Zelle enthält den Plan für den gesamten Organismus.

Jede menschliche Zelle besitzt achtundvierzig Chromosomen – vierundzwanzig Paare. Die Hälfte davon stammen von der Mutter, die andere Hälfte vom Vater. Auch die Tausende von Genen, die sich in jedem Chromosomenpaar befinden, stehen im Verhältnis eins zu eins. So hat jeder Elternteil ein »Mitspracherecht« bei den einzelnen Charakterzügen der Zygote. Aber manche dieser »Einwände« wiegen schwerer als andere. Sie sind die sogenannten Dominianten, während man die unterlegenen Gene rezessiv nennt. Wenn ein Elternteil das Gen für blaue Augen liefert und der andere Elternteil das Gen für braune Augen, so wird das Kind braune Augen haben – denn braun ist dominant. Wenn beide Eltern die Gene für braune Augen haben, so ist das Ergebnis das gleiche – wenigstens in der nachfolgenden Generation. Aber man braucht immer »Einstimmigkeit«, um blaue Augen zu schaffen.

Dennoch, das Gen für blaue Augen kann von Generation zu Generation weitergegeben werden, unbemerkt aber *unverändert*. Die Potentiale einer Rasse werden – außer bei einer Mutation – unverändert von den Eltern an das Kind weitergegeben. Sie können umgeordnet und verschoben werden, sie können zu einer unvorstellbaren Vielfalt an Einzelwesen führen, aber die Gene sind die gleichen.

Es gibt unglaublich viele Schachkombinationen, aber die Grundfiguren bleiben immer die gleichen. Zweiundfünfzig Spielkarten können zu den vielfältigsten Blatt-Zusammenstellungen führen, doch die zweiundfünfzig Karten selbst ändern sich nicht. In einer Runde kann man das schönste Gewinn-Blatt bekommen, in der nächsten sind die Karten wertlos. Reiner Zufall.

Aber angenommen, man gestattet Ihnen, aus den ersten zehn verteilten Karten die fünf besten auszuwählen. Die Chance, ein Gewinn-Blatt zu erhalten, hat sich um zweihundertzweiundfünfzig Mal vervielfacht. (Rechnen Sie es nach!)

Das gleiche gilt für die Art-Verbesserung durch Gen-Auswahl.

Eine Zelle in den Keimdrüsen des Mannes ist bereit, sich in Gameten zu spalten. Die achtundvierzig Chromosomen verbinden sich spontan, jedes mit dem gegenüberliegenden. So eng ist diese Verschmelzung, daß Gene oder Gen-Gruppen sogar mit ihren Gegenübern vertauscht werden können. Und dann wird die Verbindung wieder gelöst. Jedes Glied des Chromosomenpaars zieht sich so weit wie möglich von seinem Partner zurück, bis sich an jedem Ende der Zelle eine Gruppe von vierundzwanzig Chromosomen befindet. Die Zelle teilt sich, bildet zwei neue Zellen mit je vierundzwanzig Chromosomen. Und diese neuen Zellen enthalten genau die Hälfte der elterlichen Potentiale. In einer davon befindet sich ein Chromosom — das X-Chromosom — das in Verbindung mit einer anderen Zygote immer zur Entwicklung eines weiblichen Lebewesens führt.

Die beiden Zellen teilen sich von neuem. Aber bei dieser Spaltung werden die Chromosomen selbst geteilt, so daß jedes Gen und jedes der vierundzwanzig Chromosomen erhalten bleibt. Das Endprodukt sind vier männliche Gameten, Spermatozoa, von denen die eine Hälfte weibliche und die andere Hälfte männliche Nachkommen produzieren kann. In der Genanordnung unterscheiden sich diese Zellen jedoch nicht im geringsten. Die männlichen Zellen sind genaue Ergänzungen der weiblichen Zellen. Das ist die Schlüsselerkenntnis bei der Technik der Gen-Auswahl.

Der Kopf dieser Samenfäden beträgt bei den männlichen Zellen etwa vier Mikron Länge, bei den weiblichen etwa fünf Mikron. Das ist eine weitere wichtige Erkenntnis.

In den weiblichen Keimdrüsen geht die Entwicklung der Gamete oder des Eies ebenso vor sich — bis auf zwei Ausnahmen. Nach der Reduktionsteilung, bei der die Chromosomenanzahl pro Zelle von achtundvierzig auf vierundzwanzig sinkt, entstehen nicht zwei neue Zellen, sondern ein Ei und ein Richtungskörperchen. Der Richtungskörper ist ein »Pseudo-Ei«, dessen Chromosomen-Schema komplementär zu dem des echten Gameten bleibt. Allerdings ist es unfruchtbar, ein Nichts.

Das Ei teilt sich von neuem und stößt wieder einen Richtungskörper ab, der das gleiche Chromosomenschema enthält. Auch der erste Richtungskörper teilt sich in zwei Hälften mit Komplementär-Chromosomen. So sind immer mehr Richtungskörper mit Komplementär-Schema als solche mit dem ursprünglichen Schema vorhanden. Das ist wichtig. Alle Eier können entweder männlich oder weiblich sein. Das Geschlecht der Zygote wird von der Samenzelle des Vaters bestimmt; die Mutter spielt keine Rolle.

Selbstverständlich handelt es sich bei dieser Beschreibung um eine Vereinfachung. Die Begriffe »dominant« und »rezessiv« beispielsweise sind relativ; und bestimmte Charaktereigenschaften werden selten von einem einzigen Gen bestimmt. Außerdem kommen Mutationen — spontane Veränderungen der Gene selbst — häufiger vor, als man denkt. Doch im großen und ganzen ist das Bild der Vererbung richtig gezeichnet.

Wie kann man nun die Fakten ausnützen, um Wunschmenschen zu schaffen? Oberflächlich betrachtet erscheint die Frage einfach. Ein erwachsener Mann stellt Hunderte Milliarden an Gameten her. Eizellen sind zwar nicht in dieser ungeheuren Zahl vorhanden, aber auch von ihnen gibt es genug. Man könnte sich vorstellen, daß es relativ einfach ist, eine bestimmte Kombination auszuwählen und dann zu warten, bis sie auftaucht.

Aber man muß die gewünschte Kombination erkennen, wenn sie sich zeigt. Und das ist nur möglich, wenn man die Gen-Zusammensetzungen der Chromosomen beobachtet.

Nun? Gameten lassen sich auch außerhalb des Körpers am Leben erhalten, und Gene, so winzig sie sind, zeigen sich deutlich in den modernen Ultramikroskopen. Bitte — sehen Sie nach! Ist es die Samenzelle, die wir suchen, oder handelt es sich um eine ihrer minderwertigen Schwestern? Wenn das letztere der Fall ist, müssen wir eben weiterforschen.

Einen Augenblick! Gene sind so winzig, daß man sie allein durch die Beobachtung verändern kann. Die Strahlung eines Mikroskops kann einen ganzen Sturm von Mutationen erzeugen. Tut mir leid, was Sie sehen wollten, ist nicht mehr hier. Sie haben es verändert — oder gar getötet.

Also greifen wir zurück auf das feinste und doch mächtigste Werkzeug der Forschung — auf die Schlußfolgerung. Sie werden sich erinnern, daß eine männliche Keimdrüse zwei Sorten von Gameten produziert, die sich in ihrem Chromosomen-Schema ergänzen. Die weiblichen Teile haben die größeren Köpfe; die männlichen bewegen sich schneller. Wir können sie also voneinander trennen.

Wenn bei einer Gruppe von Gameten ein Teil untersucht werden soll, so können wir jeweils diejenigen wählen, deren Geschlecht nicht weitergegeben werden soll. Da sie die gleichen Chromosomen wie die andersgeschlechtlichen Gameten enthalten, lassen sich gültige Rückschlüsse auf die nicht untersuchten Zellen treffen.

Bei weiblichen Gameten liegt das Problem ganz ähnlich. Das Ei muß die natürliche Umgebung im Körper der Frau nicht verlassen. Man untersucht die Richtungskörperchen, die wertlos und allein nicht lebensfähig sind. Ihr Chromosomen-Schema ist entweder identisch oder komplementär zur Schwesterzelle. Man kann also das Schema der Eizelle genau feststellen.

Die Hälfte der Karten liegen aufgedeckt da. Deshalb *wissen* wir den Wert der zugedeckten Karten. Wir können spielen – oder auf bessere Karten warten.

In der ersten Zeit der Genetik erdichteten phantasievolle Schreiber alles Mögliche – Retorten-Babys, mutierte Ungeheuer, vaterlose Babys, Kinder, die Stück für Stück von einem Dutzend verschiedener Eltern entstanden. All diese Scheußlichkeiten sind möglich, wie die Experimente im Reich des Großen Khans bewiesen, aber wir Bürger der Republik haben uns gegen solche Pfuschereien mit aller Kraft zur Wehr gesetzt. Kinder, die mit Hilfe der Neo-Ortega-Martin-Selektion auf die Welt kommen, sind normale Babys, die von normalen Müttern normal geboren werden.

Sie unterscheiden sich nur in einer Hinsicht von den früheren Kindern: sie sind die *besten* Babys, die ihre Eltern überhaupt zeugen konnten.

4

Monroe-Alpha suchte seine Ortho-Frau auch am folgenden Abend auf. Sie sah ihn lächelnd an, als er ihre Wohnung betrat. »Zwei Nächte nacheinander«, sagte sie. »Clifford, allmählich glaube ich, du machst mir den Hof.«

»Ich dachte, du wolltest unbedingt diese Party besuchen«, entgegnete er steif.

»Und ob, Liebling. Ich bin dir dankbar, daß du mich mitnimmst. Einen Augenblick, ich ziehe mich um.« Sie stand auf und verließ das Zimmer mit ihrem gleitenden, katzenhaften Gang. Larsen Hazel war zu ihrer Zeit eine bekannte Tänzerin gewesen. Sie hatte beschlossen, daß es besser sei, sich von der Bühne zurückzuziehen, als von jungen Talenten vertrieben zu werden. Sie war jetzt dreißig, zwei Jahre jünger als ihr Mann.

»Fertig«, verkündete sie nach erstaunlich kurzer Zeit.

Er hätte ihr Kleid loben müssen; das verdiente es. Zum einen brachte es ihre tadellose Figur vorteilhaft zur Geltung, und zum anderen paßte das zarte Meergrün wundervoll zu ihrer Haut, ihrem Haar und ihrem Schmuck. Es hob sich vorteilhaft von seinem mattgoldenen hautengen Metallanzug ab.

Er hätte zumindest feststellen können, daß sie bei der Wahl des Kleides seinen Geschmack berücksichtigt hatte. Statt dessen sagte er nur: »Schön. Dann kommen wir noch rechtzeitig.«

»Das Kleid ist neu, Clifford.«

»Es ist recht hübsch«, erklärte er. »Können wir gehen?«

»Ja, gewiß.«

Er sprach während der Fahrt wenig, sondern beobachtete den Verkehr, als sei das kleine Auto nicht in der Lage, den Weg ohne seine Hilfe zu finden. Als es schließlich im obersten Stockwerk eines kostspieligen Wohnblocks stehenblieb und Monroe-Alpha die Kanzel öffnen wollte, legte ihm seine Frau die Hand auf den Arm. »Noch einen Augenblick, Clifford. Kann ich kurz mit dir sprechen, bevor wir uns im Gewühl aus den Augen verlieren?«

»Selbstverständlich. Ist etwas?«

»Nichts – und doch alles. Liebling – es muß mit uns beiden nicht unbedingt so weitergehen wie bisher.«

»Wie meinst du das?«

»Du weißt, wie ich es meine, wenn du nur einen Augenblick darüber nachdenkst. Du brauchst mich nicht mehr – habe ich recht?«

»Also – Hazel, ich weiß nicht, weshalb du solche Sachen sagst. Du warst großartig. Du bist schön, Hazel. Niemand könnte mehr verlangen.«

»Mmm – darüber wollen wir gar nicht sprechen. Ich habe keine geheimen Laster und, soviel ich weiß, habe ich dir noch nie weh getan. Aber das meine ich nicht. Du empfindest kein Vergnügen mehr in meiner Gesellschaft – keinen Auftrieb.«

»Äh – das stimmt nicht. Ich könnte mir keine bessere Kameradin als dich wünschen. Wir hatten nie Streit und ...«

Sie unterbrach ihn mit einer Handbewegung. »Du verstehst mich immer noch nicht. Es wäre vielleicht ganz gut gewesen, wenn wir hin und wieder Streit bekommen hätten. Dann wüßte ich besser, was hinter deinen großen, traurigen Augen vorgeht. Du hast nichts gegen mich. Im Gegenteil, ich glaube, daß du mich ebenso gern magst wie alle anderen Menschen. Manchmal bist du sogar gern bei mir – wenn du dich erschöpft fühlst und ich auf deine Stimmungen eingehe. Aber das genügt nicht. Und meine Gefühle dir gegenüber sind so freundschaftlich, daß ich mir Sorgen um dich mache. Du brauchst mehr, als ich dir geben kann.«

»Ich glaube nicht, daß je eine Frau mehr für mich tun könnte als du.«

»O doch. Ich weiß es, weil ich dir einmal mehr bedeutet habe. Erinnerst du dich noch, wie es war, als wir die Ehe eintragen ließen? Damals gab ich dir Auftrieb. Du warst glücklich. Und das machte auch mich glücklich.. Du warst so begeistert von allem, was ich tat, daß mir manchmal die Tränen in die Augen traten, wenn ich dich nur ansah.«

»Du bereitest mir auch jetzt noch Freude.«

»Höchstens unterbewußt. Aber ich glaube zu wissen, was geschehen ist.«

»Was?«

»Damals tanzte ich noch. Ich war die berühmte Hazel. Ich war alles, was du nie sein konntest. Glanz und helle Lichter und Musik. Ich erinnere mich noch, wie du in der Pause zu mir kamst, ganz stolz. Und deine Intelligenz machte solchen Eindruck auf mich – sie tut es übrigens heute noch. Ich fühlte mich geschmeichelt, daß du mir den Hof machtest.«

»Du hättest die besten Männer im Land haben können.«

»Sie sahen mich nicht so an wie du. Aber darum geht es nicht. Ich bin in Wirklichkeit nicht das strahlende Mädchen, das ich immer spielte. Das Tanzen war für mich eine Arbeit wie jede andere, und ich bemühte mich, sie gut zu machen. Jetzt sind die Lichter aus, die Musik ist verstummt, und ich kann dir nicht mehr helfen.«

»Sag so etwas nicht, Kleines.«

Sie legte die Hand auf seinen Arm. »Belüge dich nicht selbst, Cliff. Meine Gefühle kannst du nicht verletzen. Ich war dir von Anfang an eine Art Mutter und nichts anderes. Du bist mein Baby. Ich möchte, daß du glücklich wirst.«

Er zuckte hilflos mit den Schultern. »Was kann ich denn ändern? Selbst wenn alles, was du sagst, stimmt – was kann ich ändern?«

»Die Lösung ist nicht so schwer. Irgendwo gibt es sicher ein Mädchen, das alles besitzt, was du in mir gesucht hast. Sie muß nur sich selbst treu bleiben, um dir wieder Schwung zu geben.«

»Pah! Wo sollte ich sie finden? Nein, Liebling, der Fehler liegt nicht bei dir, sondern bei mir. Ich bin von Natur aus düster. Das ist alles.«

»Selbst pah! Du hast sie bisher nicht gefunden, weil du nicht nach ihr gesucht hast. Du hast dich festgefahren, Cliff. Dienstag und Freitag – Abendessen mit Hazel. Montag und Donnerstag – Sporthalle. Am Wochenende eine Fahrt aufs Land, um möglichst viel Vitamin D aufzuschnappen. Man muß dich von diesem Trott aufrütteln, Cliff. Ich gehe morgen nach unten und hinterlege eine Einwilligung.«

»Das kannst du nicht!«

»Und ob ich kann! Wenn du jemanden findest, der deinen Wünschen besser entspricht, kannst du ohne Schwierigkeiten oder Verzögerungen eine neue Ehe schließen.«

»Hazel, ich will aber nicht, daß du mich freigibst.«

»Ich gebe dich nicht frei. Ich will dich nur ermutigen, einmal nach anderen Frauen Ausschau zu halten. Du kannst mich jederzeit besuchen, selbst wenn du wieder verheiratet bist. Aber nicht mehr jeden Dienstag und Freitag. Das kommt nicht in Frage. Ruf mich meinetwegen um Mitternacht an oder komm während deiner geheiligten Arbeitszeit.«

»Hazel, du kannst doch nicht im Ernst wollen, daß ich mich nach anderen Frauen umsehe?«

Sie hob sein Kinn. »Clifford, du bist ein reizender Dummkopf. Über Zahlen weißt du alles, aber was du über Frauen nicht weißt, könnte Bände füllen.« Sie küßte ihn. »Sieh mich nicht so an. Mama tut schon das Richtige.«

»Aber ...«

»Wir müssen zur Party.«

Sie öffneten die Kanzel des Wagens. Dann betraten sie die Wohnung ihrer Gastgeberin.

Das Stadthaus von Johnson-Smith Estaire nahm das gesamte oberste Stockwerk des unterirdisch gebauten Wohnblocks ein. Es war ein auffallendes Beispiel für auffallende Verschwendungssucht. Die Wohnfläche – man konnte die Vielzahl von verrückt zusammengesetzten Baumaterialien kaum als Heim bezeichnen – nahm etwa ein Drittel des Gesamtraums ein. Der Rest bestand aus Gärten und überdachten Vergnügungshallen. Das lächerlich hohe Einkommen ihres Mannes stammte aus der Herstellung von automatischen Möbeln; Johnson-Smith Estaire gefiel sich deshalb darin, in ihrer Wohnung möglichst wenige Maschinen zu benutzen.

Deshalb auch wurden sie von leibhaftigen Dienern in Empfang genommen und zur breiten Treppe gebracht, an deren oberem Ende die Gastgeberin mit einem strahlenden Lächeln wartete. Sie streckte die Arme aus, als sie Clifford und Hazel sah. »Liebste!« sprudelte sie hervor. »Wie reizend, daß du gekommen bist. Und dein charmanter, kluger Gatte!« Sie wandte sich dem Ehrengast zu, der dicht neben ihr stand. »Dr. Thorgsen, das hier sind zwei meiner besten Freunde. Larsen Hazel – ein liebes, kluges Ding. Und Master Monroe-Alpha Clifford. Er hat im Finanzministerium mit all diesen Gelddingen zu tun.«

Thorgsen brachte es fertig, zugleich zu lächeln und die Stirn zu runzeln. »*Die* Larsen Hazel? Aber natürlich – ich hätte Sie sofort erkannt. Tanzen Sie heute abend für uns?«

»Ich tanze nicht mehr.«

»Das ist doch jammerschade! Die erste negative Veränderung, die ich seit meiner Rückkehr auf die Erde feststelle. Ich war nämlich zehn Jahre fort.«

»Auf Pluto, nicht wahr? Wie sieht es dort aus, Doktor?«

»Es ist reichlich kühl.« Wieder lächelte er und runzelte die Stirn, und Clifford verbeugte sich. »Es ist mir eine Ehre, Sie kennenzulernen, Sir.«

»Oh, weshalb denn – ich meine, ich freue mich natürlich. Verdammt, Sir, ich bin an diese Höflichkeitsfloskeln nicht mehr gewöhnt. Wir haben drüben nämlich eine Kolonistengemeinschaft, müssen Sie wissen. Keine Waffen.«

Monroe-Alpha hatte mit Erstaunen festgestellt, daß Thorgsen unbewaffnet war und die Friedens-Armbinde trug. Dennoch hatte er die Haltung eines Bewaffneten, der seine Position genau kannte. »Das Leben draußen muß ganz anders sein«, meinte er.

»Und ob, und ob. Völlig anders. Arbeit, eine kleine Unterhaltung, Schlaf und wieder an die Arbeit. Sie haben mit Finanzen zu tun, was? Welche Sparte?«

»Ich beschäftige mich mit Re-Investierungen.«

»Ach, nun weiß ich, wer Sie sind. Sogar auf Pluto hörte man von Ihrer Verbesserungsmethode. Großartige Rechenleistung, mein Lieber. Degradiert unsere kleinen Stereo-Parallaxen-Rätsel geradezu.«

»Sie schmeicheln.«

»Keineswegs. Vielleicht können wir uns später noch eingehend darüber unterhalten. Sie haben sicher den einen oder anderen guten Rat für mich.«

»Ich fühle mich geehrt.«

Die nächsten Gäste warteten bereits. Hazel sah, daß ihre Gastgeberin ungeduldig wurde. Sie gingen weiter. »Amüsiert euch gut, meine Lieben«, meinte Estaire liebenswürdig. »Ich habe ein paar Kleinigkeiten vorbereiten lassen.«

»Die »Kleinigkeiten« waren zwei Kinosäle; in einem davon liefen ohne Unterbrechung die neuesten Filme; der andere brachte Nachrichten für die Leute, die auch bei Festlichkeiten ihre Geschäfte nicht vergessen konnten. Dann gab es natürlich Spielräume und Dutzende von kleinen Nischen und Séparées, wo sich Paare oder Geschäftspartner ungestört unterhalten konnten. Ein populärer Trickkünstler ging umher und führte den Gästen seine kleinen Künste und Späße vor. Überall standen Tische mit erlesenen Speisen und Getränken.

Der weite, mit Mosaiken geschmückte Ballsaal wirkte noch ziemlich leer, da die Gruppentänze erst später beginnen würden. An einer Seite führte der Saal ohne Trennwand in einen überdachten Garten, in dessen Felsnischen ein sanftes, indirektes Licht schimmerte. Die andere Seite des Ballsaals wurde von der durchsichtigen Wand des Schwimmbeckens begrenzt, dessen Zugang sich noch eine Terrasse höher befand. Bunte Scheinwerfer spielten über das Wasser. Sie beleuchteten die Einlegearbeiten und Pflanzen und nicht zuletzt die Schwimmer, die graziös die Fluten teilten.

Clifford und Hazel setzten sich in die Nähe des Schwimmbekkens und lehnten sich gegen die Glaswand. »Möchtest du tanzen?« fragte er.

»Nein, noch nicht.« Ein Mädchen, das jenseits der Wand schwamm, glitt auf sie und sprudelte Blasen gegen das Glas. Hazel stupste mit dem Zeigefinger an die Scheibe, da wo das Gesicht der Schwimmerin auftauchte. Das Mädchen machte eine Kehre und schwamm in die andere Richtung. »Wenn es dir nichts ausmacht, nehme ich auch ein Bad.«

»Selbstverständlich.«

»Kommst du mit?«

»Nein, danke.«

Als sie fort war, schlenderte er ein paar Minuten ziellos umher. Die gebotenen Dinge ließen ihn kalt; er suchte unentschlossen nach einer Nische, in der er sich seiner Melancholie hingeben und ein paar Gläser trinken konnte. Aber die meisten Paare hatten den gleichen Gedanken gehabt — nicht aus Melancholie! — und so waren die kleinen Plätzchen alle belegt. Er gab die Suche auf und betrat einen kleineren Salon, in dem sich bereits ein halbes Dutzend Leute befanden. Sie gaben sich der uralten Beschäftigung hin, Weltprobleme in Alkohol aufzulösen.

Er blieb zögernd an der Tür stehen, doch als ihm einer der Männer freundlich winkte, trat er ein und nahm Platz. Das Gespräch nahm seinen Fortgang.

»Angenommen, man löst das Feld auf«, sagte einer der Männer. »Wozu wird das führen? Was soll es bringen? Ein paar Gegenstände und Aufzeichnungen aus der Epoche, in welcher das Feld errichtet wurde. Mehr vermutlich nicht. Daß jetzt noch Leben darin enthalten sein könnte, unverändert, nach ein paar hundert Jahren völliger Stasis — nein, das halte ich für absurd.«

»Woher wissen Sie das? Es steht fest, daß sie glaubten, einen Weg zur Aufhebung — oder besser gesagt, *Einfrierung* — der Entropie gefunden zu haben. Die Hinweise, die bei dem Feld entdeckt wurden, sind eindeutig.«

Monroe-Alpha begriff, wovon sie sprachen. Es ging um das sogenannte Adirondack-Stasisfeld. Als es vor einer Generation entdeckt worden war, hatte es drei Tage lang alle Schlagzeilen für sich beansprucht. Nichts Spektakuläres — einfach ein undurchdringliches Gebiet völliger Reflektion, ein kubusförmiger Spiegel. Man hatte das Feld versteckt in den Bergen gefunden, die ihm später seinen Namen gaben. Vielleicht wäre es möglich gewesen, das Feld zu durchdringen, aber niemand wagte es, da man in der Nähe eine Platte mit Anweisungen fand. Und auf diesen Anweisungen stand klar und deutlich, daß sich Lebewesen aus dem Jahre 1926 im Innern des Stasisfeldes befanden. Man konnte das Feld auflösen, wenn man untenstehende Vorschriften beachtete ...

Aber kein Mensch hatte diese Vorschriften je gefunden.

Da nirgends in den Bibliotheken der anerkannten Forschungsinstitute ein Stasisfeld erwähnt war, herrschte die Meinung vor, es müßte sich um einen Ulk handeln. Dennoch machte man Versuche, das Rätsel der verschwundenen Vorschriften zu lösen.

Monroe-Alpha hatte gehört, daß man nun endlich in einer glatten Fläche der Platte verborgene Schriftzeichen entdeckt hatte, aber die Sache war ihm wieder entfallen. In den Nachrichten wurden immer wieder Dinge aufgebauscht, die sich letzten Endes als Fehlanzeigen erwiesen. Er erinnerte sich nicht einmal, wie die Inschrift gelautet hatte — irgendwie war die Rede von polarisiertem Licht oder etwas ähnlich Trivialem gewesen.

»Es geht hier nicht um materielle Dinge«, meinte ein anderer. »Betrachten wir einmal rein intellektuell das Problem des Menschen, der aus der dunklen Vorzeit zu uns gelangt.« Der Sprecher war ein schlanker, jugendlicher Mann. Er trug einen blaugrünen Seidenanzug, der die Blässe seiner Züge betonte. Er sprach langsam, aber eindrucksvoll. »Was würde er von der Welt halten, in der er sich plötzlich befindet? Was können wir ihm für die Dinge bieten, die er zurückgelassen hat?«

»Was wir ihm zu bieten haben? Alles! Sehen Sie sich doch einmal um.«

Der junge Mann lächelte überlegen. »Ja — sehen Sie sich um. Automaten — aber was fängt er mit Automaten an? Er kommt aus einer früheren, mutigeren Epoche. Aus einer Welt der Unabhängigkeit und Würde. Jeder Mann bestellte seinen eigenen Acker mit der Frau, die er als Lebensgefährtin gewählt hatte. Sie zogen aufrechte, starke Kinder groß und lehrten sie, aus dem Schoß der Erde ihr Brot zu gewinnen. Der Mensch von früher hatte kein künstliches Licht, aber er brauchte es auch nicht. Er erhob sich im Morgengrauen und machte sich mit Ernst daran, die Aufgaben des Tages zu erfüllen. Bei Sonnenuntergang war er müde und begrüßte die Nachtruhe. War sein Körper schweißbedeckt und staubig, so badete er im Quell neben dem Haus. Er brauchte keine spiegelnden Swimming-pools. Er kam mit den einfachen, wesentlichen Dingen aus.«

»Und Sie glauben, daß er diese Dinge tatsächlich mehr liebte als den modernen Komfort?«

»Ich bin überzeugt davon. Jene Menschen waren glücklich. Sie lebten mit der Natur, wie es das Große Ei wollte.«

Monroe-Alpha dachte über die Worte nach. Sie hatten etwas Lockendes an sich. Er spürte tief im Innern, daß er sich nichts aus der modernen Technik machte. Nicht einmal sein Computer gab ihm etwas ab. Ihn interessierten lediglich die mathematischen Prinzipien, die darin enthalten waren. Und seit wann brauchte ein Mathematiker andere Werkzeuge als seinen Verstand? Pythagoras war mit einem Stock und einer Sandfläche ausgekommen. Und was ihn und Hazel betraf — ob es wohl auch zu dem Bruch gekommen wäre, wenn sie gemeinsam ihr tägliches Brot aus dem widerspenstigen Boden gewonnen hätten?

Er schloß die Augen und versuchte sich das einfache, goldene Zeitalter um 1926 vorzustellen. Er trug handgewebte Kleider, die seine fingerfertige Frau hergestellt hatte — oder vielleicht sogar Tierfelle, die sie am Boden der Hütte getrocknet hatte. Kinder spielten in der Umgebung — wahrscheinlich drei. Wenn die Tagesarbeit ruhte, würde er mit seinem ältesten Sohn den Hügel erklimmen und ihm den Sonnenuntergang zeigen. Und sobald die Sterne am Himmel funkelten, konnte er ihm die Wunder der Astronomie erklären. Die Weisheit sollte wie eh und je vom Vater auf den Sohn übertragen werden.

Sie würden Nachbarn haben — starke, schweigsame Männer, deren kurzes Nicken und kräftiger Händedruck mehr bedeutete als die zwanglosen Zusammenkünfte der modernen »Zivilisation«.

Es waren andere im Zimmer, die sich dem Zauber nicht so bereitwillig hingaben wie Monroe-Alpha. Man diskutierte hin und her, bis die Worte immer schärfer wurden. Der junge Mann, der den Anstoß dazu gegeben hatte, erhob sich und bat die Anwesenden, ihn zu entschuldigen. Er schien etwas gekränkt über den Empfang, den seine Ideen erhalten hatten. Monroe-Alpha erhob sich rasch und folgte ihm.

»Verzeihung, werter Herr . . .«

Der junge Mann — er hieß Gerald — blieb stehen. »Ja, bitte?«

»Ihre Ideen interessieren mich. Darf ich mich noch eine Weile mit Ihnen unterhalten?«

»Aber gern. Es ist mir eine Ehre.«

»Ganz meinerseits. Sollen wir uns irgendwo setzen?«

»Mit Vergnügen.«

Hamilton Felix tauchte reichlich spät auf. Er war so angesehen, daß er zu jedem von Johnson-Smith Estaires großen Empfängen eine Einladung erhielt, obwohl sie ihn nicht mochte — seine Bemerkungen verwirrten sie.

Hamilton blieb dennoch ihren Festen nicht fern. Auf Estaires Party gab es die amüsantesten Kombinationen. Sie verstand es, interessante Persönlichkeiten um sich zu sammeln. Hamilton gefiel das.

Er stieß ziemlich bald nach seiner Ankunft auf Monroe-Alpha, in dessen Begleitung sich ein junger Mann befand. Hamilton fiel sofort auf, daß die Farbe seines Anzugs unvorteilhaft war. Er legte Monroe-Alpha die Hand auf den Arm.

»Oh — guten Abend, Cliff.«

»Beschäftigt?«

»Im Augenblick ja. Etwas später?«

»Ich lasse dich sofort wieder laufen. Aber siehst du den jungen Kerl, der an der Säule dort drüben lehnt? Da — jetzt schaut er in unsere Richtung.«

»Was ist mit ihm?«

»Ich glaube, daß ich ihn kennen müßte, aber ich kann mich nicht mehr an seinen Namen erinnern.«

»Ah, ich weiß, wer er ist. Er befand sich bei den jungen Leuten, die gestern abend Streit mit uns begannen.«

»Aaah — das ist ja interessant.«

»Sieh zu, daß du keine Schwierigkeiten bekommst, Felix.«

»Keine Angst. Vielen Dank, Cliff.«

Sie gingen weiter, während Hamilton unauffällig den jungen Mann beobachtete, nach dem er sich erkundigt hatte. Der andere merkte offensichtlich daß er gemustert wurde, denn er kam direkt auf Hamilton zu und blieb genau drei Schritte entfernt von ihm stehen. »Ich komme in Freundschaft, werter Herr.«

»Das Haus unserer Gastgeberin faßt nur Freunde«, erwiderte Hamilton formell.

»Sie sind zu freundlich, Sir. Mein Name ist McFee Norbert.«

»Angenehm. Ich heiße Hamilton Felix.«

»Ja, ich weiß.«

Hamilton wurde aufmerksam. »Ah! Kannte Ihr Freund mich, als er mich herausforderte?«

McFee warf rasch einen Blick nach rechts und links, als befürchtete er, jemand könnte die Bemerkung gehört haben. Ganz offensichtlich störte ihn Hamiltons direkte Art. »Leise, Sir«, flüsterte er. »Ich sage Ihnen, daß ich in Freundschaft komme. Das Ganze war ein Irrtum, ein bedauerlicher Irrtum. Die Herausforderung galt einem anderen.«

»So? Weshalb begann er dann mit mir zu streiten?«

»Ich versichere Ihnen, es war ein Irrtum. Es tut mir aufrichtig leid.«

»Hören Sie«, meinte Hamilton, »das entspricht nicht den Sitten. Weshalb kommt er nicht wie ein Mann zu mir, wenn er einen Fehler begangen hat? Ich werde ihn in Frieden empfangen.«

»Er kann es nicht.«

»Weshalb? Ich habe ihn nur angeschossen.«

»Dennoch kann er es nicht. Ich versichere Ihnen, daß er – bestraft wurde.«

Hamilton sah ihn scharf an. »Sie sagen ›bestraft‹ – und er kann sich nicht bei mir entschuldigen. Heißt ›bestraft‹ etwa, daß er sich ein Stelldichein mit dem Leichenbestatter gab?«

Der andere zögerte einen Augenblick. »Können wir uns privat unterhalten – im Vertrauen?«

»Die Sache ist mir nicht ganz geheuer, mein Freund Norbert.«

McFee zuckte mit den Schultern. »Dann tut es mir leid, Sir.«

Hamilton überlegte. Warum eigentlich nicht? Der Aufbau wirkte amüsant. Er nahm McFees Arm. »Also schön, sprechen wir unter vier Augen. Wohin möchten Sie gehen, mein Freund?«

McFee füllte sein Glas. »Sie haben zugegeben, Freund Felix, daß Sie nicht unbedingt mit der lächerlichen genetischen Politik unserer sogenannten Kultur einverstanden sind. Wir erfuhren das.«

»Woher?«

»Ist das wichtig? Wir haben unsere Methoden. Ich weiß, daß Sie ein mutiger, fähiger Mann sind, der handeln kann. Würden Sie Ihre Kräfte einem wirklich lohnenden Projekt zur Verfügung stellen?«

»Dazu müßte ich das Projekt erst kennen.«

»Natürlich. Sagen wir ... nein, es ist vielleicht doch besser, wenn ich nichts sage. Ich möchte Sie nicht mit Geheimnissen belasten.«

Hamilton nahm den Köder nicht an. Er blieb einfach sitzen. McFee wartete und fügte dann hinzu: »Kann ich Ihnen vertrauen, mein Freund?«

»Würde Ihnen meine Versicherung etwas nützen, wenn es nicht so wäre?«

Zum ersten Mal wich der fiebrige Glanz aus McFees Augen. Er lächelte ein wenig. »Damit haben Sie mich festgenagelt. Nun – ich halte mich für einen guten Menschenkenner. Ich will Ihnen vertrauen. Können Sie sich ein wissenschaftlich geplantes Programm vorstellen, das uns höchstes Wissen verschafft, ohne daß wir uns den albernen Regeln unserer Genetiker beugen müssen?«

»Oh ja, durchaus.«

»Unterstützt von tüchtigen Männern, die für sich selbst denken und planen können?«

Hamilton nickte. Er wußte immer noch nicht, was der junge Mann eigentlich wollte, aber er hatte beschlossen, mitzuspielen.

»Sehr viel mehr kann ich nicht sagen – wenigstens nicht hier«, meinte McFee. »Kennen Sie die Wolfsloge?«

»Natürlich.«

»Sind Sie Mitglied?«

Hamilton nickte. Jeder oder beinahe jeder gehörte zur alten Wolfsbruderschaft. Er hatte den Klub seit mehr als einem halben Jahr nicht mehr betreten, aber es war gut, einen Ort zu kennen, an dem man immer Zuflucht fand.

»Gut. Könnten wir heute nacht dort hingehen?«

»Meinetwegen.«

»Meine Freunde und ich treffen uns des öfteren in einem Nebenzimmer. Sie brauchen nicht am Empfang zu fragen – es ist die Romulus- und Remus-Halle, gleich gegenüber dem Lift. Sagen wir gegen zwei?«

»Lieber halb drei.«

»Wie Sie wünschen.«

Monroe-Alpha sah sie zuerst während der großen Polonäse. Er hätte nicht sagen können, weshalb sie ihm auffiel. Sie war zweifellos schön, aber Schönheit war bei Mädchen kein Unterscheidungsmerkmal. Mädchen besaßen die gleiche Schönheit wie Perserkatzen, Schmetterlinge oder Rennpferde.

Schwerer war es schon, ihre besondere Anziehungskraft zu durchschauen. Vielleicht genügt die Feststellung, daß Monroe-Alpha bei ihrem Anblick die reizvolle und fesselnde Unterhaltung mit Gerald völlig vergaß. Er vergaß auch, daß er nicht gern tanzte und nur zur Polonäse gezwungen worden war, weil er sich zufällig im Ballsaal befand. Er vergaß sogar seine allumfassende Melancholie.

Er wurde sich dieser Dinge nicht voll bewußt. Er merkte nur, daß er während des ganzen Tanzes bemüht war, sie nicht aus den Augen zu verlieren. Aus diesem Grund tanzte er noch schlechter als gewöhnlich. Er mußte sich bei seinen Partnerinnen ständig für seine Ungeschicklichkeit entschuldigen.

Aber seine Schrittkombinationen wurden nicht besser, denn er versuchte im Kopf auszurechnen, ob die Figuren sie irgendwann für kurze Zeit zusammenführen würden.

Er hatte entschieden, daß sie nicht zusammenkommen würden und suchte bereits nach einer Möglichkeit, unauffällig die Tanzfläche zu verlassen, als sie ihm plötzlich gegenüberstand.

Ihre Fingerspitzen berührten die seinen. Dann umfaßte er ihre Taille und drehte sie. Er tanzte beschwingt, herrlich, ekstatisch. Er wuchs über sich hinaus, das konnte er spüren.

Zum Glück landete sie beim Sturz auf ihm.

Aus diesem Grund konnte er ihr aber nicht auf die Beine helfen. Sie richtete sich selbst auf und versuchte, ihm zu helfen. Er überlegte sich gerade die kompliziertesten Formen einer Entschuldigung, als er sah, daß sie lachte. »Lassen Sie nur«, unterbrach sie ihn, »es hat Spaß gemacht. Wir werden diesen Schritt privat üben. Das gibt eine Sensation.«

»Ehrenwerte Dame ...«, begann er von neuem.

»Der Tanz ...«, sagte sie. »Wir kommen nicht mehr in den Rhythmus.« Sie schlüpfte durch die Menge und fand ihren Platz.

Monroe-Alpha war von dem Vorfall so deprimiert, daß er gar nicht den Versuch machte, sich wieder einzureihen. Er war zu sehr mit den Wirbelstürmen in seinem Innern beschäftigt, um lange über die Ungezogenheit nachzudenken, die er von neuem beging. Niemand durfte einen Gruppentanz vor dem Finale verlassen.

Nach dem Tanz sah er sie wieder, aber sie befand sich in einer Gruppe von Menschen, die ihm alle fremd waren. Einem raffinierten jungen Galan wären ein halbes Dutzend Möglichkeiten eingefallen, sich der Angebeteten zu nähern. Er hingegen besaß solche Talente nicht. Er wünschte sich glühend, daß sein Freund Hamilton auftauchen würde. Hamilton wußte, wie man solche Dinge handhabte.

Sie lachte über irgendeine Bemerkung. Ein paar junge Männer neben ihr stimmten in das Lachen ein. Einer sah in seine Richtung. Verdammt, lachten sie etwa über ihn?

Dann erspähte *sie* ihn. Ihre Blicke waren warm und freundlich. Nein, sie lachte ihn nicht aus. Einen Augenblick gab er sich dem Gefühl hin, daß er sie kannte, seit langer Zeit, und daß sie ihn deutlich einlud, sich zu ihr zu gesellen.

Vielleicht hätte er seinen ganzen Mut zusammengenommen und sich ihr genähert, wenn nicht im gleichen Moment jemand seinen Ellbogen berührt hätte. »Ich habe überall nach Ihnen gesucht, junger Freund.«

Es war Dr. Thorgsen. Monroe-Alpha stammelte mühsam: »Oh — wie gefällt es Ihnen hier, werter Sir?«

»Nun, es ist das übliche. Sie sind im Augenblick frei? Können wir ein wenig miteinander plaudern?«

Monroe-Alpha warf einen zögernden Blick auf das Mädchen. Sie sah ihn nicht mehr an, sondern hörte aufmerksam einem ihrer Begleiter zu. Nun schön, dachte er, du kannst nicht erwarten, daß sie einen Sturz auf der Tanzfläche als Ersatz für eine formelle Vorstellung betrachtet. Vielleicht konnte er später die Gastgeberin aufsuchen und sich vorstellen lassen, wie es sich gehörte. »Ja, ich bin frei«, erwiderte er. »Wohin sollen wir gehen?«

»Suchen wir uns eine gemütliche Ecke, wo es etwas zu trinken gibt«, sagte Thorgsen lachend. »In den Morgennachrichten heißt es, daß Ihr Ministerium eine neuerliche Dividendenerhöhung verkündet.«

»Ja.« Monroe-Alpha war ein wenig verwirrt. Das Ansteigen der Produktivität bedeutete doch keine Sensation. Es war normal. Höchstens eine Senkung hätte die Gemüter erregt.

»Ich nehme an, daß ein Überschuß besteht, der noch nicht ausgeschüttet wurde?«

»Natürlich. So ist es immer.« Es war bekannt, daß die Hauptbeschäftigung des Politischen Ausschusses darin bestand, geeignete Möglichkeiten zur Verteilung der neuen Mittel zu finden. Die einfachste war die direkte Ausgabe von Regierungszuschüssen — Papiergeld ohne Golddeckung — oder ein von der Regierung getragener Diskont im Einzelhandel. Die indirekte Methode gestattete eine zwanglose Kontrolle gegen die Inflation der Preissymbole. Die direkte Methode führte zu einer Steigerung des Gehalts und einer gleichzeitigen Entmutigung, für Gehalt zu arbeiten. Beide Methoden trugen dazu bei, daß die produzierten Güter gekauft und konsumiert wurden und das Gleichgewicht des Handels erhalten blieb.

Aber der Mensch ist ein Arbeitstier. Er liebt die Arbeit. Und seine Arbeit ist teuflisch produktiv. Selbst wenn man ihn besticht, sich dem Arbeitsmarkt fernzuhalten, indem man ihm eine dicke Monatsdividende zukommen läßt, wird er in seiner Freizeit irgendeinen Apparat basteln, der von neuem die Arbeit verdrängt und die Produktivität erhöht.

Sehr wenige Menschen besitzen die Phantasie und das Temperament, ein Leben lang zu faulenzen. Der Drang zum Arbeiten übermannt sie. Es war die Pflicht der Planer, mit allen Mitteln die Kaufkraft in Gebiete abzuleiten, wo sie die Flut der Konsumgüter nicht noch erhöhen würden. Aber es gibt eine Grenze in dieser Richtung. So kann man beispielsweise nicht ununterbrochen nutzlose öffentliche Gebäude konstruieren. Die Unterstützung der Wissenschaft und Forschung ist eine gute Möglichkeit, Geld zu verbrauchen, aber sie schiebt das Problem nur hinaus, denn so »rein« die Forschung auch sein mag, sie führt letzten Endes immer zu einer Steigerung der Produktion.

»Hat man schon beschlossen, was mit dem Überschuß geschehen wird?«

»Soviel ich weiß, nein«, entgegnete Monroe-Alpha. »Ich habe mich aber nicht sonderlich darum gekümmert. Sie müssen wissen, ich bin kein Planer, sondern Rechner.«

»Ja, das ist mir klar. Aber Sie stehen diesen Burschen von der Planung näher als ich. Und ich habe ein kleines Projekt ausgedacht, für das ich die Regierung zahlen lassen möchte. Wenn Sie Zeit haben, erläutere ich Ihnen die Sache näher. Vielleicht können Sie mir sogar dabei helfen, sie durchzusetzen.«

»Weshalb wenden Sie sich nicht direkt an den Ausschuß?« fragte Monroe-Alpha. »Ich selbst habe kein Mitspracherecht.«

»Nein, aber Sie kennen die Gepflogenheiten des Ausschusses. Außerdem können Sie meinen Plan sicher gut beurteilen. Ehrlich gesagt, er ist ziemlich kostspielig und dabei fast nutzlos.«

»Das ist kein Hindernis.«

»Wie? Ich dachte, ein Projekt müßte etwas bringen?«

»Ganz und gar nicht. Es muß wertvoll sein, und das wird dahingehend ausgelegt, daß es für das Wohl der ganzen Menschheit unternommen wird. Aber nützlich im wirtschaftlichen Sinn muß es nicht sein.«

»Hmm – ich fürchte, mein Projekt bringt auch der Menschheit nichts ein.«

»Geben Sie nicht so rasch auf. Der Begriff ›wertvoll‹ ist dehnbar. Aber worum handelt es sich eigentlich?«

Thorgsen zögerte einen Augenblick, bevor er antwortete. »Sie haben das ballistische Planetarium in Buenos Aires gesehen?«

»Nein, noch nicht. Aber ich habe natürlich davon gehört.«

»Es ist eine herrliche Anlage. Bedenken Sie – eine Maschine, welche die Position eines jeden Körpers im Sonnensystem berechnet – zu jeder Zeit, ob Vergangenheit oder Zukunft. Und die Ergebnisse stimmen bis auf sieben Stellen nach dem Komma.«

»Ganz nett«, meinte Monroe-Alpha. »Allerdings ist das Problem elementar.« Für ihn war es das. Er berechnete die sprunghaften Variablen der sozial-ökonomischen Probleme, die durch irgendwelche Modelaunen all seine Vorhersagen umwerfen konnten. Für ihn war das Problem elementar. Vielleicht ein wenig kompliziert einzustellen, aber es erforderte wenig geistige Arbeit.

»Elementar!« Thorgsen wirkte ein wenig gekränkt. »Nun ja, wie Sie meinen. Aber was halten Sie von einer Maschine, die das gleiche für das ganze Universum berechnet?«

»Oh? Das wäre phantastisch.«

»Im Augenblick ja. Aber wenn wir den Versuch erst einmal für unseren Spiralarm machen?«

»Immer noch phantastisch. Die Variablen würden sich in der Größenordnung drei mal zehn hoch zehn bewegen, nicht wahr?«

»Ja. Aber weshalb nicht? Es ließe sich durchführen, wenn wir genug Zeit – und Geld – hätten.« Er wurde ernst. »Ich schlage folgendes vor: Wir beginnen mit ein paar tausend Körpern, von denen wir genaue Vektorwerte besitzen. Wir würden für den Anfang eine geradlinige Bewegung annehmen. Die Stationen, die wir auf Pluto, Neptun und Titan besitzen, könnten uns bei der Überprüfung der Werte helfen. Später, wenn die Maschine ausgebaut ist, könnten wir eine Art empirische Behandlung des Randeffekts einführen. Unsere Feldbegrenzung hätte die Form eines abgeflachten Ellipsoides.«

»Doppelte Abflachung, nicht wahr, einschließlich der Parallaxen, die durch unsere Sterndrift verursacht werden.«

»Ja. Ja, das müßte man einbeziehen.«

»Und die Wasserstoff-Helium-Transformationen eines jeden Körpers liefern sicher wertvolle Daten.«

»Junge, Sie haben mir einiges voraus. Ich dachte nur an eine schematische Lösung.«

»Weshalb wollen Sie sich damit zufriedengeben? Wenn man eine Strukturanalogie einführt, sollte man den symbolischen Mechanismus so genau wie möglich dem tatsächlichen Prozeß angleichen.«

»Gewiß, gewiß. Sie haben recht. Ich war nur nicht so ehrgeizig. Ich hätte mich mit weniger zufriedengegeben. Eine Frage — glauben Sie, daß der Ausschuß mir Mittel gewähren wird?«

»Weshalb nicht? Der Plan ist wertvoll, kostspielig und langwierig. Außerdem sieht es nicht so aus, als brächte er einen wirtschaftlichen Nutzen. Ich würde sagen, daß er geradezu zur Unterstützung herausfordert.«

»Sie nehmen eine große Last von mir.«

Sie verabredeten sich für den folgenden Tag.

Sobald sich Monroe-Alpha mit Anstand zurückziehen konnte, tat er es. Er ging zurück an die Stelle, wo er das Mädchen zuletzt gesehen hatte. Natürlich war sie nicht mehr da. Mehr als eine Stunde suchte er nach ihr, bis er sich zu dem Schluß zwang, daß sie die Party verlassen hatte. Sie war nicht im Swimming-pool — außer sie brachte es fertig, länger als zehn Minuten unter Wasser zu bleiben. Sie befand sich in keiner der Nischen. Ohne es zu wissen, hatte Monroe-Alpha einige Male sein Leben riskiert, weil er die Pärchen in den dunklen Ecken allzu neugierig angestarrt hatte.

Er hatte beabsichtigt, Hazel auf dem Heimweg von dem Vorfall zu erzählen, aber er fand nicht die richtigen Worte. Was sollte er schon sagen? Er hatte ein hübsches Mädchen gesehen und es fertiggebracht, sie beim Tanzen umzuwerfen. Er wußte nicht einmal ihren Namen. Außerdem erschien es ihm nicht passend, an diesem Abend mit Hazel über andere Frauen zu sprechen.

Sie bemerkte seine Geistesabwesenheit und spürte auch, daß sie eine andere Ursache als sonst hatte. »Hast du dich gut unterhalten, Clifford?«

»Oh ja, es ging.«

»Hübsche Mädchen kennengelernt?«

»Einige.«

»Das freut mich.«

»Hazel — du beabsichtigst doch nicht im Ernst, die alberne Scheidungsgeschichte durchzuführen?«

»Oh doch.«

Man hätte denken können, daß er in dieser Nacht wachlag, voll von romantischen Gedanken an die namenlose Schöne. Man hätte sich getäuscht. Er dachte tatsächlich an sie, aber nur so lange, bis er einen angenehmen Tagtraum ausgearbeitet hatte, in dem er sich mit ein paar geistvollen Bemerkungen für seine Ungeschicklichkeit entschuldigte. Sogar die jungen Helden, die sie umgaben, staunten über seine Schlagfertigkeit.

Auch mit Hazel beschäftigte er sich nicht lange. Wenn sie es für richtig hielt, den Ehevertrag aufzulösen, dann war es ihre Sache. Nicht, daß er es als sinnvoll empfand; er konnte sich nicht vorstellen, daß seine Beziehungen zu ihr sich jemals ändern würden. Nun ja, vielleicht gab er seine regelmäßigen Besuche auf. Die Frauen liebten Überraschungen.

All das war nötig, um den Weg freizumachen für die ernsthaften Einschlafgedanken. Thorgsens Vorschlag. Eigentlich ein herrliches Problem. Raffiniert kompliziert ...

Hamilton Felix verbrachte eine anstrengendere Nacht. Sie war so anstrengend, daß er am nächsten Tag beim Frühstück über einiges nachdenken mußte. Er mußte die Dinge abwägen und Entscheidungen treffen. Er drehte nicht einmal die Nachrichten an, und als der Türlautsprecher ihm Besuch ankündigte, drückte er gedankenlos auf den »Herein«-Knopf.

Irgendeine Frau, soviel hatte er der Leuchtschrift entnommen. Weiter reichten seine Gedanken nicht.

Sie kam herein und nahm auf der Armlehne des Besuchersessels Platz. »Guten Morgen, Hamilton Felix«, sagte sie.

Er betrachtete sie verwirrt. »Kennen wir einander?«

»Nein«, erwiderte sie ruhig, »aber das wird noch kommen. Ich dachte, es wäre höchste Zeit, daß ich Sie einmal in Augenschein nehme.«

»Ich verstehe!« Er stach mit dem Zeigefinger in die Luft. »Sie sind die Frau, die Mordan für mich ausgewählt hat.«

»Wer sonst?«

»Dann kann ich Ihnen gleich sagen, daß ich Sie für unverschämt halte. Sie können doch nicht einfach in meine Privatwohnung eindringen.«

»Aber, aber. Etwas mehr Respekt bitte. Spricht man so mit der zukünftigen Mutter seiner Kinder?«

»Blödsinn! Sie bestärken mich höchstens in meiner negativen Haltung. Wenn ich je Kinder haben sollte, dann bestimmt nicht mit Ihnen.«

Sie trug nur Shorts und ein knappes, beinahe knabenhaftes Oberteil. Anders als die meisten Frauen hatte sie eine kleine Waffe umgeschnallt. Sie erhob sich bei seinen Worten und stemmte die Hände in die Hüften. »Was paßt Ihnen nicht an mir?« fragte sie langsam.

»Wie? Was mir nicht paßt? Gar nichts paßt mir! Ich kenne Ihre

Sorte. Sie gehören zu den sogenannten unabhängigen Frauen, die alle Rechte der Männer für sich in Anspruch nehmen, aber keine Verantwortung tragen wollen. Ich sehe Sie vor mir, wie Sie mit diesem kleinen Feuerspeier durch die Stadt marschieren und alle Rechte des bewaffneten Bürgers beanspruchen. Sie fordern die jungen Männer heraus, weil Sie wissen, daß sich die wenigsten mit einem Mädchen duellieren. Mir wird übel, wenn ich Sie noch lange ansehen muß.«

Sie blieb ruhig, aber ihre Miene war kalt. »Der perfekte Psychologe, was? Und nun hören Sie mir einmal gut zu. Ich habe seit Jahren meine Waffe nur gezogen, um mich zu üben. Ich marschiere nicht durch die Stadt und nehme Vorrechte in Anspruch. Ich bin ebenso höflich und zuvorkommend wie jeder bewaffnete Mann.«

»Weshalb tragen Sie das Ding dann?«

»Ist etwas dabei, wenn eine Frau die Würde des bewaffneten Bürgers beansprucht? Ich werde nicht gern wie eine alte Dame oder ein kleines Kind behandelt. Also verschaffe ich mir durch die Pistole Immunität. Ist das so schlimm?«

»Nein – wenn es wirklich stimmt. Und das glaube ich nicht. Sie strafen Ihre Worte Lügen durch die Art und Weise, in der Sie hier eingedrungen sind. Einem Mann würde man das nicht verzeihen.«

»Oh! Tatsächlich? Darf ich Sie erinnern, Sie Büffel, daß Sie das ›Herein‹-Zeichen gaben? Das hätten Sie unterlassen können. Aber Sie baten mich herein, und sobald ich hier stand, fingen Sie an, mich zu beleidigen.«

»Aber . . .«

»Lassen wir das. Sie glauben, ich hätte Sie gekränkt. Bitte. Ich habe zwar meine Waffe seit Jahren nicht mehr gezogen, aber das heißt nicht, daß ich eine schlechte Schützin bin. Ich werde Ihnen die Chance geben, die Kränkung wettzumachen. Schnallen Sie Ihre Waffe um.«

»Seien Sie nicht albern.«

»Schnallen Sie die Waffe um! Oder ich nehme sie Ihnen ab und hänge sie am Rathausplatz aus!«

Er gab keine Antwort, sondern ging auf sie zu. Sie umklammerte ihre Pistole und zog sie halb aus dem Halfter. »Zurück, oder ich schieße!«

Er blieb stehen und sah ihr ins Gesicht. »Beim Großen Ei!« sagte er entzückt. »Ich glaube, Sie würden es tatsächlich tun.«

»Selbstverständlich!«

»Das verändert die Lage, nicht wahr?« Er trat einen Schritt zurück, als sei er zu Verhandlungen bereit. Sie entspannte sich und nahm die Hand vom Halfter.

Im nächsten Moment warf er sich im Hechtsprung vorwärts und umklammerte ihre Knie. Sie rollten über den Boden. Hamilton umschloß mit hartem Griff ihr Handgelenk, während sie versuchte, die Waffe zu ziehen.

Er schlug ihre Knöchel hart gegen den Boden, packte mit der freien Hand die Waffe und entwand sie ihr. Dann stützte er sich auf die Knie, ohne das Mädchen loszulassen, und warf die Pistole in den Abfallschacht.

Ohne auf die Gegenwehr der Amazone zu achten, hob er sie hoch und trug sie zu einem breiten Lehnstuhl. Er setzte sich und nahm sie auf den Schoß. Seine Knie umklammerten ihre Beine, und er drehte ihr die Hände auf den Rücken, bis sie wehrlos war. Sie biß ihn. Einen Moment lang ließ er ihre Hände los und versetzte ihr eine Ohrfeige. »Das ist für das Beißen«, sagte er, »tu es nie wieder!«

»Lassen Sie mich los!«

»Sei vernünftig. Wenn du genauer darüber nachdenkst, wirst du erkennen, daß ich vierzig Kilo mehr wiege als du und um ein gutes Stück größer bin. Du bist zwar gewandt und kräftig, das muß ich zugeben, aber gegen mich kannst du nichts ausrichten.«

»Was haben Sie vor?«

»Ich will mich mit dir unterhalten. Ach ja, und küssen werde ich dich auch.«

Sie fauchte. Als sie sich wieder beruhigt hatte, sagte er: »Sieh mich an.«

Sie rührte sich nicht. Er nahm sie an den Haaren und zog ihren Kopf zurück. »Nicht beißen«, warnte er. »Das kann ich nicht ausstehen.«

Sie biß nicht, aber sie erwiderte auch den Kuß nicht. »Das war Zeitverschwendung«, stellte er beiläufig fest. »Vom Küssen scheint ihr unabhängigen Mädchen nichts zu verstehen.«

»Wenn ich will, kann ich richtig küssen.«

»Das bezweifle ich. Ich glaube, du hast überhaupt noch nicht geküßt. Männer wagen sich selten an bewaffnete Mädchen heran.«

»Das stimmt nicht.«

»Habe ich den wunden Punkt getroffen, ja? Aber es stimmt, und du weißt es. Paß auf! Ich gebe dir die Chance, zu beweisen, daß ich im Unrecht bin. Und dann unterhalten wir uns in aller Ruhe weiter.«

»Gut, aber laß meinen Arm los. Du tust mir weh.«

Der Kuß dauerte länger als der erste. Hamilton gab sie frei, holte Atem und sagte gar nichts.

»Nun?«

»Schönes Kind, ich habe dich falsch eingeschätzt. Und das gleich zweimal.«

»Läßt du mich jetzt los?«

»Nein. Ich verlange eine Wiederholung.«

»Das ist unfair.«

»Unfair ist ein abstrakter Begriff. Wie heißt du übrigens?«

»Longcourt Phyllis. Du wechselst das Thema.«

»Wie ist es nun mit der Wiederholung?«

»Na schön.« Diesmal ließ er sie ganz frei, und der Kuß dauerte noch länger als beim ersten Mal. Phyllis strich ihm über das Haar. »Du Schuft!« murmelte sie. »Du elender Schuft!«

»Aus deinem Mund ist das ein Kompliment. Möchtest du einen Drink?«

»Eine Stärkung würde mir guttun.«

Umständlich holte er eine Flasche und Gläser und schenkte ein. Dann hielt er das volle Glas hoch. »Sollen wir Frieden schließen?«

Sie sah das Glas an. »Jetzt schon? Ich glaube nicht. Ich möchte dich einmal bewaffnet erwischen.«

»Ach, hör auf. Du hast tapfer gekämpft und bist in Ehren besiegt worden. Gewiß, ich habe dich geschlagen, aber dafür hast du gebissen. Wir sind quitt.«

»Und die Küsse?«

»Das war ein Austausch. Sei nicht eklig. Ich kann mich nicht von dir besiegen lassen.« Er hob sein Glas. »Komm, lassen wir die Vergangenheit ruhen!«

Er sah ihr in die Augen, und sie lächelte unwillkürlich. »Also gut — machen wir Frieden.«

»Noch ein Glas?«

»Nein, danke. Ich muß jetzt gehen.«

»Weshalb die Eile?«

»Ich muß wirklich gehen. Kann ich meine Pistole wiederhaben?«

Er holte sie aus dem Abfallschacht und staubte sie gründlich ab. »Das ist typisch für euch Frauen. Ein Mann würde eher ein Friedensabzeichen tragen als seinen Gegner um Rückgabe der Waffe bitten.«

»Möchtest du sie behalten?«

»Nein. Aber mir wäre es lieber, wenn du sie nicht tragen würdest.«

»Weshalb?«

»Weil ich heute abend mit dir ausgehen möchte. Ich käme mir als Beschützer einer bewaffneten Frau albern vor.«

Sie sah ihn an. »Du bist ein komischer Kauz, Hamilton Felix. Erst schlägst du ein Mädchen, und dann lädst du sie zum Abendessen ein.«

»Kommst du?«

»Ja, natürlich.« Sie machte das Halfter los und warf es ihm zu. »Du kannst mir beides zuschicken. Meine Adresse steht auf dem Gürtel.«

»Gegen acht?«

»Oder ein paar Minuten später.«

Er öffnete die Tür und sagte: »Weißt du, Phyllis, wir beide werden uns prächtig verstehen.«

Sie warf ihm einen schrägen Blick zu. »Mal sehen.«

5

Hamilton wandte sich rasch von der Tür ab. Es gab wichtige Dinge zu erledigen. Er ging ans Telefon und rief Monroe-Alpha an. »Cliff? Ah, du bist in deinem Büro. Ich komme.« Er legte auf, ohne eine lange Erklärung abzugeben.

»Guten Morgen, Felix«, sagte Monroe-Alpha, als er die Tür hinter ihm schloß. »Du warst so erregt. Ist etwas?«

»Eigentlich nicht. Aber ich möchte, daß du mir einen Gefallen tust. He – was ist denn in dich gefahren?«

»In mich? Wie meinst du das?«

»Gestern sahst du noch aus wie eine sechs Tage alte Leiche. Heute strahlst du. Man merkt richtig, daß du am liebsten vor dich hinpfeifen möchtest.«

»Ich wußte nicht, daß man es so deutlich sieht, aber ich fühlte mich heute tatsächlich in guter Stimmung.«

»Weshalb? Hat deine Geldmaschine die nächste Dividende errechnet?«

»Hast du heute morgen keine Nachrichten gesehen?«

»Ehrlich gestanden, nein. Weshalb?«

»Man hat das Adirondack-Stasisfeld geöffnet.«

»Ja und?«

»Es war ein Mann im Innern, ein lebender Mann.«

Hamilton zog die Brauen hoch. »Das ist interessant, wenn es stimmt. Aber willst du etwa behaupten, daß die Entdeckung dieses lebenden Fossils deine Laune so gehoben hat?«

»Verstehst du denn nicht, Felix? Spürst du die Bedeutung des Ereignisses nicht? Ein lebender Vertreter des goldenen Zeitalters – ein Mann aus den Tagen, als unsere Rasse noch jung war, als das Leben einfach und gut und unkompliziert war. Überlege doch, was er uns alles erzählen kann!«

»Vielleicht. Aus welchem Jahr stammt er?«

»Äh – 1926, nach der alten Zeitrechnung.«

»1926 – mal sehen. Ich bin zwar kein Historiker, aber ich wußte gar nicht, daß in jener Epoche ein blühendes Utopia herrschte. Meiner Meinung nach war sie sogar recht primitiv.«

»Das meine ich ja – einfach und schön. Auch ich bin kein Historiker, aber ich sprach gestern mit einem jungen Mann, der mir viel darüber erzählte. Er hat sich ausführlich damit beschäftigt.« Er wiederholte in glühenden Worten, was ihm Gerald Frisby vom Leben des 20. Jahrhunderts verraten hatte.

Hamilton wartete, bis ihm die Luft ausging, dann sagte er: »Ich weiß nicht. Ein wenig habe ich das Gefühl, daß du die Dinge mit einer rosa Brille siehst.«

»Weshalb?«

»Nun, ich bin mir im klaren darüber, daß die Gegenwart zu wünschen übrig läßt, aber sie ist doch weit besser als die Vergangenheit. Nein, Cliff, dieses ›Zurück zur alten Zeit‹ zieht bei mir nicht. Wir bekommen heute für ein Minimum an Mühe alles, was wir wollen. Das war in der Vergangenheit nicht so.«

»Wenn du einen Roboter brauchst, der dich in den Schlaf wiegt . . .«, sagte Monroe -Alpha ein wenig gekränkt.

»Unsinn. Ich kann auf einer Felsplatte schlafen, wenn es sein muß, aber ich sehe gar nicht ein, weshalb ich mir das Leben gewaltsam schwer machen soll.«

Monroe-Alpha schwieg. Hamilton sah, daß er den Freund verärgert hatte, und er fügte hinzu: »Das war natürlich meine Privatmeinung. Es ist durchaus möglich, daß du recht hast.«

»Du sprachst vorhin von einem Gefallen.«

»Ach ja. Cliff, kennst du Mordan?«

»Den Distrikts-Vorsitzenden?«

»Genau den. Ich möchte, daß du ihn anrufst und dich mit ihm verabredest.«

»Weshalb denn das?«

»Nicht du wirst dich mit ihm treffen, sondern ich.«

»Weshalb dann so umständlich?«

»Cliff, du darfst mir keine Fragen stellen. Du mußt es einfach für mich tun.«

Monroe-Alpha zögerte immer noch. »Ich habe keine Ahnung, was du damit erreichen willst. Ist alles in Ordnung?«

»Cliff!«

Monroe-Alpha wurde rot. »Entschuldige, Felix. Ich weiß, daß du mir nichts Unrechtes zumuten würdest. Wie bringe ich ihn dazu, daß er tatsächlich kommt?«

»Du mußt nur drängen, dann läßt er sich bestimmt überreden.«

»Und wo soll die Zusammenkunft stattfinden?«

»In meiner – nein, das geht nicht. Darf ich deine Wohnung benutzen?«

»Natürlich. Wann?«

»Gegen Mittag.«

Als Mordan die Wohnung betrat, wirkte er ein wenig verwirrt. Seine Verwirrung wuchs noch, als er Hamilton entdeckte. »Felix! Was bringt Sie hierher?«

»Ich wollte Sie treffen, Claude.«

»Tatsächlich? Wo ist unser Gastgeber?«

»Er wird nicht kommen, Claude. Ich habe das Treffen arrangiert. Ich mußte Sie sprechen und konnte es nicht offen tun.«

»Tatsächlich? Und weshalb nicht?«

»Weil in Ihrem Büro ein Spion ist.«

Mordan schwieg und wartete.

»Bevor wir damit beginnen«, fuhr Hamilton fort, »eine Frage: Haben Sie Longcourt Phyllis zu mir geschickt?«

Mordan betrachtete ihn aufmerksam. »Ganz gewiß nicht. Haben Sie das Mädchen kennengelernt?«

»Und ob. Ein Teufelskätzchen haben Sie mir da ausgesucht.«

»Urteilen Sie nicht vorschnell, Felix. Ich gebe zu, daß sie anfangs verwirrend wirkt, aber ihr Diagramm ist bewundernswert.«

»Schon gut, schon gut. Um die Wahrheit zu gestehen, die Begegnung hat mir Spaß gemacht. Aber ich wollte mich vergewissern, daß Sie nicht hinter meinem Rücken allerlei Pläne schmieden.«

»Wirklich nicht, Felix.«

»In Ordnung. Ich habe Sie nicht hierherbestellt, um Ihnen diese Fragen zu stellen. Ich sagte, daß in Ihrem Büro ein Spion sein müßte. Ich weiß das, denn der Inhalt unserer gestrigen Unterredung sickerte durch.« Er erzählte von seinem Zusammentreffen mit McFee Norbert und seinem anschließenden Besuch in der Wolfsloge. »Sie nennen sich ›Klub der Tüchtigsten‹ «, fuhr er fort. »Oberflächlich betrachtet handelt es sich um eine gesellige Runde. Aber das ist nur das Aushängeschild für eine revolutionäre Clique.«

»Weiter.«

»Sie sahen in mir einen willigen Mitarbeiter und ich ließ mich auch einweihen, hauptsächlich aus Neugier. Aber dann steckte ich plötzlich so tief in der Sache, daß ich nicht mehr zurück konnte.« Er machte eine Pause.

»Ja?«

»Ich wurde Mitglied. Es erschien ratsam. Ich weiß es nicht hundertprozentig, aber ich fürchte, daß ich die Loge nicht lebend verlassen hätte, wenn ich den Eid nicht geschworen hätte. Sie meinen es sehr ernst, Claude.« Er wartete einen Augenblick, dann fuhr er fort: »Sie erinnern sich noch an die kleine Schießerei, durch die wir bekannt wurden?«

»Selbstverständlich.«

»Ich kann es nicht beweisen, aber es ist die einzig sinnvolle Erklärung: sie wollten nicht mich, sondern Sie niederschießen. Sie gehören zu dem Personenkreis, der ausgelöscht werden muß, um ihnen Zutritt zur Macht zu geben.«

»Worin bestehen ihre Pläne?«

»Das weiß ich nicht im einzelnen – noch nicht. Aber die große Linie geht dahin, daß sie die genetische Politik abschaffen möchten. Sie können auch keine demokratische Freiheit dulden. Ihnen schwebt ein ›Wissenschafts‹-Staat vor, in dem die ›natürlichen‹ Führer regieren. Die ›natürlichen‹ Führer sind selbstverständlich sie. Sie verachten Leute wie Sie – Synthetiker – die dazu beitragen, den ›rückständigen‹ Staat aufrechtzuerhalten. Sobald sie das Ruder in der Hand haben, möchten sie sich sofort biologischen Experimenten zuwenden. Sie behaupten, daß die Kultur eine organische Einheit sein soll, mit spezialisierten Gliedern für die verschiedensten Funktionen. Ein paar normale Menschen – oder Supermenschen – stehen an der Spitze. Das sind sie. Und die anderen werden entsprechend den Erfordernissen umgezüchtet.«

Mordan lächelte ein wenig. »Die Idee kommt mir bekannt vor.«

»Ja, ich weiß, was Sie meinen. Das Reich des Großen Khans. Dafür haben sie auch eine Lösung. Die Khans waren Narren und wußten nicht, wie sie die Sache anpacken mußten. Sie selbst sind da anders, behaupten sie.«

»Hm ...« Mordan schwieg so lange, daß Hamilton ungeduldig wurde.

»Nun?«

»Felix, weshalb erzählen Sie mir all das?«

»Weshalb? Damit Sie etwas dagegen unternehmen können!«

»Aber weshalb wollen Sie, daß ich etwas dagegen unternehme? Einen Augenblick bitte. Sie erzählten mir gestern, daß Sie das Leben, so wie es ist, nicht nicht als lebenswert empfinden. Wenn Sie sich auf die Seite dieser Leute stellen, könnten Sie das Leben nach Ihrem Geschmack umgestalten.«

»Oh! Da müßte ich eine gewaltige Opposition überwinden. Die Kerle haben ihre eigenen Pläne.«

»Sie könnten sie ändern. Ich weiß das, Felix. Es steht fest, daß Sie in jeder Gruppe die Führung übernehmen können. Natürlich nicht in zehn Minuten, aber doch im Laufe der Zeit. Sie müssen das ebenfalls wissen. Warum haben Sie die Gelegenheit nicht beim Schopf ergriffen?«

»Wie kommen Sie auf den Gedanken, daß ich so etwas tun könnte?«

»Aber Felix!«

»Schon gut. Angenommen, ich könnte es. Aber ich habe es nicht getan. Nennen Sie es Patriotismus. Oder nennen Sie es, wie Sie wollen.«

»Tatsache ist, daß Ihnen unsere gegenwärtige Gesellschaftsform doch gefällt. Habe ich recht?«

»Mag sein. In gewisser Hinsicht. Ich sagte nie, daß mir die Regierung ein Dorn im Auge ist. Ich sagte, daß das Leben als solches für mich wenig Sinn hätte.« Hamilton fühlte sich ein wenig verwirrt. Als er die Zusammenkunft arrangiert hatte, war er sich wie ein Held vorgekommen. Er hatte erwartet, daß man ihn wegen seiner tapferen Haltung loben würde. Aber Mordan dachte gar nicht daran, sich zu erregen, sondern beharrte auf philosophischen Gedankengängen. Das brachte ihn aus dem Gleichgewicht. »Jedenfalls möchte ich nicht, daß diese selbstbewußten jungen Knilche das Ruder in die Hand nehmen. Ich kann mir einfach nicht vorstellen, daß sie ein echtes Utopia aufbauen.«

»Ich verstehe. Haben Sie noch mehr zu sagen? Wenn nicht ...« Mordan machte Anstalten, sich wieder zu erheben.

»Halt, einen Augenblick.«

»Ja?«

»Sehen Sie, jetzt da ich bereits in die Sache verwickelt bin, dachte ich, ich könnte ein wenig Detektiv spielen. Ich schicke meine Berichte an Sie – natürlich so, daß es niemand merkt.«

»Ach, das ist es. Nein, Felix, darauf lasse ich mich nicht ein.«

»Weshalb nicht?«

»Zu gefährlich für Sie.«

»Mir macht es nichts aus.«

»Mir aber. Ihr Leben ist sehr wertvoll, von meinem beruflichen Standpunkt aus betrachtet.«

»Fangen Sie schon wieder *damit* an? Ich dachte, ich hätte klar und deutlich gesagt, daß ich kein Interesse an einer Zusammenarbeit besitze.«

»Das haben Sie. Aber solange Sie am Leben und zeugungsfähig sind, rechne ich damit, daß Sie Ihren Entschluß ändern. Und deshalb werde ich mich hüten, Ihr Leben aufs Spiel zu setzen.«

»Und wie wollen Sie mich hindern? Ein Zwang wäre gegen das Gesetz.«

»Oh, ich weiß, daß ich Sie nicht hindern kann, Ihr kostbares Leben zu riskieren. Aber ich kann die Gefahr ausschalten, und das werde ich tun. Ab sofort beginnt die Verfolgung der Klubmitglieder.«

»Hören Sie, Claude. Wenn Sie jetzt etwas unternehmen, haben Sie zu wenig Material gegen die Leute. Vernünftig wäre es abzuwarten, bis wir alles über ihre Pläne in Erfahrung gebracht haben. Wenn wir diese eine Gruppe verhaften, wissen hundert oder tausend andere, daß sie sich besser in acht nehmen müssen.«

»Das ist mir klar. Aber dieses Risiko muß die Regierung eingehen. Ich riskiere Ihr Keimplasma nicht.«

Hamilton hob die Hände. »Verdammt, Claude, das ist Erpressung.«

»Keineswegs. Von Ihnen verlange ich gar nichts.«

»Aber es läuft auf das gleiche hinaus.«

»Passen Sie auf — ich schlage Ihnen einen Kompromiß vor.«

»Ja?«

»Sie haben über Ihr Leben zu verfügen. Wenn Sie es verlieren wollen, ist das Ihre Sache. Mich interessiert lediglich Ihr Potential als Ahnherr einer besseren Art. Ich meine, beruflich gesprochen. Von persönlicher Sicht her schätze ich Sie sehr und wünsche Ihnen ein langes, glückliches Leben. Aber das gehört nicht hierher. Wenn Sie der Plasmabank ein paar Millionen Ihrer Gameten zur Verfügung stellen, erkläre ich mich bereit, nichts gegen Ihre Pläne zu unternehmen.«

»Aber genau davon sprach ich eben. Sie versuchen mich zu einer Zusammenarbeit zu erpressen.«

»Nicht so hastig. Die Lebenszellen, die Sie mir in die Hand geben, werden ohne Ihre Einwilligung nicht angerührt. Sie bleiben bei einem Treuhänder, und Sie können sie jederzeit wieder abholen — außer Sie werden bei diesem Abenteuer getötet. In diesem Falle darf ich die Gameten zur Fortsetzung meiner genetischen Politik benutzen.«

Hamilton setzte sich wieder. »Noch einmal in knappen Worten: Sie verwenden das Erbgut nur, wenn ich ausgelöscht werde. Keinerlei Tricks dabei?«

»Keine.«

»Wenn die Sache vorbei ist, kann ich die Samen wieder zurückfordern.«

»Ganz richtig.«

»Sie würden mich nicht absichtlich in eine Situation bringen, die mein Leben kostet? Nein, das würden Sie nicht, dazu kenne ich Sie zu genau.« Er zuckte mit den Schultern. »Also gut. Ich mache mit. Wetten, daß ich am Leben bleibe?«

Als Mordan in sein Büro zurückkehrte, ließ er seine Assistentin kommen. Gemeinsam verließen sie das Gebäude und suchten sich einen Fleck, wo man ihr Gespräch kaum mithören konnte — eine Bank in einer einsamen Ecke des Nord-Dachgartens. Er berichtete von seiner Unterredung mit Hamilton.

»Du hast ihm vermutlich zu verstehen gegeben, daß dieser Klub der Tüchtigen nichts Neues für uns ist?«

»Nein«, erwiderte Mordan, »das habe ich nicht getan. Er fragte nämlich nicht danach.«

»Mmm. Boß, deine Wege sind so krumm wie eine Zufallskurve. Du Sophist!«

»Aber Martha!« Seine Augen funkelten vergnügt.

»Oh, ich kritisiere nicht. Du hast ihn in eine für uns günstige Ausgangsposition gebracht. Dennoch — du hast es nur geschafft, weil du verschwiegen hast, daß wir diese Gruppe bereits kennen.«

»Von ›Kennen‹ kann gar nicht die Rede sein, Martha. Er wird uns gute Dienste leisten. Eine wertvolle Information hat er bereits geliefert. In unserem Büro sitzt ein Spion.«

»Oh, deshalb hast du mich hierhergeschleppt? Wir werden ein paar Änderungen einführen müssen.«

»Nicht zu rasch. Wir wollen einmal annehmen, daß du dich auf die Frauen verlassen kannst. Das ganze System weist eigentlich hauptsächlich maskuline Züge auf. Frauen gehören nicht dazu. Ihre Interessen werden auch gar nicht beachtet. Aber achte auf die Männer in deinem Mitarbeiterstab. Die Angelegenheit mit Hamiltons Plasma regelst du am besten persönlich — noch heute. Und sorge dafür, daß die Frauen nicht klatschen.«

»Wird gemacht. Ganz ehrlich, Boß, wäre es nicht besser gewesen, ihn zu warnen?«

»Du vergißt, daß ich kein Eingeweihter bin.«

»Das nicht. Aber er ist so wertvoll, daß man sein Leben wirklich nicht aufs Spiel setzen dürfte. Weshalb haben die Burschen ihn wohl auf ihre Seite geholt?«

»*Er* glaubt, daß sie es getan haben, weil er gut mit der Waffe umgehen kann und reich ist. Ich hingegen bin der Auffassung, daß es ihnen um sein wertvolles Erbgut geht.«

»Oh – daran hätte ich nicht gedacht. Dennoch ist es eine Schande, ihn so auszunützen.«

»Die Hüter der Menschheit können es sich nicht leisten, sentimental zu sein«, sagte Mordan. »Sie müssen auf lange Sicht planen, Martha.«

6

Hamilton entdeckte, daß ein Verschwörer sehr beschäftigt sein kann, insbesondere, wenn er auch noch der Gegenpartei angehört. Er versuchte McFee Norbert und seinen Mannen vom Klub der Tüchtigen überzeugend das Bild des eifrigen Neulings vorzuspielen. Der Einführungsunterricht nahm einen großen Teil seiner Zeit in Anspruch. Die Kurse selbst waren langweilig, aber man brauchte sie, bevor man befördert wurde.

Zu den Lektionen kamen für Neumitglieder auch praktische Tests. Die Organisation war straff von oben nach unten durchgegliedert, und so erklärte man den Neulingen niemals den Sinn der Tests. Sie selbst durften keine Fragen stellen. Die gestellte Aufgabe konnte eine echte Bedeutung für die Verschwörung haben oder einfach ein Scheintest sein, bei dem die anderen Personen von Klubmitgliedern dargestellt wurden. Der Prüfling hatte keine Möglichkeit, das zu unterscheiden.

Hamilton erlebte, was mit einem Prüfling geschah, der die Unterweisung nicht ernst genug genommen hatte.

Er wurde in Anwesenheit der Gruppenmitglieder verurteilt. Die Neulinge mußten zusehen. McFee Norbert fungierte als Ankläger und Richter. Der Beklagte bekam keinen Verteidiger, erhielt aber das Recht, sein Handeln zu erklären.

Man hatte ihm aufgetragen, persönlich eine bestimmte Botschaft an eine bestimmte Person zu übermitteln. Das hatte er getan, aber da er die Kontaktperson schon einmal im Klub gesehen hatte, gab er sich zu erkennen. »Man hatte dir nicht gesagt, daß du diesem Mann vertrauen könntest«, meinte McFee.

»Nein, aber er . . .«

»Antworte präzise.«

»Nein, man hatte mir nichts dergleichen gesagt.«

McFee wandte sich mit einem dünnen Lächeln an die Versammelten. »Der Angeklagte hatte also keinerlei Möglichkeit, den genauen Status des Kontaktmannes zu kennen. Es hätte ein Bruder sein können, dem wir mißtrauten und den wir prüfen wollten; es hätte ein Regierungsspitzel sein können; der Angeklagte hätte von einer Zufallsähnlichkeit getäuscht werden können. Zum Glück handelte es sich um einen treuen Mitbruder von höherem Rang. Doch das wußte der Angeklagte nicht.«

Er wandte sich wieder an den Unglücksraben. »Bruder Hornby

Willem, erhebe dich.« Der Angeklagte tat es. Er war unbewaffnet.

»Wie lautet das oberste Prinzip unserer Lehre?«

»Das Ganze ist größer als die Teile.«

»Richtig. Dann verstehst du also, weshalb ich dich beseitigen muß.«

»Aber ich habe doch nicht ...« Weiter kam er nicht. McFee erschoß ihn mit seinem Strahler.

Hamilton gehörte zu den Leuten, die den Toten in einen verlassenen Korridor bringen und so hinlegen mußten, daß er wie das Opfer eines Privatduells wirkte. Die Polizei ging solchen Fällen nicht nach, sondern legte den Namen des Verstorbenen nur zur Duell-Statistik. McFee befehligte die Gruppe, und Hamilton mußte unwillkürlich sein raffiniertes Vorgehen bewundern. Er selbst gewann das Vertrauen McFees, weil er seine Befehle exakt und geschickt ausführte.

»Du kommst rasch voran, Hamilton«, lobte ihn McFee, als sie in den Klubraum zurückkehrten. »In Kürze wirst du die gleiche Stellung wie ich erreicht haben. Übrigens, was hieltest du von dem Exempel, das ich statuiert habe?«

»Es gab wohl keine andere Möglichkeit«, erwiderte Hamilton.

»›Wo gehobelt wird ...‹ Also, das ist gut.« Mc Fee lachte und versetzte ihm einen Rippenstoß. »Hast du das selbst erfunden oder irgendwo gelesen?«

Hamilton zuckte mit den Schultern. Innerlich schwor er sich, McFee diesen Rippenstoß heimzuzahlen.

Auf raffinierten Umwegen berichtete er Mordan in allen Einzelheiten von dem Vorfall. Er vergaß auch nicht, seine eigene Rolle während und nach der Exekution zu schildern. Die heimliche Verständigung mit Mordan nahm einen großen Teil seiner Zeit in Anspruch. Niemand durfte von seinem Doppelleben etwas ahnen. Es war unmöglich, seine Lebensgewohnheiten auch nur im geringsten umzustellen. So mußte er sich in der Öffentlichkeit zeigen und am Gesellschaftsleben teilnehmen, als sei nichts geschehen.

Auch Phyllis beschäftigte ihn oft. Er gab offen zu, daß er sie aufreizend fand. Aber er gestand nicht einmal sich selbst ein, daß sie für ihn mehr war als eine Zerstreuung. Dennoch erwartete er sie fast jeden Abend nach Dienstschluß. Phyllis gehörte zu den wenigen Frauen, die einen Beruf ausübten – vier Stunden pro Tag, sieben Tage pro Woche, vierzig Wochen pro Jahr. Sie arbeitete als Psycho-Pädagogin in einem Entwicklungszentrum der Regierung für Kleinkinder.

Ihr Beruf störte ihn ein wenig. Weshalb sich jemand freiwillig Tag für Tag mit kreischenden kleinen Bälgern herumärgerte, wollte ihm nicht einleuchten. In anderen Dingen jedoch war sie völlig normal – und sie regte ihn an.

Er hatte also soviel zu tun, daß er sich wenig um die Geschehnisse der großen Welt kümmerte. Deshalb achtete er auch nicht sonderlich auf das Schicksal von J. Darlington Smith, den »Mann aus der Vergangenheit«. Er hatte vage miterlebt, daß Smith ein paar Tage lang Schlagzeilen machte, bis ihm die Luna-Prozesse und ein (irrtümlicher) Bericht über intelligentes Leben auf Ganymed die Schau stahlen. Die Öffentlichkeit warf ihn bald in einen Topf mit dem Schnabeltier und der Mumie von Ramses II. – zweifellos interessante Zeugnisse der Vergangenheit, aber nicht so interessant, daß man darüber in Ekstase geriet. Etwas anderes wäre es gewesen, wenn er mit Hilfe einer Zeitmaschine aufgekreuzt wäre, aber nein. Es handelte sich um eine ganz gewöhnliche Stasis. Eine Tonfilmaufnahme der gleichen Epoche war ebenso spannend – wenn man sich etwas aus diesen Dingen machte.

Hamilton hatte ihn einmal ein paar Minuten lang auf dem Bildschirm gesehen. Er besaß einen barbarischen Akzent und trug die Kleidung von früher, weite, um das Knie zusammengehaltene Hosen, die er als »Knickerbockers« bezeichnete, und ein formloses gestricktes Oberteil, das seine Brust und Arme bedeckte. Niemals wäre Hamilton auf die Idee gekommen, daß er sich noch einmal persönlich mit J. Darlington Smith beschäftigen mußte. Und doch war es so. Eines Tages erhielt er von Smiths Dolmetscher und Führer ein Schreiben, in dem um eine Unterredung gebeten wurde. Keine weitere Erklärung.

Sein erster Impuls war, das Schreiben einfach zu ignorieren. Dann erinnerte er sich, daß dieses Verhalten nicht zu dem müßigen Hamilton von früher gepaßt hätte. Selbstverständlich hätte er sich den Barbaren angesehen, schon aus reiner Neugier.

Also rief er das Geschichts-Institut an, ließ sich mit dem Dolmetscher verbinden und vereinbarte mit dem Mann, daß Smith ihn sofort in seiner Wohnung aufsuchen solle. Auf dem Heimweg fiel ihm ein, daß Monroe-Alpha ein geradezu romantisches Interesse an Smith hatte. Er rief ihn an und lud ihn ein, der Unterredung beizuwohnen. »Vielleicht macht es dir Spaß, deinem primitiven Helden gegenüberzutreten.«

»Meinem Helden? Wie meinst du das?«

»Hast du mir nicht von dem ländlichen Paradies vorgeschwärmt, aus dem er kam?«

»Ach das! Eine kleine Zeitverwechslung. Smith stammt aus dem Jahre 1926. Offenbar begann damals schon die Technik unsere Kultur zu vernichten.«

»Er interessiert dich also nicht mehr?«

»Oh doch. Es handelte sich um eine Übergangsperiode. Vielleicht hat er noch mit eigenen Augen etwas von der alten Kultur gesehen. Ich komme vorbei, aber es könnte sein, daß ich mich etwas verspäte.«

»Gut. Langes Leben.« Er legte auf, ohne die Antwort abzuwarten.

Smith erschien prompt und ohne Begleitung. Er trug moderne,

wenn auch schlecht geschnittene Kleider und war unbewaffnet. »Ich bin John Darlington Smith«, stellte er sich vor.

Hamilton zögerte einen Moment, als er die Friedens-Armbinde sah, doch dann beschloß er, den Mann als Gleichwertigen zu behandeln. Hochmut war angesichts der Umstände wirklich nicht angebracht. »Ihr Besuch ist mir eine Ehre, werter Sir.«

»Aber ganz im Gegenteil. Freut mich, daß ich kommen durfte.«

»Ich hatte erwartet, daß jemand Sie herbringen würde.«

»Oh, Sie meinen mein Kindermädchen.« Er grinste jungenhaft. Hamilton schätzte, daß der Fremde etwa zehn Jahre jünger war als er selbst – natürlich nur, wenn man die Jahre in der Stasis abzog. »Allmählich beherrsche ich Ihren Dialekt einigermaßen und kann mich allein zurechtfinden.«

»Ja, natürlich«, meinte Hamilton. »Beide Sprachen bauen auf Anglisch auf.«

Der Mann nickte. »Ich wollte, die Sprache wäre die einzige Schwierigkeit.«

Hamilton fühlte sich ein wenig unsicher. Wie sollte er den Mann behandeln? Es war unhöflich, sich für die Privatdinge eines Fremden zu interessieren, und es konnte sogar gefährlich werden, wenn dieser Fremde bewaffnet war. Aber der Junge schien Fragen geradezu herauszufordern. »Sie haben Sorgen, Sir?«

»Nun ja, da sind so viele Dinge, die ich kaum verstehe. Alles hat sich verändert.«

»Haben Sie das nicht erwartet?«

»Ich erwartete gar nichts. Ich wußte nicht, daß ich im – äh – *Jetzt* landen würde.«

»Wie? Ich hörte – ach, egal. Wollen Sie damit sagen, daß Sie unfreiwillig die Stasis über sich ergehen ließen?«

»Ja und nein.«

»Wie meinen Sie das?«

»Hm – haben Sie Zeit für eine lange Geschichte? Ich habe sie inzwischen einige Dutzend Male erzählt und weiß, daß es wenig Sinn hat, sie zu kürzen. Die Leute verstehen mich sonst nicht.«

»Bitte, fangen Sie an.«

»Ich gehe ein Stück in die Vergangenheit zurück. Ich machte also im Frühjahr 26 an der Eastern-University mein Examen ...«

»Was haben Sie ...?«

»Ach, du liebe Güte. Sehen Sie, damals waren die Schulen ...«

»Entschuldigen Sie! Fahren Sie einfach so fort, wie Sie es gewohnt sind. Wenn ich etwas nicht verstehe, frage ich später.«

»Das ist vielleicht besser. Man bot mir eine ordentliche Stelle an – ein Versicherungsgeschäft in einem der ersten Häuser im Finanzzentrum. Ich war ziemlich gut bekannt – zwei Jahre lang Verteidiger der amerikanischen Nationalmannschaft.« Hamilton beherrschte sich, aber insgeheim hielt er vier Punkte fest, die er nicht verstand.

»Das ist eine ziemlich gute Leistung im Sport«, fügte er hastig an. »Aber denken Sie nicht, daß ich zu den Leuten gehörte, die den Sport zu Beziehungen ausnützten. Gewiß, die Vereinigung half mir ein wenig, aber ich arbeitete für jeden Cent, den man mir gab. Ich schuftete sogar in der Sommerpause. Und ich studierte. Mein Hauptfach war Wirtschaftsrationalisierung. Ich hatte eine gründliche Ausbildung im Finanz- und Geschäftswesen. Natürlich, man bot mir den Job an, weil ich durch Fußball bekannt geworden war, aber auch als Unbekannter hätte ich mein Pensum geleistet. Ich hoffe, Sie verstehen das.«

»Oh, gewiß.«

»Es ist wichtig, denn es hat mit der späteren Entwicklung zu tun. Ich sparte zwar nicht gerade Millionen zusammen, aber ich kam vorwärts. Alles ging glatt. In jener Nacht, als es passierte, feierte ich eine kleine Party. Ich hatte eine Ladung South American Republics abgestoßen . . .«

»Wie?«

»Aktien. Jedenfalls war es ein so gutes Geschäft, daß ich beschloß, eine Party zu geben. Es war Samstagabend, und im Klubhaus wurde nach dem Abendessen getanzt. Das übliche. Eine Zeitlang sah ich mir die Backfische an, aber es war nichts Passendes dabei, und so marschierte ich in die Garderobe, um mir einen Drink zu besorgen. Der Angestellte verkaufte unter der Hand Schnaps.«

»Oh, ich hatte ganz vergessen, Ihnen etwas anzubieten.« Hamilton ging hinaus und kam kurze Zeit später mit Gläsern und einer Erfrischung zurück.

»Danke. Sein Gin war zwar eine scharfe Sache, aber im allgemeinen gut verträglich. Vielleicht hatte er an jenem Abend etwas Besonderes gemixt. Oder vielleicht hätte ich mehr essen sollen. Jedenfalls kam ich wieder zu mir, als ich in einer Ecke des Klubraums saß und uninteressiert eine Diskussion verfolgte. Einer dieser Salonbolschewisten spielte sich auf. Wie nennen Sie die Kerle heute? Sie wissen schon, Leute, die alles angreifen, wenn es nur ehrsam und vernünftig ist.«

Hamilton lächelte.

»Ah, die kennen Sie also auch. Der Kerl gehörte jedenfalls zu ihnen. Hatte den *American Mercury* und *Jurgen* gelesen und wußte deshalb über alles Bescheid. Ich bin nicht engstirnig. Ich lese diese Journale auch, aber deshalb muß ich sie nicht gleich ernst nehmen. Obendrein lese ich aber den Literaturanzeiger und die *Times*, und solche Blätter kennen die Schnösel gar nicht. Also, er hackte auf der Regierung herum und sagte vorher, daß das ganze Land im Eimer sein würde – ich meine, daß es zusammenbrechen würde. Er hatte etwas gegen die Währung, ihm paßte die Wall Street nicht, und er erklärte, daß wir die Kriegsschulden abschreiben könnten.

Ich sah, daß einige unserer vornehmeren Klubmitglieder allmählich die Nase voll hatten, also mischte ich mich ein. ›Schließlich haben sie das Geld nur ausgeliehen, oder‹, sagte ich.

Er grinste mich an, so richtig spöttisch. ›Wahrscheinlich haben Sie *ihn* gewählt.‹

›Natürlich‹, erwiderte ich, obwohl das nicht ganz stimmte; da die Wahlen mitten in der Fußballsaison stattgefunden hatten, war ich nicht dazugekommen, meine Stimme abzugeben. Aber ich konnte nicht zulassen, daß er über Mister Cooleridge herfiel. ›*Sie* haben wahrscheinlich Davis gewählt.‹

›Falsch gedacht‹, erwiderte er. ›Ich habe für Norman Thomas gestimmt‹.

Das reichte mir. ›Leute wie Sie gehören zu den Roten nach Rußland‹, sagte ich. ›Vermutlich sind Sie auch noch Atheist. Sie haben den Vorteil, daß Sie in einer großen Epoche eines großen Landes leben. Die Verwaltung in Washington versteht ihr Geschäft. Die Zustände haben sich normalisiert, und alles geht aufwärts. Unser Land blüht und gedeiht. Ich rate Ihnen eines – spotten Sie nicht über Amerika!‹

Ich muß sagen, daß die Umstehenden meine kleine Rede begeistert aufnahmen.

›Sie scheinen recht überzeugt von Ihrer Sache zu sein‹, meinte er schwach.

›Muß ich wohl‹, erwiderte ich, ›ich arbeite selbst in der Finanzsparte.‹

›Dann kann ich natürlich nichts hinzufügen‹, sagte er und ging einfach.

Ein Fremder bot mir einen Drink an, und wir kamen ins Gespräch. Es war ein angenehmer, stattlicher Mensch, der wie ein Makler oder Bankier aussah. Ich kannte ihn nicht, aber ich wußte, wie wichtig es war, zu vielen Menschen Kontakt zu besitzen. ›Darf ich mich vorstellen?‹ sagte er. ›Mein Name ist Thadeus Johnson.‹

Ich stellte mich ebenfalls vor.

›Nun, Mister Smith‹, sagte er, ›Sie scheinen Vertrauen in die Zukunft unseres Landes zu haben.‹

Ich stimmte ihm zu.

›Soviel Vertrauen, daß Sie darauf wetten würden?‹

›Was Sie wollen – Geld, Murmeln oder sonst etwas.‹

›Dann habe ich einen Vorschlag, der Sie vielleicht interessiert.‹

Ich spitzte die Ohren. ›Worum handelt es sich?‹ fragte ich.

›Kommen Sie ein Stück mit mir?‹ fragte er. ›Zwischen all den Saxophonen und Charleston-Verrückten versteht man sein eigenes Wort nicht.‹ Mir machte es nichts aus. Diese Feste dauerten meist bis drei Uhr morgens, und ich konnte etwas frische Luft gebrauchen. Er besaß einen langen, niedrigen Hispano-Suiza. Klasse.

Ich war wohl eingeschlafen. Ich wachte auf, als wir bei ihm anhielten. Er nahm mich mit hinein, mixte mir einen Drink und erzählte mir von der Stasis – nur nannte er sie Entropie-Suspensions-Feld. Und er zeigte mir das Ding. Er führte ein paar raffinierte Versuche mit einer Katze vor. Dem Tier passierte überhaupt nichts.

›Aber das ist noch längst nicht alles‹, sagte er, ›passen Sie auf!‹ Er packte die Katze und warf sie in Richtung des Feldes. Als sie die Stelle fast erreicht hatte, schaltete er das Feld ein. Wir warteten wieder, diesmal etwas länger. Dann schaltete er aus. Die Katze segelte im hohen Bogen weiter und landete fauchend.

›Ich wollte Ihnen nur klarmachen, daß innerhalb des Feldes die Zeit nicht existiert‹, sagte er. ›Die Entropie erhöht sich nicht. Die Katze hatte keine Ahnung, daß das Feld eingeschaltet war.‹

Dann wechselte er das Thema. ›Jack?‹ fragte er. ›Wie wird das Land in fünfundzwanzig Jahren aussehen?‹

Ich dachte darüber nach. ›Keine großen Veränderungen‹, entschied ich. ›Wahrscheinlich steigt unser Vermögen an.‹

›Glauben Sie, daß A. T. & T. immer noch eine gute Investierung sein werden?‹

›Selbstverständlich!‹

›Jack‹, sagte er leise, ›würden Sie das Feld für zehn A. T. & T.-Aktien betreten?‹

›Für wie lange?‹

›Für fünfundzwanzig Jahre, Jack.‹

Selbstverständlich braucht man eine Zeitlang, bis man das entscheidet. Zehn A. T. & T. reizten mich nicht. Er fügte zehn US-Stahl-Aktien hinzu. Und er blätterte sie auf den Tisch. So wahr ich hier stehe, ich war fest davon überzeugt, daß das Zeug fünfundzwanzig Jahre später sehr viel mehr wert sein würde, und jemand, der frisch aus dem College kommt, läßt sich leicht von ein paar blauen Abschnitten verleiten. Aber fünfundzwanzig Jahre! Das klang wie der Tod. Als er noch zehn Aktien der National City hinzufügte, sagte ich: ›Hören Sie, Mister Johnson, lassen Sie es mich fünf Minuten lang versuchen. Wenn die Katze noch lebt, müßte ich es eigentlich auch schaffen.‹

Er hatte die Aktien auf meinen Namen ausgefüllt, wahrscheinlich, um die Versuchung zu vergrößern. ›Natürlich, Jack‹, sagte er. Ich trat vor das Feld, solange ich noch den Mut hatte. Ich sah, wie er nach dem Schalter griff.

Mehr weiß ich nicht.«

Hamilton Felix sah plötzlich auf. »Wie?«

»Ja – mehr weiß ich nicht«, wiederholte Smith. »Ich wollte ihn ermuntern, daß er doch anfangen solle, und da erkannte ich, daß er gar nicht mehr neben mir stand. Der Raum hatte sich verändert und war voll von Fremden. Ich war hier – im *Jetzt.*«

»Das verdient noch einen Drink«, sagte Hamilton.

Sie tranken schweigend.

»Meine Hauptschwierigkeit besteht darin, daß ich diese Welt nicht verstehe«, sagte Smith. »Ich bin Geschäftsmann. Ich möchte auch hier meinem Beruf nachgehen. Aber ich schaffe es nicht. Verdammt, *nichts* ist gleich geblieben. Die Dinge, die man mir in der Schule und an der Wall Street beibrachte, gelten nicht mehr.«

»Aber das Geschäftswesen kann sich doch nicht so stark verändern. Der Zyklus bleibt immer gleich – Herstellung, Kauf, Verkauf.«

»Ja und nein. Ich bin Finanzfachmann. Und die Finanzen heutzutage sind völlig verdreht.«

»Ich gebe zu, daß die Einzelheiten ein wenig kompliziert aussehen«, erwiderte Hamilton. »Die Grundlagen jedoch sind einleuchtend. Aber warten Sie – in ein paar Minuten kommt ein Freund vorbei, der im Finanzministerium arbeitet. Er wird Ihnen alles erklären.«

Smith schüttelte entschieden den Kopf. »Nein. Die Experten haben tagelang auf mich eingeredet. Sie sprechen einfach eine fremde Sprache.«

»Vielleicht könnte ich es selbst versuchen.«

»Wirklich? Oh, bitte.«

Hamilton dachte darüber nach. Es war gar nicht so leicht, wie man es sich vorstellte. »Beginnen wir einmal folgendermaßen«, sagte er. »Es handelt sich grundsätzlich um ein Gleichgewicht zwischen Kosten und Preisen. Ein Geschäftsmann stellt etwas her. Das kostet ihn Geld – Material, Löhne, Räume und so fort. Um seine Ware herstellen zu können, muß er die Kosten in Form von Preisen zurückgewinnen. Verstehen Sie mich?«

»Bis jetzt ist alles offensichtlich.«

»Schön. Er bringt also eine Summe in Umlauf, die genau seinen Kosten entspricht.«

»Wiederholen Sie das!«

»Wie? Das ist doch ganz einfach. Das Geld, das er ausgeben oder in Umlauf bringen mußte, ist identisch mit seinen Kosten.«

»Ja – aber wo bleibt sein Gewinn?«

»Sein Gewinn ist ein Teil seiner Kosten. Sie erwarten doch nicht, daß er umsonst arbeitet?«

»Aber Gewinne sind nicht Kosten. Sie sind – sie sind *Gewinne*.«

Hamilton sah ein wenig verwirrt drein. »Wie Sie wollen. Kosten – das was Sie ›Kosten‹ nennen – plus Profit ist gleich Preis. Kosten und Gewinne sind verfügbar als Kaufkraft, damit das Produkt zu einem Preis erstanden werden kann, der genau den beiden entspricht.«

»Aber – aber er kauft doch nicht von sich selbst.«

»Er ist ebenfalls ein Verbraucher. Er benutzt seine Gewinne, um seine und die Produkte anderer Hersteller zu kaufen.«

»Aber seine eigenen Produkte *besitzt* er doch.«

»Jetzt bringen Sie *mich* durcheinander. Lassen wir einmal außer acht, daß er seine eigenen Produkte kauft. Angenommen, er kauft die Dinge, die er braucht, von anderen Geschäftsleuten. Darauf läuft es letzten Endes nämlich hinaus. Und nun weiter. Die Produktion bringt genau die Geldsumme in Umlauf, die gebraucht wird, um das Produkt zu kaufen. Aber ein Teil dieses in Umlauf gebrachten Geldes wird gespart und in neuen Produktionen investiert. Dadurch entsteht eine Verkleinerung der Kaufkraft. Die Regierung gleicht das durch die Ausgabe neuen Geldes aus.«

»Und das verstehe ich nicht«, sagte Smith. »Es ist ja schön und gut, wenn die Regierung Geld herausgibt, aber dieses Geld müßte irgendwie *gesichert* sein — durch Gold oder Regierungsaktien.«

»Weshalb im Namen des Großen Eies sollte ein Symbol etwas anderes darstellen als es ist?«

»Aber Sie sprechen vom Geld, als handelte es sich um etwas völlig Abstraktes.«

»Was ist es denn sonst?«

Smith antwortete nicht gleich. Sie hatten eine Stelle erreicht, wo die gegensätzlichen Anschauungen voll zur Geltung kamen. Als der Mann aus der Vergangenheit wieder sprach, hatte er das Thema gewechselt. »Aber die Regierung verschenkt das neue Geld einfach. Das ist Wohlfahrt. So etwas demoralisiert. Jeder Mensch sollte sich sein Geld verdienen. Und selbst wenn man diesen Standpunkt außer acht läßt, so gilt immer noch, daß man so einen Staat nicht regieren kann. Die Regierung ist wie eine Geschäftsleitung. Man kann nicht alles ausgeben, ohne irgendwelche Einnahmen zu besitzen.«

»Weshalb nicht? Zwischen einer Regierung und einer Geschäftsfirma bestehen keine Parallelen. Sie haben ganz verschiedene Funktionen.«

»Aber es ist nicht *gesund.* Es führt zum Bankrott. Lesen Sie Ihren Adam Smith.«

»Den Herrn kenne ich nicht. Ein Verwandter von Ihnen?«

»Nein, er ist — ach, Gott!«

»Wie bitte?«

»Es hat keinen Sinn«, sagte Smith. »Wir sprechen nicht die gleiche Sprache.«

»Das könnte es sein«, meinte Hamilton. »Sie sollten einen guten Semantiker aufsuchen.«

»Aber eigentlich kam ich nicht her, um mir von Ihnen das Finanzwesen erklären zu lassen«, sagte Smith, nachdem er noch ein Glas geleert hatte. »Ich habe eine ganz andere Frage.«

»Ja?«

»Ehrlich gesagt, ich war mir bereits im klaren darüber, daß ich in der Finanzverwaltung nichts anfangen könnte. Aber ich muß etwas tun und irgendwie Geld verdienen. Alle Leute außer mir sind reich.«

»Reich?«

»Mir erscheinen sie jedenfalls reich. Alle tragen teure Kleider. Alle essen gut – ach was! Sie verschenken Essen! Es ist absurd.«

»Weshalb leben Sie nicht von der Dividende? Dann brauchen Sie sich keine Sorgen um Geld zu machen.«

»Natürlich, das könnte ich, aber verdammt noch mal, ich bin ein Arbeitstier. Die Verdienstmöglichkeiten liegen buchstäblich auf der Straße. Mich juckt es richtig in den Fingern. Aber ich kenne die Regeln nicht, das ist es. Passen Sie auf – außer den Finanzen gibt es noch einen Sektor, auf dem ich mich gründlich auskenne. Vielleicht könnten Sie mir raten, wie ich am besten daraus Kapital schlage.«

»Was ist es?«

»Fußball.«

»Fußball?«

»Fußball. Man sagte mir, daß Sie der Mann sind, der mit Spielen sein Geld macht.« Hamilton nickte wortlos. »Fußball ist auch ein Spiel. Wenn man es richtig einführt, kann man eine Menge Geld damit verdienen.«

»Was für ein Spiel? Erzählen Sie mir Genaueres darüber.«

Smith beschrieb den Sport ausführlich. Er zeichnete das Spielfeld und die Spielerkombinationen, er erklärte Abseits, Freistöße und Elfmeter. Er beschrieb die rasende Zuschauermenge und sprach von einem »Eintrittsgeld«.

»Das klingt vielversprechend«, meinte Hamilton. »Wie viele Leute werden pro Spiel getötet?«

»Getötet? Aber man verletzt nicht einmal jemanden – außer bei Stürzen. Da kommt es schon mal zu Schulterprellungen oder Verstauchungen.«

»Das läßt sich ändern. Wäre es nicht günstiger, wenn die Männer, welche die Verteidigung übernehmen, eine Rüstung trügen?«

»Aber Sie verstehen mich nicht. Es ist – also ...«

»Wahrscheinlich verstehe ich Sie nicht«, meinte Hamilton. »Ich habe so ein Spiel noch nie gesehen. Es liegt auch ein wenig außerhalb meines Gebietes. Ich vertreibe nämlich in der Hauptsache mechanische Spiele – Wettautomaten und ähnliches.«

»Dann haben Sie gar kein Interesse an der Sache?«

Hamilton hatte kein Interesse. Aber als er die enttäuschte Miene des jungen Mannes sah, beschloß er, das nicht laut zu sagen. »Ich kann Sie ja mit einem Agenten in Verbindung bringen. Diese Leute sind im allgemeinen sehr geschäftstüchtig.«

»Oh, das wäre Klasse.«

»Ich nehme an, das ist eine Zustimmung.«

Ein neuer Besucher wurde angemeldet – Monroe-Alpha. Hamilton ließ ihn herein und flüsterte ihm zu, er solle Smith wie einen bewaffneten Gleichberechtigten behandeln. Eine Zeitlang tauschten sie höfliche Floskeln aus, dann konnte Monroe-Alpha seine Begeisterung nicht mehr zügeln. »Soviel ich gehört habe, stammen Sie aus einem urban-industriellen Kreis?«

»Ich komme aus der Großstadt, wenn Sie das meinen.«

»Ja, richtig. Ich hoffte, Sie könnten mir etwas von dem mutigen, einfachen Landleben erzählen, das damals gerade am Aussterben war.«

»Wie meinen Sie das? Landleben?«

Monroe-Alpha zeichnete mit glühender Leidenschaft ein Bild des ländlichen Paradieses, das ihm vorschwebte. Smith sah völlig verwirrt drein. »Mister Monroe«, sagte er, »wenn ich mich nicht täusche, hat Ihnen jemand einen Riesenbären aufgebunden. Das, was Sie hier schildern, gab es in meiner Epoche überhaupt nicht.«

Monroe-Alphas Lächeln wirkte beinahe väterlich. »Aber Sie lebten ja in der Großstadt. Das Landleben kann Ihnen nicht bekannt gewesen sein.«

»Oh, sagen Sie das nicht. Ich habe zwei Monate lang bei einem Ernteteam mitgearbeitet, ich habe im Freien gezeltet, und in meiner Kindheit verbrachte ich die Ferien und Weihnachtsfeiertage auf einem Bauernhof. Wenn Sie glauben, daß es romantisch oder auch nur wünschenswert wäre, ohne jede Zivilisation zu leben, dann müßten Sie mal an einem eisigen Morgen einen Zweispänner fahren oder ein Mittagessen an einem offenen Holzfeuer kochen.«

»Aber das muß einen Menschen doch erregen. Es ist der primitive, ursprüngliche Kampf wider die Natur.«

»Ist Ihnen schon mal ein Maultier auf den Fuß getreten?«

»Nein, aber . . .«

»Sie würden staunen. Ganz ehrlich, ich möchte Ihnen nicht zu nahe treten, aber irgendwo ist da der Wurm drin. Das einfache Landleben mag für ein paar Ferientage ganz nett sein, aber tagein, tagaus ist es nichts anderes als eine schmutzige Plackerei. Romantik? Mein Lieber, die Leute hatten gar keine Zeit, an Romantik zu denken, und auch verdammt wenig Anlaß dazu.«

Monroe-Alphas Lächeln wirkte ein wenig gequält. »Vielleicht sprechen wir von verschiedenen Dingen. Schließlich kommen Sie aus einer Epoche, in der die Maschinen bereits die Oberhand gewonnen hatten. Ihre Ansichten könnten davon beeinflußt sein.«

Smith erwärmte sich allmählich. »Ich sage so etwas nicht gern — aber Sie wissen nicht, wovon Sie reden. Das Landleben in meiner Zeit, so elend es war, ließ sich nur einigermaßen ertragen, weil es Maschinen gab. Man hatte vielleicht kein elektrisches Licht und kein fließendes Wasser, aber man hatte Sears Roebuck und alles, was damit zusammenhing.«

»Was hatte man?« fragte Hamilton.

Smith erklärte in allen Einzelheiten die Methode der Katalogeinkäufe. »Aber Sie möchten das alles verbannen — bis auf das edle Primitive, das Lebensnotwendigste. Der Bauer fällt einen

Baum – *wer hat ihm die Axt verkauft?* Er möchte einen Hasen schießen – *woher hat er die Flinte?* Nein, Mister, ich weiß, wovon ich spreche. Ich habe Wirtschaft studiert. Es hat niemals ein so edles, primitives Wesen gegeben, wie Sie es schildern. Die ersten Bauern waren unwissende Wilde mit dreckigen Fingernägeln und Läusen. Sie arbeiteten sechzehn Stunden pro Tag, nur um sich am Leben zu erhalten. Sie schliefen in schmuddeligen Hütten auf dem Lehmboden. Und ihre Ansichten und Denkprozesse standen nur um ein oder zwei Stufen über dem Tier.«

Hamilton war erleichtert, als ein neuer Besucher angemeldet wurde. Cliff hatte seine Lektion erhalten – und er wirkte ein wenig blaß. Sein Traumgebäude war eingestürzt.

Auf dem Anmeldeviereck zeigte sich der Name McFee Norbert. Hamilton hätte ihn lieber nicht eingelassen, aber das wäre politisch falsch gewesen. Der Kerl hatte die häßliche Angewohnheit, unangemeldet bei seinen Untergebenen zu schnüffeln. Hamilton verabscheute das, aber er konnte noch nichts dagegen tun.

McFee benahm sich gegen sonst recht anständig. Er war sichtlich beeindruckt von Monroe-Alpha, dessen Namen und Position er kannte, aber er versuchte, seine Gefühle zu verbergen. Smith gegenüber verhielt er sich jovial-überlegen. »Ah, Sie sind also der Mann aus der Vergangenheit? Wie amüsant! Aber Sie haben den Zeitpunkt des Erwachens ungünstig gewählt.«

»Wie meinen Sie das?«

»Nur so. Zehn Jahre später wäre vielleicht besser gewesen – was, Hamilton?« Er lachte.

»Mag sein«, erwiderte Hamilton knapp und versuchte die Aufmerksamkeit von Smith abzulenken. »Sprechen Sie mit Monroe-Alpha darüber. Er ist der Meinung, daß wir das Leben verbessern müßten.« Er bedauerte die Bemerkung sofort, denn McFee wandte sich interessiert an Monroe-Alpha.

»Sie haben etwas für Sozialpolitik übrig, Sir?«

»Ja, in gewisser Hinsicht.«

»Ich auch. Vielleicht können wir uns einmal treffen und länger unterhalten.«

»Das wäre mir ein Vergnügen. Felix, leider muß ich jetzt gehen.«

»Ich ebenfalls«, erklärte McFee prompt. »Kann ich Sie mitnehmen?« – »Ich möchte Ihnen nicht zur Last fallen.«

Hamilton unterbrach die beiden. »Wollten Sie etwas Bestimmtes von mir, McFee?«

»Es ist nicht so wichtig. Wir treffen uns wahrscheinlich heute abend im Klub.«

Hamilton verstand die Umschreibung. Es war ein direkter Befehl zum Bericht. McFee wandte sich wieder an Monroe-Alpha. »Davon kann keine Rede sein. Es liegt ohnehin am Weg.«

Hamilton sah den beiden unbehaglich nach.

7

Longcourt Phyllis tauchte für einen Augenblick im Warteraum des Entwicklungszentrums auf und unterhielt sich mit Hamilton.
»Hallo, Filthy.«

»Hallo, Phil.«

»Ich ziehe mich rasch um und komme dann wieder.« Sie trug ihren Coverall und einen Helm. Eine Atemmaske war mit einem Riemen um ihren Hals geschlungen.

»In Ordnung.«

Sie kehrte kurz danach zurück, in normalen und sehr femininen Kleidern. Er warf ihr einen anerkennenden Blick zu. »So sieht das schon besser aus«, meinte er. »Was sollte die Maskerade?«

»Wie? Ach so, du meinst die antiseptische Uniform. Ich habe im Augenblick eine Sonderaufgabe – Naturkinder. Man muß schrecklich vorsichtig mit ihnen umgehen. Arme kleine Teufel.«

»Weshalb?«

»Das weißt du selbst. Sie können jede Infektion aufschnappen. Wir müssen darauf achten, daß sie nicht wie die anderen Kinder im Schmutz umhertollen. Ein Kratzer, und alles kann geschehen. Wir müssen sogar ihr Essen sterilisieren.«

»Weshalb macht ihr euch die Mühe? Eine natürliche Auslese wäre vielleicht besser. Dann überleben nur die Widerstandsfähigsten.«

Sie wirkte verärgert. »Ich könnte dir darauf die konventionelle Antwort geben, daß die Naturkinder unendlich wertvoll sind – als Anhaltspunkte und Vergleichsmöglichkeiten für die Genetiker. Aber ich tue es nicht. Wesentlich erscheint mir, daß sie auch Menschen sind. Und ihre Eltern lieben sie ebenso, wie deine Eltern dich geliebt haben.«

»Tut mir leid, ich kannte meine Eltern nicht.«

Sie sah bedauernd auf. »Oh, Felix, das hatte ich vergessen.«

»Macht nichts. Ich konnte nie verstehen, weshalb du dich für diese Herde kleiner Biester opferst. Es muß entsetzlich sein.«

»Oh nein. Babys machen Spaß. Und sie sind eigentlich gar nicht so schwierig zu behandeln. Füttern, ihnen behilflich sein und ihnen sehr, sehr viel Liebe schenken – das ist alles.«

»Ich weiß nicht. Ich war immer für die Spundlochtheorie.«

»Für die was?«

»Man steckt das Kind im zarten Alter in ein Faß und füttert es durch das Spundloch. Sobald es siebzehn ist, verstöpselt man den Spund.«

Sie lachte schallend. »Filthy, du bist ein netter Mensch, aber du hast einen abscheulichen Humor. Ganz im Ernst, bei dieser Methode geht den Kindern etwas verloren, das wesentlich für ihre Entwicklung ist – die Zärtlichkeit der Erzieherinnen.«

»Ich erinnere mich kaum an Zärtlichkeiten. Man wurde gefüttert und gewaschen und ansonsten strikt in Ruhe gelassen.«

»Mein Lieber, diese Methode ist völlig veraltet. Man hat herausgefunden, daß sie den biologischen Grundsätzen widerspricht.« Ihr kam der Gedanke, daß Hamiltons Kinderfeindlichkeit vielleicht auf diese grausame, widersinnige Erziehungsmethode zurückzuführen war. In den meisten Fällen hatte das natürliche Muttergefühl verhindert, daß die Theorie zu gründlich angewandt wurde, aber bei ihm war es etwas anderes. Er war ein bedauernswertes Kind gewesen – er hatte das Entwicklungszentrum praktisch nie verlassen. Wenn sie unter ihren Schützlingen eine dieser kleinen Ausnahmen vorfand, behandelte sie dieses Kind mit besonderer Liebe. Aber das sagte sie Hamilton nicht.

»Weshalb lecken deiner Meinung nach Tiere ihre Jungen ab?« fragte sie.

»Wahrscheinlich, um sie zu säubern.«

»Unsinn! Du kannst von einem Tier keine Sauberkeitsgefühle erwarten. Es ist Zärtlichkeit, der Ausdruck instinktiver Liebe. Sogenannte Instinkte sind sehr aufschlußreich. Sie deuten auf Überlebenswerte hin.«

Er zuckte mit den Schultern. »So, da wären wir.«

Sie betraten das Restaurant, das er ausgewählt hatte, und ließen sich den reservierten kleinen Privatraum zeigen. Schweigend aßen sie. Hamiltons Stimmung war ein wenig gedrückt, weil er ständig an den Klub der Tüchtigen denken mußte. Er war leichten Herzens eingetreten, doch nun fühlte er sich durch die hektische Vorwärtsentwicklung irgendwie bedroht. Warum handelte denn Mordan nicht?

Er war in der Organisation nicht so schnell bis zur Spitze vorgedrungen, wie er es erhofft hatte. Man benutzte seine Dienste gern und forderte auch sein Geld, aber er besaß immer noch kein klares Bild von der Organisation selbst. Er wußte nicht, wer über McFee Norbert stand, und er kannte auch nicht die Stärke der einzelnen Gruppen.

Inzwischen wurde es von Tag zu Tag schwieriger, die Maske zu behalten.

Er hatte etwas gesehen, das ihm sehr zu denken gab. Während einer der letzten Ausbildungskurse hatte ihn McFee Norbert in ein Haus auf dem Land mitgenommen, wo er die Ergebnisse der heimlichen genetischen Experimente sehen durfte.

Furchtbare kleine Ungeheuer!

Er hatte hinter Glastrennwänden Kinder gesehen, deren Embryo-Kiemen erhalten und weiterentwickelt worden waren. Sie konnten an Land oder im Wasser leben, benötigten aber immer eine feuchte Atmosphäre. »Nützlich auf Venus, findest du nicht?« hatte McFee gesagt.

»Wir taten die anderen Planeten des Systems zu rasch als wertlos ab«, fuhr er fort. »Die Anführer unserer Organisation werden selbstverständlich hier auf der Erde residieren, aber besonders angepaßte Typen können sich ohne weiteres auf den anderen Planeten aufhalten. Erinnere mich, daß ich dir noch die Antistrahlungstypen zeige. Und dann haben wir ein paar Exemplare, die speziell für niedrige Schwerkraft ausgerüstet sind.«

»Interessant«, meinte Hamilton. »Übrigens — woher bekommt ihr das Zuchtmaterial?«

»Das ist eine unzulässige Frage«, erklärte McFee, »aber ich will sie trotzdem beantworten. Du bist der Führertyp und wirst es eines Tages ohnehin erfahren. Das männliche Plasma liefern wir selbst. Die Frauen werden gewöhnlich von Barbarenstämmen geraubt.«

»Bedeutet das nicht ziemlich minderwertiges Material?«

»Ja, gewiß. Es handelt sich aber auch um einfache Experimente. Nach dem Umsturz soll alles anders werden. Wir besitzen für den Anfang wertvolles Zeugungsgut — dich beispielsweise.«

»Ja, natürlich.« Ihm lag nicht daran, das Thema weiterzuverfolgen. »Bisher hat mir noch niemand verraten, welche Zukunftspläne ihr für die Barbaren habt.«

»Das ist für Junioren auch unwichtig. Einige davon werden wir für Experimente behalten. Die anderen werden im Laufe der Zeit liquidiert.«

Ein großzügiger Plan, hatte Hamilton verbittert gedacht. Die in Eurasien und Afrika verstreuten Stämme, die sich langsam wieder eine Zivilisation erkämpften, wurden ohne ihre Einwilligung und ohne ihr Wissen für das Labor oder den Tod bestimmt.

»Das hier ist vermutlich unser interessantestes Exemplar«, sagte McFee und ging weiter. Hamilton sah ein krankes Kind mit einem viel zu großen Kopf. »Ein Tetroid«, stellte McFee fest. »Sechsundneunzig Chromosomen. Früher dachten wir, das sei das Geheimnis des Superhirns, aber wir täuschten uns. Unsere Genetiker sind jetzt auf der richtigen Spur.«

»Und weshalb tötet ihr den Kleinen nicht?«

»Das kommt noch. Im Augenblick dient er als Anschauungsmaterial.«

Sie hatten noch einige Dinge gesehen — Dinge, an die sich Hamilton lieber nicht erinnerte. Er war nur froh gewesen, daß es ihm gelungen war, sein Entsetzen zu verbergen.

Die geplante Vernichtung der Barbaren erinnerte ihn an etwas anderes. Sonderbarerweise hatte die Ankunft von John Darlington Smith eine indirekte Wirkung auf die Pläne der Organisation gehabt. Man wollte nach der Machtübernahme kategorisch alle schwächlichen Naturkinder, alle Synthetiker, widerspenstigen Genetiker und Konterrevolutionäre umbringen.

Nun besaßen aber viele Klubmitglieder eine sentimentale Schwäche den Naturkindern gegenüber. Man betrachtete sie mit der väterlichen Verachtung, mit der in früheren Zeiten Herrscherschichten oft die »unteren« Klassen betrachtet hatten. Und dieses psychologische Problem hatte bis dahin die Stunde Null hinausgeschoben.

Die Adirondack-Stasis hatte den Führern ein neues Machtmittel in die Hand gegeben.

McFee hatte die taktische Änderung am gleichen Abend verkündet, an dem er mit Smith zusammengetroffen war. Man wollte die Naturkinder in eine unbestimmt lange Stasis versetzen. Das war ein ganz und gar humanes Vorgehen; man tat den Gefangenen nicht weh, und sie konnten irgendwann in der fernen Zukunft wieder auftauchen. McFee hatte Hamilton nach dem Treffen gefragt, was er von dem Plan hielte.

»Man wird ihn begrüßen«, hatte Hamilton zugegeben. »Aber was geschieht, wenn man sie freiläßt?«

McFee hatte ihn überrascht angesehen und dann leise gesagt: »Aber hör mal, wir beide sind doch Realisten.«

»Du meinst ...«

»Selbstverständlich. Aber das bleibt unter uns, verstanden?«

Phyllis fand, daß es an der Zeit war, sein düsteres Schweigen zu unterbrechen. »Was geht in dir vor, Filthy?« fragte sie. »Du hast heute noch keine zwei Worte gesprochen.«

Er zuckte zusammen. »Nichts Wichtiges«, log er, obwohl er danach brannte, ihr alles zu enthüllen. »Du warst selbst auch nicht sehr redselig. Fehlt dir etwas?«

»Nein, das nicht«, sagte sie. »Aber ich habe mir eben einen Namen für unseren Sohn ausgedacht.«

»Oh nein! Bist du nicht ein wenig voreilig? Du weißt verdammt gut, daß wir nie Kinder haben werden.«

»Das bleibt noch abzuwarten.«

»Hmm! Und welchen Namen möchtest du diesem hypothetischen Nachwuchs geben?«

»Theobald — ›kühn für das Volk‹ «, erwiderte sie verträumt.

»›Kühn für das ...‹ Dann schon lieber Jabez.«

»Jabez? Was bedeutet das?«

»›Es wird Sorge bringen‹.«

»Filthy, du bist gemein.«

»Ich weiß. Weshalb vergißt du nicht deinen lärmenden Kindergarten und bleibst für immer bei mir?«

»Sag das noch einmal ganz langsam.«

»Ich schlage dir die Ehe vor.«

Sie schien darüber nachzudenken. »Und wie hast du dir das gedacht?«

»Ganz nach deinem Wunsch. Orthofrau, registrierte Begleiterin, legale Geliebte — was du willst.«

»Woher kommt die plötzliche Sinnesänderung?« fragte sie langsam.

»So plötzlich ist sie gar nicht. Ich habe daran gedacht, seit du mich niederschießen wolltest.«

»Etwas stimmt hier nicht. Noch vor zwei Minuten hast du erklärt, daß Theobald vollkommen hypothetisch sei.«

»Moment«, sagte er hastig. »Von Kindern habe ich kein Wort erwähnt. Das ist ein anderes Thema. Ich sprach von uns beiden.«

»So? Dann hör mir einmal gut zu, Mister Hamilton. Wenn ich heirate, dann bestimmt keinen Mann, der das Ganze als eine Art Freizeitsport betrachtet.« Sie wandte sich wieder ihrem Essen zu.

Ein angespanntes Schweigen folgte. Nach einigen Minuten brach er es. »Gekränkt?«

»Nein. Filthy, du bist so hundsgemein.«

»Ja, das weiß ich auch. Fertig?«

Sie nickte. »Kommst du mit zu mir?«

»Ich würde es so gern – aber heute abend kann ich nicht.«

Nachdem er sie heimgebracht hatte, ging er direkt zur Wolfsloge. Man hatte an diesem Abend eine Vollversammlung angekündigt, ohne einen Grund dafür zu nennen. Entschuldigungen wurden nicht geduldet. Zufällig war es auch die erste Versammlung, in der er als Unterführer fungierte.

Die Tür zum Klubraum stand offen. Einige Mitglieder hatten sich bereits versammelt und täuschten ein lärmendes Treffen von Trinkgenossen vor. Es war sogar möglich, daß sich ein paar Fremde im Raum befanden. Das störte niemanden, solange nichts Wichtiges vorging. Später sorgte man dafür, daß sie unauffällig von den Klubmitgliedern getrennt wurden.

Hamilton trat ein, begrüßte einige Bekannte, bestellte sich ein Glas Bier und sah bei einem Pfeilespiel zu, das an einem Ende des Raumes durchgeführt wurde.

Etwas später hastete McFee herein, warf einen raschen Blick auf die Runde und gab zwei Abteilungsführern durch eine Kopfbewegung zu verstehen, daß sich noch ein Fremder im Raum befand. Der Mann hatte viel getrunken und nahm nicht mehr recht wahr, daß man ihn vorsichtig hinausbugsierte. Als er fort war, entspannte sich McFee und sagte: »Zur Sache, Brüder.« Er wandte sich an Hamilton: »Du bleibst heute bei der Konferenz.«

Hamilton nickte. Im gleichen Moment spürte er, daß ihn jemand an der Schulter packte. »Aber Felix!«

Er drehte sich um und verbarg nur mühsam seine Überraschung. Es war Monroe-Alpha.

»Ich wußte, daß du einer der unseren warst«, sagte der Freund strahlend. »Und ich war schon ganz gespannt, wann du zum erstenmal . . .«

»Geh zu deiner Abteilung!« sagte McFee streng.

»Jawohl, Sir. Bis später, Felix.«

»Bis später, Cliff«, erwiderte Hamilton herzlich.

Er folgte McFee in den Konferenzraum, froh über die Gelegenheit, sich wieder zu fassen. *Cliff*! Beim Großen Ei – ausgerechnet Cliff! Was tat er nur in diesem Schlangennest? Weshalb hatte er ihn bisher nicht gesehen? Er wußte es natürlich – die Mitglieder der einzelnen Abteilungen trafen einander nur in den seltensten Fällen. Verschiedene Einweisungsabende und so fort. Er verfluchte das ganze System. Aber weshalb Cliff? Cliff war der sanfteste, gutmütigste Mensch, der je eine Waffe getragen hatte. Weshalb ließ er sich mit diesen Kerlen ein?

Er überlegte, ob Monroe-Alpha ein Doppelagent wie er selbst sein konnte – und nun staunte, daß er *ihn*, Hamilton, vorfand. Nein, das ergab keinen Sinn. Cliff besaß nicht das Talent, das man zu dieser Maskerade brauchte. Er konnte weder lügen noch schauspielern.

McFee hatte das Wort ergriffen. »Anführer, heute habe ich den Auftrag, euch wichtige Neuigkeiten zu übermitteln.« Er machte eine Pause. »Die Stunde Null steht bevor.«

Sie sahen auf, wach, einsatzbereit. Hamilton versteifte sich. Verdammt noch mal! dachte er. Da soll das Schiff starten, und ich habe mir einen Idioten wie Monroe-Alpha vom Halse zu schaffen.

»Bournby!«

»Jawohl, Sir!«

»Du und deine Gruppe – wichtigste Nachrichtenzentralen! Hier ist das Befehlsband. Präge es dir sofort ein. Du wirst mit dem Propagandachef zusammenarbeiten.«

»Jawohl.«

»Steinwitz, deine Gruppe kümmert sich um die Energieversorgung. Hier ist dein Band. Harrickson!«

»Jawohl, Sir.«

Es ging endlos weiter. Hamilton hörte nur halb hin. Seine Miene war ausdruckslos, während er krampfhaft darüber nachdachte, wie er sich aus der Schlinge ziehen könnte. Mordan mußte gewarnt werden – das stand fest.

»Hamilton!«

»Jawohl, Sir!«

»Sondereinsatz. Du ...«

»Einen Augenblick, Boß. Ich habe eben etwas erfahren, das unsere Bewegung gefährdet.«

»Tatsächlich?« McFee wirkte kühl und ungeduldig.

»Jungmitglied Monroe-Alpha. Ich möchte, daß er mir unterstellt wird.«

»Unmöglich. Kümmere dich um deine Aufgabe.«

»Ich möchte nicht undiszipliniert erscheinen«, stellte Hamilton ruhig fest. »Aber zufällig kenne ich den Mann sehr viel besser als alle anderen hier. Er ist unberechenbar und hysterisch. Wenn du es genau wissen willst – er gehört zu den Varianten. Mich allerdings achtet er. Ich möchte ihn im Auge behalten.«

McFee klopfte mit den Fingerspitzen ungeduldig auf den Tisch. »Völlig unmöglich. Dein Eifer geht über deinen Gehorsam hinaus. Sieh zu, daß du diesen Fehler nicht mehr wiederholst. Außerdem – wenn deine Worte stimmen, ist er an seinem Platz besser aufgehoben als neben dir. Du hättest keine Verwendung für ihn. Mosely – du bist sein Gruppenführer. Achte auf ihn. Im Notfall schießt du ihn nieder.«

»Jawohl, Sir.«

»So, Hamilton...« Mit sinkendem Mut erkannte Hamilton, daß er die Gefahr für den Freund nur erhöht hatte. »Sobald die Kämpfe beginnen, meldest du dich beim Distriktsvorsitzenden Mordan. Schieße ihn sofort nieder und gib ihm keine Chance zum Ziehen.«

»Ich kenne seine Schnelligkeit«, erwiderte Hamilton trocken.

McFee entspannte sich ein wenig. »Du brauchst dabei keine Hilfe, das weiß ich.«

»Gut.«

»Ich nehme an, daß dir der Auftrag Spaß machen wird.« Er warf Hamilton ein schlaues Lächeln zu.

In ganz kleine Stücke zerschneide ich dich, dachte Hamilton. Aber er erwiderte das Lächeln und sagte: »Die Annahme ist nicht unbegründet.«

»So, das wäre alles, meine Herren. Keiner verläßt den Raum, bis ich den Befehl dazu erteile – und dann auf die übliche, unauffällige Weise.«

»Wann geht es los?«

»Lest eure Bänder.«

Hamilton hielt McFee auf dem Weg zum Nebenraum auf. »Ich habe kein Band. Wann ist die Stunde Null?«

»Ach so. Um es ehrlich zu sagen, sie ist noch nicht festgelegt worden. Sei von jetzt an bereit. Wir müssen dich jederzeit erreichen können.«

»Hier?«

»Nein. In deiner Wohnung.«

»Dann kann ich also gehen?«

»Nein. Warte, bis die anderen aufbrechen. Trinken wir zusammen ein Glas. Das hilft bei der Entspannung.«

Während der nächsten halben Stunde half Hamilton dem »Großen Führer« bei der Entspannung.

Monroe-Alphas Abteilung wurde losgeschickt, kurz bevor McFee seine engsten Mitarbeiter gehen ließ. Hamilton benutzte seinen neuen Rang dazu, als einer der ersten den Raum zu verlassen. Er holte Monroe-Alpha draußen ein. Der Freund begann erregt auf ihn einzureden. »Sei still!« sagte Hamilton scharf.

»Aber Felix!«

»Tu, was dir befohlen wurde – geh sofort in deine Wohnung.«

Monroe-Alpha gehorchte, aber er schwieg gekränkt. Hamilton wollte nicht sprechen, bis er sicher war, daß niemand mithören konnte. Inzwischen suchte er nach einem Telefon. Der Weg war nicht weit — ein paar Treppen und eine kurze Rollstrecke. Sie kamen an zwei Zellen vorbei. Eine war besetzt, und an der anderen hing das Schild: AUSSER BETRIEB. Er fluchte vor sich hin und ging weiter.

Sie eilten weiter zu Monroe-Alphas Wohnung. Sobald die Tür hinter ihnen versiegelt war, trat Hamilton rasch neben den Freund und entwaffnete ihn.

Monroe-Alpha trat verwirrt einen Schritt zurück. »Weshalb tust du das, Felix?« fragte er. »Was ist los? Vertraust du mir nicht?«

Hamilton musterte ihn von oben bis unten. »Du Narr«, sagte er bitter, »du einfältiger, hysterischer Narr!«

8

»Felix! Was bedeutet das? Was ist in dich gefahren?« Er trug einen so vollkommen überraschten, einen so unschuldigen Gesichtsausdruck, daß Hamilton einen Moment lang verwirrt wurde. War es möglich, daß Monroe-Alpha wie er selbst auf der Seite der Regierung stand?

»Einen Augenblick«, sagte er hart. »Was bist du eigentlich? Ein treues Klubmitglied oder ein Spion?«

»Ein Spion? Dachtest du, ich sei ein Spion? Hast du mir deshalb die Waffe abgenommen?«

»Nein«, erwiderte Hamilton, »ich hatte Angst, du könntest *kein* Spion sein.«

»Aber ...«

»Hör mir gut zu. *Ich* bin ein Spion. Ich bin dem Klub beigetreten, um ihn zu sprengen. Und verdammt noch mal, wenn ich ein guter Spion wäre, würde ich dich jetzt niederschießen. Du Idiot hast alles durcheinandergebracht.«

»Aber — aber Felix, ich *wußte*, daß du Klubmitglied warst. Das hat bei mir den Ausschlag zum Beitritt gegeben. Ich wußte, du würdest niemals ...«

»Das war dein Irrtum. Und auf welcher Seite stehst du nun? Auf meiner — oder auf der von McFee?«

Monroe-Alpha studierte Hamiltons Gesichtszüge und betrachtete dann die Waffe in seiner Hand. »Du kannst ruhig schießen«, sagte er.

»Sei kein Schwachkopf!«

»Los! Ein Schwachkopf bin ich vielleicht, aber kein Verräter.«

»Du — und kein Verräter! Du hast uns alle bereits verkauft.«

Monroe-Alpha schüttelte den Kopf. »Ich wurde in diese Kultur hineingeboren. Ich hatte keine Wahl, und ich bin ihr keine Treue schuldig. Und nun kamen diese Menschen und zeigten mir das Bild einer erstrebenswerten Gesellschaft. Ich werde sie nicht opfern, um meine armselige Haut zu retten.«

Hamilton fluchte. »Zum Kuckuck mit euch Idealisten! Würdest du wirklich zulassen, daß diese Ratten unser Land beherrschen?«

Der Telefonlautsprecher erwachte zu Leben. »Jemand möchte Sie sprechen. Jemand möchte Sie sprechen. Jemand ...« Sie achteten nicht darauf.

»Du kannst sie nicht als Ratten bezeichnen. Sie wollen die echte, wissenschaftliche Gesellschaft, und ich stehe ganz auf ihrer Seite. Vielleicht bringen die Umwandlungen anfangs ein paar Härten mit sich, aber das läßt sich nicht ändern ...«

»Sei still. Wir können jetzt nicht über Ideologien diskutieren.« Er trat auf Monroe-Alpha zu, der einen Schritt zurückging und jede seiner Bewegungen beobachtete.

Hamilton versetzte ihm plötzlich einen Tritt in den Solarplexus, ohne die Augen von seinem Gesicht zu lassen. »Jemand möchte Sie sprechen, jemand möchte Sie sprechen.« Hamilton steckte rasch die Waffe ein, beugte sich über den zusammengesackten Freund und stieß ihm mit ausgestreckten Fingern in die Magengrube. Es genügte, um das Zwerchfell zu lähmen. Er schleppte Monroe-Alpha zu einer Stelle dicht unter dem Telefon, drückte ihm das Knie in den Rücken und legte eine Hand um seine Kehle.

»Wenn du dich bewegst, ist es aus«, warnte er. Mit der Rechten schaltete er das Telefon ein. Sein Gesicht war dicht am Bildschirm. Man würde sonst nichts erkennen.

McFee Norbert zeigte sich am Bildschirm. »Hamilton!« rief er. »Was zum Kuckuck machst du hier?«

»Ich begleite Monroe-Alpha heim.«

»Das ist glatte Befehlsverweigerung. Du wirst dich später dafür zu verantworten haben. Wo ist Monroe-Alpha?«

Hamilton gab eine kurze, aber durchaus plausible Erklärung.

»Ausgerechnet jetzt!« sagte McFee verächtlich. »Übermittle ihm folgenden Befehl: Er ist seiner Pflichten enthoben. Er soll sich aus dem Staub machen und achtundvierzig Stunden verstekken. Ich habe beschlossen, kein Risiko mit ihm einzugehen.«

»In Ordnung.«

»Und du? Beinahe hättest du alle Pläne durcheinandergebracht. Du solltest deine Aufgabe zehn Minuten vor dem Einsatz der anderen Gruppen ausführen. Beeil dich.«

»Sofort?«

»Sofort.«

Hamilton schaltete aus. Monroe-Alpha hatte zu kämpfen begonnen, als das Gerät zum Leben erwachte. Hamilton hatte ihm die Kehle zugeschnürt, aber diese Situation hätte sich nicht viel länger ertragen lassen.

Er lockerte seinen Griff ein wenig. »Du hast den Befehl gehört?«

»Ja«, flüsterte Monroe-Alpha heiser.

»Du wirst ihn durchführen. Wo ist dein Luftauto?«

Keine Antwort. Hamiltons Griff wurde grob. »Antworte. Auf dem Dach?«

»Ja.«

Hamilton nickte nur. Er nahm die schwere Automatik und versetzte Monroe-Alpha einen Schlag hinter das rechte Ohr. Der Freund zuckte zusammen und sank dann schlaff nach vorn. Hamilton ging zum Telefon und wählte Mordans persönliche Nummer. Er wartete angespannt, während sich das Freizeichen wiederholte. Er hatte Angst vor der Auskunft, daß sein Gesprächspartner nicht zu erreichen sei. Doch zu seiner Erleichterung sagte die Stimme: »Verbindung fertig.«

Nach ein paar Sekunden, die Hamilton endlos vorkamen, zeigte sich Mordan am Bildschirm. »Oh – guten Tag, Felix.«

»Claude – es ist soweit.«

»Ja, ich weiß. Deshalb bin ich hier.« Im Hintergrund sah man die Einrichtung seines Büros.

»Sie – wissen?«

»Ja, Felix.«

»Aber – ach, egal. Ich komme vorbei.«

»In Ordnung.« Er unterbrach die Verbindung.

Hamilton dachte düster, daß er ab jetzt keine Überraschungen mehr vertragen konnte. Aber er hatte keine Zeit, sich lange solchen Gedanken hinzugeben. Er lief ins Schlafzimmer seines Freundes und fand sofort, was er suchte – kleine rosa Kapseln, ein Mittel gegen Monroe-Alphas ständige Schlaflosigkeit. Er kehrte wieder um und betrachtete den Freund. Er war immer noch ohne Bewußtsein.

Hamilton hob ihn hoch, trat in den Korridor hinaus und suchte den Lift. Er kam unterwegs an einem erstaunten Bürger vorbei. »Psst – nicht wecken«, flüsterte Hamilton, als der Fremde eine Frage stellen wollte. »Könnten Sie mir bitte die Lifttür öffnen?«

Der Mann zuckte zweifelnd mit den Schultern, tat aber, worum er ihn gebeten hatte.

Er fand Monroe-Alphas kleines Luftauto ohne Schwierigkeiten, holte den Schlüssel aus der Tasche des Freundes und öffnete es. Dann legte er seine Last auf dem Nebensitz ab, stellte die Koordinaten der Klinik ein und drückte auf den Starter. Mehr konnte er im Moment nicht tun; im Stadtverkehr kam man mit Automatik schneller voran als mit Handsteuerung. Es würde fünf Minuten oder länger dauern, bis er Mordan erreichte, aber selbst dann hatte er noch gute zehn Minuten gespart.

Das tröstete ihn ein wenig über die Zeitverschwendung hinweg, die er wegen Monroe-Alpha gehabt hatte.

Der Mann begann sich zu rühren. Hamilton holte einen Becher aus dem Kühlkasten, füllte ihn mit Wasser, löste drei Kapseln darin auf und ging zu Monroe-Alpha. Er schüttelte ihn.

Monroe-Alpha setzte sich auf. »Was ist los?« fragte er. »Hör auf damit. Was ist los?«

»Trink das!« Hamilton hielt ihm den Becher an die Lippen.

»Was ist geschehen? Mein Kopf schmerzt.«

»Kann ich mir denken – du hattest einen abscheulichen Sturz. Trink das, dann fühlst du dich besser.«

Monroe-Alpha kam der Aufforderung gehorsam nach. Als das Glas leer war, beobachtete Hamilton ihn genau. Er wußte nicht, wie stark das Mittel wirkte. Aber Monroe-Alpha sagte nichts. Er saß halb betäubt in der Ecke und war nach kurzer Zeit fest eingeschlafen.

Das Luftauto landete sanft.

Hamilton hob die Deckplatte des Sprechfunkgerätes und trampelte mit den Füßen gegen die Drähte und Bauelemente. Das Knirschen und Splittern befriedigte ihn. Dann stellte er den Autopiloten auf Süden ein, ohne ein festes Ziel anzugeben. Er zog den Selektorschlüssel ab und sprang aus dem Auto. Erst dann drückte er auf den Starter. Das kleine Gefährt jagte nach oben, bis es die allgemeine Flughöhe erreicht hatte.

Hamilton drehte sich um und nahm den Lift zur Klinik hinunter.

Monroe-Alpha erwachte mit trockenem Gaumen, pochenden Kopfschmerzen, einem scheußlichen Gefühl im Magen und dem Gefühl einer drohenden Gefahr. Genau in dieser Reihenfolge kamen ihm die Dinge zu Bewußtsein.

Er wußte, daß er sich in der Luft befand, in einem Luftauto, allein. Aber wie er hierhergekommen war und weshalb, davon hatte er keine Ahnung. Er hatte ein paar schreckliche Alpträume gehabt – sie schienen etwas zu bedeuten. Irgend etwas mußte er tun, das wußte er noch.

Ah! Der Tag der Umwandlung! Das war es.

Aber weshalb war er hier und nicht bei der Abteilung? Nein. Nein, McFee hatte gesagt . . .

Was hatte er nur gesagt? Und wo war Hamilton? *Hamilton war ein Spion!* Hamilton stand im Begriff, sie alle zu verraten.

Er mußte sofort McFee informieren. Wo war er? Egal – er konnte telefonieren.

Erst in diesem Moment entdeckte er die zerstörte Sprechverbindung. Und der strahlende Sonnenschein, der zu ihm hereindrang, verriet ihm, daß es zu spät war, viel zu spät. Hamilton hatte seinen Verrat bereits begangen. Zu spät.

Allmählich ergaben die Bruchstücke ein ganzes Bild. Er erinnerte sich an das schmerzhafte Gespräch mit Hamilton, an die Botschaft von McFee, an den Kampf. Offensichtlich war er niedergeschlagen worden. Er mußte umkehren, zu seinem Führer gehen und sein Versagen eingestehen.

Nein. McFee hatte ihm den Befehl gegeben, der Revolution fernzubleiben, zwei Tage lang. Das Ganze war größer als die Teile.

Aber diese Befehle galten nicht — McFee hatte keine Ahnung von Hamiltons Verrat gehabt.

Jetzt wußte er es. Das stand fest. Also galten die Befehle doch. Was hatte McFee gesagt? »Ich habe beschlossen, kein Risiko mit ihm einzugehen.«

Sie trauten ihm nicht. Selbst McFee wußte, daß er in der Stunde der Entscheidung nur das Falsche tun würde.

Er war nie zu etwas nütze gewesen. Nur mit seinen Zahlen konnte er spielen. Er wußte es. Alle wußten es. Hazel wußte es. Wenn er einem Mädchen begegnete, das ihm gefiel, stolperte er und riß sie zu Boden. Hamilton wußte es — Hamilton hatte sich nicht einmal die Mühe gemacht, ihn zu töten. Er war es nicht wert, getötet zu werden.

Er war im Klub der Tüchtigen nicht erwünscht gewesen — wenigstens nicht während der Entscheidung. Man brauchte ihn nur für die Berechnungen, die durchzuführen waren. McFee hatte mit ihm darüber gesprochen und ihn gefragt, ob er das tun könne.

Natürlich konnte er — das war ja seine Stärke. Er würde sein Leben lang ein kleiner Buchhalter bleiben. Und wenn er dann das Seine getan hatte, konnte er den langen Schlaf antreten.

Er stand auf. Die völlige Selbstverleugnung hatte ihn etwas getröstet. Er gurgelte, schluckte Wasser und fühlte sich danach ein wenig besser.

Jetzt erst prüfte er nach, wo er sich befand. Die Maschine kreiste, ohne sich vom Fleck zu bewegen; das hieß, daß sie die Grenze des Automatikbereichs überschritten hatte. Wolken verdeckten die Sicht nach unten, aber der Autopilot zeichnete Längen- und Breitengrad auf. Ein Blick auf die Karte zeigte ihm, daß er sich über den Bergen der Sierra Nevada befand — ziemlich genau über dem Park der Mammutbäume.

Einen Moment lang lächelte er. Der Klub der Tüchtigen hatte als äußeres Symbol den Mammutbaum gewählt.

Als er einen Blick auf die Steuerung warf, bildeten sich steile Falten über seiner Nasenwurzel. Er konnte die Maschine zwar von Hand steuern, aber der Verkehr der Hauptstadt wurde automatisch geregelt. Das hieß also, daß er erst zurückkehren konnte, wenn das Funkgerät repariert war. Er mußte eine kleinere Ortschaft aufsuchen und . . .

Nein, McFee hatte gesagt, er solle sich im Hintergrund halten — und McFee hatte es nicht gern, wenn man seine Befehle mißachtete. Wenn er in eine Ortschaft flog, wurde er vermutlich in die Kämpfe verwickelt.

Er gestand sich nicht ein, daß sein Mut inzwischen gesunken war. Hamilton hatte unterbewußt Zweifel in ihm geweckt.

Dennoch – das Gerät mußte repariert werden. Vielleicht gab es eine Werkstätte im Park – höchstwahrscheinlich sogar, bei dem starken Touristenverkehr. Und bis hierher drangen die Auswirkungen des Umsturzes bestimmt nicht vor.

Er schaltete die Nebelscheinwerfer ein und steuerte die Maschine vorsichtig nach unten.

Als er landete, näherte sich ihm eine einsame Gestalt. »Hier können Sie nicht bleiben«, sagte der Mann, als er herangekommen war. »Der Park ist geschlossen.«

»Meine Maschine muß repariert werden«, erklärte Monroe-Alpha. »Weshalb ist der Park geschlossen?«

»Weiß ich nicht. Irgendwelche Schwierigkeiten in der Stadt unten. Vor ein paar Stunden hat man die Polizisten von hier abberufen, und da schickten wir die Touristen fort. Außer mir ist kein Mensch hier.«

»Verstehen Sie etwas von Luftautos?«

»Schon möglich. Worum geht es denn?«

Monroe zeigte ihm den Schaden. »Könnten Sie das richten?«

»Nicht das Sprechgerät. Aber für die Steuerung habe ich vielleicht ein paar Ersatzteile. Was ist denn geschehen? Haben Sie das Ding selbst eingeschlagen?«

»Nein.« Er öffnete ein Fach, holte die Bordwaffe heraus und steckte sie in den Halfter. Der Aufseher besaß nur eine Friedensbinde, und so schwieg er sofort. »Ich kann ja spazierengehen, während Sie die Reparatur durchführen.«

»Natürlich, Sir. Es wird nicht lange dauern.«

Monroe-Alpha holte sein Geldheft heraus, trennte einen Zwanzig-Credit-Schein ab und reichte ihn dem Mann. »Hier. Bringen Sie die Maschine in den Hangar.« Er wollte allein sein. Die neugierigen Fragen des Aufsehers machten ihn nervös. Er drehte sich um und schlenderte los.

Während der Landung hatte er wenig von den Riesenbäumen gesehen. Er hatte starr die Bahnen der Nebelscheinwerfer verfolgt und sich auf die Landung konzentriert. Und im Park selbst war er bis dahin nicht gewesen. Gewiß, er hatte Bilder gesehen – wer hätte das nicht? – aber Bilder vermitteln nur unvollkommen den wahren Eindruck des Waldes. Anfangs dachte er nur an seine persönlichen Probleme und achtete nicht auf die Umgebung.

Doch dann fesselten ihn die Bäume.

Er sah nicht die Sonne und nicht den Himmel. Die Bäume verloren sich in einer Nebeldecke, in einer verschwommenen Ferne. Kein Laut war zu hören. Ein Teppich von immergrünen Nadeln verschluckte seine Schritte. Es gab keinen Horizont, der die Welt eingrenzte. Nur die Stämme richteten sich vor ihm auf, in endloser Reihenfolge – die dünnen grünen Föhrensäulen, kaum einen

Meter stark, und daneben die rotbraunen Kolosse der Mammutbäume. Sie erstreckten sich in allen Richtungen. Das Auge sah nichts als Bäume – Bäume, den Nebel und den Nadelteppich. In manchen Mulden hatten sich ein paar hartnäckige Schneeklumpen gehalten.

Hin und wieder tropfte es von den Zweigen.

Hier gab es keine Zeit. Hier war Vergangenheit, Gegenwart und Zukunft nebeneinandergestellt. Die Zeit existierte nicht. Man brauchte die Zeit nicht; die Bäume ignorierten sie. Sie registrierten vielleicht Jahreszeiten, wie man flüchtige Minuten registriert. Er hatte das Gefühl, daß er sich zu rasch zwischen diesen Bäumen bewegte. Sie nahmen ihn nicht wahr.

Er blieb vor einem der alten Riesen stehen, vorsichtig, ehrerbietig. Er berührte die Rinde. Sie war warm und lebendig trotz der Feuchtigkeit, die an ihr hing. Und diese kratzige, warme Rinde vermittelte ihm neue Kraft und Gelassenheit. Er war überzeugt davon, daß der Baum in seiner Erdbezogenheit und Schwere irgendwie Glück empfinden konnte.

Die fernen Probleme seines eigenen Ameisenhaufens waren unwichtig geworden. Die mörderischen Kämpfe jener Welt waren mit der Zeit und der Entfernung verblaßt, bis er die Einzelheiten nicht mehr erkennen konnte.

Unvermittelt stieß Monroe-Alpha auf *den Alten*. Er war durch den Wald gewandert; er hatte ihn mehr gefühlt als bewußt miterlebt. Wenn irgendwelche Zeichen am Weg standen, so hatte er sie nicht beachtet. Aber das war auch unnötig, denn er erkannte den Riesen sofort. Die anderen Giganten waren uralt und gewaltig; aber dieser Baum ließ sie wie schmale Fichten erscheinen.

Jahrtausende stand er nun da und reckte seine Äste in den Himmel. Ägypten und Babylon waren versunken, während er heranwuchs. David hatte seine Psalmen gesungen und war gestorben. Der große Cäsar war blutüberströmt vor dem Senat zusammengebrochen. Mohammed floh. Christoph Kolumbus flehte eine Königin um Schiffe an, und die Weißen fanden den Baum, immer noch grün, immer noch lebend. Sie nannten ihn nach einem Mann, der wie er aufrecht die Stürme der Zeit überdauert hatte – General Sherman.

Er brauchte keine Namen. Er war er selbst, der älteste Bürger, ruhig, überlegen, gelassen.

Monroe-Alpha blieb nicht lange in seiner Nähe. Jeder Mensch, der neben ihm gestanden hatte, wurde von seiner Größe überwältigt. Im Gegensatz zu diesem Giganten kamen ihm nun die anderen Riesen beinahe menschlich-jovial vor.

Als er den unterirdischen Hangar erreichte, vor dem er seine Maschine abgestellt hatte, machte er einen weiten Bogen. Er wollte immer noch niemandem begegnen.

Nach einer Weile sah er sich aufgetürmten Granitfelsen gegenüber, die im Nebel verschwanden. Ein schmaler Stufenweg war in den Stein gehauen. Am unteren Ende des Pfades entdeckte Monroe-Alpha ein kleines Schild: MORO-ROCK. Er erkannte den Berg von Bildern und Beschreibungen, und er hatte ihn auch während der Landung kurz im Nebel auftauchen gesehen. Eine gewaltige graue Steinmasse, die sich einsam in die Höhe schob – der geeignete Platz für eine lange Ruhepause.

Er ging die Stufen nach oben. Nach einiger Zeit verschwanden die Bäume. Nichts war da außer ihm, Nebel und Fels.

Der Weg führte über einen messerscharfen Grat. Zur Linken fiel der Fels steil und glatt in die Tiefe, um dann ein Stück weiter unten flach auszulaufen. Zur Rechten war nur bodenlose graue Leere. Der Wind blies kalt zu ihm herüber. Dann schmiegte sich der Weg wieder an die Felswand.

Seine Schritte wurden schneller; er hatte sich entschieden. Er konnte nicht die gelassene, unerschütterliche Sicherheit des uralten Baumes erreichen – dazu hatte er nicht die Kraft. Und er war überzeugt davon, daß er auch für das Leben der Gegenwart nicht die nötige Kraft hatte. Er mußte nicht zurückgehen, er mußte weder Hamilton noch McFee gegenübertreten – ganz gleich, wer von den beiden das tödliche Spiel gewonnen hatte. Hier war ein Ort, an dem er mit Würde sterben konnte.

Die Wand fiel tausend Meter in die Tiefe ab.

Er hatte den Gipfel erreicht und hielt an, ein wenig atemlos von der Anstrengung. Er war bereit, und der Fels war bereit – und dann sah er, daß er nicht allein war. Eine Gestalt, steif auf die Ellbogen gestützt, starrte hinaus in die Leere.

Er drehte sich um und wollte weggehen. Sein Entschluß war durch die Anwesenheit der Fremden ins Wanken geraten. Er schämte sich.

Dann spürte sie seine Gegenwart und sah sich um. Ihr Blick war freundlich und gar nicht erstaunt. Er erkannte sie – ihre Anwesenheit überraschte ihn nicht, und gerade das brachte ihn in Verwirrung. Er sah, daß auch sie ihn erkannte.

»Guten Tag«, sagte er hölzern.

»Kommen Sie, setzen Sie sich«, lud sie ihn ein.

Er kam der Aufforderung schweigend nach. Sie sagte auch nichts, sondern stützte sich auf einen Ellbogen und betrachtete ihn – nicht angespannt, eher mit einer lässigen Ruhe. Das gefiel ihm. Sie strahlte Wärme aus wie die Mammutbäume.

Schließlich sagte sie: »Ich wollte mich nach dem Tanz mit Ihnen unterhalten. Sie waren unglücklich.«

»Ja, das stimmt.«

»Jetzt sind Sie nicht mehr unglücklich.«

»Nein«, erwiderte er unwillkürlich und spürte, daß es stimmte. »Nein, jetzt bin ich glücklich.«

Sie schwiegen wieder. Die Frau brauchte offenbar keine nichtigen Plaudereien und keine Bewegung. Eine tiefe Ruhe strahlte von ihr aus, die ein wenig auf ihn überging. »Was suchten Sie hier?« fragte er.

»Nichts. Vielleicht habe ich auf Sie gewartet.« Die Antwort war unlogisch, aber sie freute ihn.

Nach kurzer Zeit wurde der Wind frostiger und der Nebel dichter. Sie gingen nach unten. Der Weg erschien ihm jetzt nicht mehr so lang. Er gab sich Mühe, sie zu stützen, und sie nahm seine Hilfe an, obwohl sie sich sicherer bewegte als er. Dann standen sie wieder auf dem Waldboden, und es gab keine Möglichkeit mehr, ihre Hand zu berühren.

Sie begegneten einer Gruppe von mutiertem Wild – ein Fünfender war dabei, der sie ruhig ansah und dann würdevoll weiteräste. Die weiblichen Tiere ließen sich streicheln. Sie waren die Anwesenheit der Menschen gewöhnt. Die Kitze beschnupperten sie neugierig und sprangen zur Seite, wenn sie über eine unbedachte Bewegung erschraken.

Das Mädchen streifte ein paar Blätter von einem Strauch und hielt sie den Tieren hin. Sie lachte, als sie an ihren Fingern schnupperten. Monroe-Alpha versuchte das gleiche und grinste breit – die rauhen Zungen der Tiere kitzelten. Er hätte sich gern die Finger abgewischt, aber er verzichtete darauf, als er sah, daß sie es auch nicht tat.

Er hatte das zwingende Gefühl, der Frau alles zu erzählen, was ihn belastete. Und während sie durch den Wald schlenderten, begann er stockend zu sprechen. Lange, bevor die Geschichte endete, hielt er ein und sah sie fragend an. Er erkannte in ihren Augen nicht den geringsten Vorwurf. »Ich weiß nicht, was Sie getan haben«, sagte sie, »aber schlecht war es nicht. Unüberlegt vielleicht, aber nicht schlecht.« Sie blieb stehen, sah ein wenig verwirrt drein und fügte nachdenklich hinzu: »Ich habe noch nie wirklich schlechte Menschen kennengelernt.«

Er versuchte die Ideale des Klubs zu beschreiben. Er begann mit den Plänen für die Naturkinder, da sie am einfachsten zu erklären waren. Nichts Unmenschliches, nur ein Minimum an Zwang, die freie Wahl zwischen einer schmerzlosen Sterilisierung oder einer Reise in die Zukunft – alles im Interesse der Rasse. In seinen Worten klang etwas Ungeduld über die Unvernunft der Menschheit mit, die sich gegen solche klugen Pläne sträubte.

Sie schüttelte den Kopf. »Ich glaube nicht, daß ich eines dieser beiden Dinge wählen möchte«, sagte sie sanft, aber mit Nachdruck. Er wechselte das Thema.

Er war überrascht, als es dunkel wurde. »Wir müssen uns beeilen, wenn wir die Herberge erreichen wollen«, sagte er.

»Die Herberge ist geschlossen.« Ach ja, jetzt erinnerte er sich wieder. Der Park war geschlossen; eigentlich durften sie gar nicht hierbleiben. Er wollte schon fragen, ob sie ein Luftauto in der Nähe hatte oder mit der Untergrundbahn hergekommen war, aber er beherrschte sich. So oder so – sie würde ihn verlassen. Er wollte das nicht; er selbst hatte Zeit – seine achtundvierzig Stunden liefen erst morgen ab. »Ich sah auf dem Herweg ein paar Hütten«, schlug er vor.

Sie fanden die Hütten, halb in eine Mulde geschmiegt. Sie waren unmöbliert und offensichtlich unbenutzt, aber sie bestanden aus kräftigem, wetterfestem Holz. Er wühlte in den Schränken und entdeckte einen kleinen Heizofen, dessen Batterien mehr als eine Nacht reichen würden. Wasser war vorhanden, aber keine Nahrungsmittel. Das machte nichts.

Sie fanden nicht einmal Luftmatratzen, doch der Boden war sauber und warm. Sie legte sich hin und schien auf den Holzplanken ein Nest zu finden wie ein Waldtier. Sie schloß die Augen und sagte: »Gute Nacht.« Kurz danach war sie eingeschlafen.

Monroe-Alpha hatte befürchtet, auf dem harten Lager keinen Schlaf zu finden, aber sobald er sich hinlegte, überfiel ihn eine bleierne Müdigkeit.

Er wachte mit einem ganz merkwürdigen Wohlgefühl auf. Seit Tagen und Monaten hatte er nicht mehr so gut geschlafen. Er analysierte das Gefühl nicht gleich, sondern genoß es und streckte sich wie eine Katze.

Dann sah er sie auf der anderen Seite des Zimmers und wußte, weshalb er so gut gelaunt war. Sie schlief noch. Ihr Kopf ruhte in der Armbeuge. Helles Sonnenlicht flutete durch das Fenster und beleuchtete ihr Gesicht. Es war nicht unbedingt schön, wenn er auch keinen Fehler darin finden konnte. Aber der besondere Reiz lag in der kindhaften Unschuld, in dem erstaunten Blick. Es war, als begrüßte sie jedes neue Erlebnis als etwas Wunderbares. Sie war genau das Gegenteil zu ihm und seiner bitteren Melancholie.

Aber er würde sich ändern. Ihre Begeisterung wirkte ansteckend, das erkannte er.

Er beschloß, sie nicht zu wecken. Er mußte noch viel nachdenken, bevor er mit ihr sprechen konnte. Ihm war jetzt klar, daß sein Kummer von gestern jeder Grundlage entbehrte. McFee war ein vorsichtiger Führer; wenn McFee es für richtig hielt, ihn nicht an der Frontlinie kämpfen zu lassen, durfte er sich nicht beschweren. Außerdem hatte Hamilton McFee vermutlich beeinflußt.

Guter alter Felix! Fehlgeleitet natürlich, aber ein guter Kerl! Er mußte sehen, ob er sich nach der Umwandlung nicht für Hamilton einsetzen konnte. Feindschaften konnten sie sich nicht leisten – die neue Regierung hatte keinen Platz für persönliche Streitereien. Nur Logik und Wissenschaft sollten regieren.

Es mußte viel getan werden, und er konnte dabei noch sehr nützlich sein. Die nächste Phase begann morgen – das Sammeln der Naturkinder. Man würde ihnen die Frage vorlegen, ob sie sich sterilisieren lassen oder in die Zukunft begeben wollten. Danach begann die Auslese der Beamten. Man mußte prüfen, ob sie die Voraussetzungen besaßen, auch unter der neuen Regierung zu dienen. Oh, es gab viel zu tun – er wußte nicht, weshalb er am Vortag so verzagt und niedergeschlagen gewesen war.

Wäre er in Psychologie ebenso bewandert gewesen wie in Mathematik, so hätte er vielleicht seine Nöte durchschaut – religiöse Begeisterung, der Wunsch, ein Teil des größeren Ganzen zu sein, die eigenen kleinen Sorgen einem Über-Wesen anzuvertrauen. Zweifellos hatte man ihm im Laufe seiner Ausbildung gesagt, daß politische Bewegungen und Kreuzzüge gleiche Prozesse waren, die sich nur in der Bezeichnung und den Zielen unterschieden, aber er hatte bis dahin weder das eine noch das andere erlebt. Daher erkannte er auch nicht, was mit ihm vorgegangen war.

Sie öffnete die Augen und sah ihn lächelnd an, ohne sich zu bewegen. »Guten Morgen«, sagte sie.

»Guten Morgen«, erwiderte er. »Ich habe gestern ganz vergessen, nach Ihrem Namen zu fragen.«

»Ich heiße Marion – und du?«

»Monroe-Alpha Clifford.«

»Monroe-Alpha«, meinte sie nachdenklich. »Eine gute Linie. Ich nehme an ...« Weiter kam sie nicht. Ihr Gesichtsausdruck wirkte plötzlich erstaunt; sie holte zweimal tief Luft, vergrub das Gesicht in den Händen und nieste dann kräftig.

Monroe-Alpha setzte sich stocksteif auf. Sein Glück lag mit einemmal in Scherben vor ihm. Sie? Unmöglich!

Aber er nützte seine neue Entschlossenheit eisern aus. Es würde ihm verdammt schwerfallen, aber er mußte es tun. Das Ganze ist größer als die Teile.

Wenn er es auch nicht eingestand, er erhielt eine melancholische Befriedigung aus der Tatsache, daß er seine Pflicht auch tun konnte, wenn sie schmerzte. »Du hast geniest«, sagte er anklagend.

»Das hat nichts zu bedeuten«, versicherte sie hastig. »Staub – Staub und die Sonne.«

»Deine Stimme ist belegt. Und deine Nase ist verstopft. Sag mir die Wahrheit. Du bist ein ›Naturkind‹, nicht wahr?«

»Du verstehst das alles falsch«, protestierte sie. »Ich – ach, du liebe Güte!« Sie nieste zweimal hintereinander. Ihr Kopf war gesenkt.

Monroe-Alpha biß sich auf die Lippen. »Ich tue es nicht gern, das mußt du spüren«, sagte er. »Aber solange du nicht beweisen kannst, daß du etwas anderes bist, gehe ich von der Tatsache aus, daß du zu den Naturkindern gehörst.«

»Weshalb?«

»Ich versuchte es dir gestern zu erklären. Ich muß dich mit zu unserem Naturkinder-Ausschuß nehmen. Er ist inzwischen sicher in Aktion getreten.«

Sie gab keine Antwort. Sie sah ihn nur an. Das machte ihn noch unsicherer. »Nun komm schon«, sagte er. »Du mußt die Stasis nicht auf dich nehmen. Eine einfache, schmerzlose Operation, die keinerlei Veränderung mit sich bringt — nicht einmal eine Umstellung der Drüsenfunktionen. Außerdem ist das vielleicht alles nicht nötig. Zeig mir deine Tätowierung!«

Sie gab keine Antwort. Er zog seine Waffe und richtete sie auf Marion. »Ich meine es ernst.« Er senkte den Lauf und gab einen Schuß auf den Boden ab. Das verbrannte Holz zu ihren Füßen rauchte beißend. »Wenn du mich dazu zwingst, werde ich dich töten. Ich mache keinen Spaß. Zeig mir deine Tätowierung.« Als sie sich immer noch nicht rührte, ging er auf sie zu, packte sie grob am Arm und zog sie hoch. »Zeig mir deine Tätowierung.«

Sie zögerte und zuckte dann mit den Schultern. »Meinetwegen — aber es wird dir leid tun.« Sie hob den linken Arm. Als er sich bückte, um die Zahlen zu lesen, schlug sie ihm mit der Handkante hart über das Gelenk. Gleichzeitig bohrte sich ihre Rechte schmerzhaft in seine Magengrube.

Er ließ die Waffe fallen.

Er bückte sich und hob sie blitzschnell auf, aber als er Marion in Schach halten wollte, war sie bereits verschwunden. Die Hüttentür stand offen.

Monroe-Alpha sprang zur Tür und sah in alle Richtungen. Der Wald der Riesen hatte sie verschluckt. Natürlich mußte sie irgendwo in der Nähe sein. Aber wo? Hinter welchem von fünfzig Bäumen? Wenn Schnee auf dem Boden gelegen hätte, so wäre er ihren Fußspuren gefolgt, aber der Schnee war verschwunden, bis auf ein paar schmutzige Überreste in den Mulden.

Er lief unruhig hin und her. Im Augenwinkel sah er eine Bewegung, ein Stückchen Weiß. Er schoß sofort.

Er hatte getroffen — das stand fest. Das Opfer war hinter eine Fichte gestürzt, die ihm die Sicht versperrte. Er ging zögernd auf den Baum zu. Vielleicht hatte er sie nicht getötet, sondern nur verwundet. Dann mußte er ihr den Gnadenschuß geben.

Er hatte ein Rehkitz getroffen. Die Ladung hatte die Hälfte des Rumpfes verbrannt. Die feuchten, dunklen Augen schienen ihn vorwurfsvoll anzusehen. Er wandte sich ab, und ihm war übel. Er hatte noch nie ein Tier getötet.

Er suchte noch ein paar Minuten nach Marion. Sein Pflichtgefühl beruhigte sich bei dem Gedanken, daß sie in diesem Bergwald nicht weit kommen konnte. Und die Krankheit der Atemwege war sicher beschwerlich. Sie würde sich nach einiger Zeit freiwillig beim Ausschuß melden.

Monroe-Alpha kehrte nicht in die Hütte zurück. Er hatte nichts dort gelassen, und er nahm an, daß der kleine Heizofen, den sie benutzt hatten, eine Abschalt-Automatik besaß. Er ging zu dem Parkplatz, wo er sein Luftauto vorfand. Er stieg ein und drückte auf den Starter. Sofort kam die Antwort des Verkehrs-Systems. In Leuchtbuchstaben stand auf der Sichtplatte des Armaturenbretts: NICHT ÜBER DEM WALD KREUZEN – STEIGEN SIE IN DREITAUSEND METER HÖHE AUF UND VERLASSEN SIE DAS PARKGEBIET. Er gehorchte, ohne es recht zu bemerken. Seine Gedanken waren mit anderen Dingen beschäftigt.

Die Lethargie, die Melancholie, die ihn schon vor Beginn der Umwandlung niedergedrückt hatte, erfaßte ihn erneut. Worin lag der Sinn? Welchen Zweck hatte dieser blinde, sinnlose Kampf um das Leben? Er steuerte die kleine Maschine so dicht wie möglich an die Flanke des Mount Whitney, in der unterbewußten Hoffnung, hier das Ende zu finden.

Aber das Luftauto war mit allen erdenklichen Sicherheitsvorkehrungen ausgestattet. Als sich die Geschwindigkeit verstärkte, wurde automatisch die Taststrahlentfernung größer. Relais informierten den Autopiloten, und die Maschine flog höher.

9

Hamilton wandte sich von dem kleinen Luftauto ab und zwang sich, Monroe-Alpha zu vergessen. Er hatte eine Menge zu tun und sehr wenig Zeit.

Die Tür zur Klinik öffnete sich sofort, als er das Schlüsselwort nannte, das Mordan ihm mitgeteilt hatte. Das gefiel ihm gar nicht. Nicht einmal Wachtposten befanden sich im Korridor. Die Rebellen konnten das Gebäude jederzeit stürmen.

Er riß die Tür zu Mordans Büro auf. »Die Klinik ist ebenso ungeschützt wie eine Kirche«, sagte er scharf. »Was soll das?« Außer Mordan befanden sich Bainbridge Martha, die oberste Technikerin, und Longcourt Phyllis im Zimmer. Die Anwesenheit von Phyllis überraschte und verärgerte ihn, besonders als er sah, daß sie eine Waffe umgeschnallt hatte.

»Guten Abend, Felix«, entgegnete Mordan ruhig. »Weshalb sollte ich die Klinik schützen?«

»Ja, wollen Sie denn keinen Widerstand bieten, wenn ein Angriff stattfindet?«

»Ich erwarte keinen Angriff«, erklärte Mordan. »Die Klinik ist kein strategisch wichtiger Punkt. Zweifellos haben die Rebellen die Absicht, das Gebäude später zu übernehmen, aber die eigentlichen Kämpfe werden sich anderswo abspielen.«

»Das glauben Sie! Ich weiß es besser.«

»Ja?«

»Man gab mir den Auftrag, hierherzukommen und Sie zu erschießen. Zehn Minuten nach dem Mord will eine Abteilung die Klinik stürmen und übernehmen.«

Mordan sagte nichts. Er blieb mit ausdruckslosem Gesicht sitzen. Als jedoch Hamilton weitersprechen wollte, winkte er ab. »Es sind nur noch drei Männer im Haus, und keiner von ihnen kann sonderlich gut mit der Waffe umgehen. Ich werde die Friedenszentrale verständigen. Vielleicht kann man uns dort helfen. Martha, du schickst die Belegschaft heim.« Er ging ans Telefon.

Die Lichter flackerten störrisch und wurden mit einemmal dunkler. Offensichtlich hatte sich die Notbeleuchtung eingeschaltet. Sie alle wußten, daß die Energiestation nicht mehr arbeitete. Mordans Telefon war tot.

»Mit zwei Pistolen können wir das Gebäude nicht halten«, überlegte Mordan laut. »Aber das ist auch nicht nötig. Es gibt nur einen Raum in der Klinik, den wir verteidigen müssen — den Plasmaspeicher. Unsere Freunde sind nicht dumm. Aber sie vergessen eines: Ein gefangenes Tier beißt sich auch die Pfote ab, um freizukommen. Los, Felix. Wir müssen versuchen, uns durchzuschlagen.«

Jetzt erst erfaßte Hamilton, welche Bedeutung der Überfall auf die Klinik hatte. Der Plasmaspeicher! Hier befanden sich die Keimzellen aller überragenden Menschen, die während der letzten zweihundert Jahre gelebt hatten. Wenn die Rebellen sie erbeuteten, hatten sie ein Mittel zur Erpressung in der Hand. »Was heißt da ›zwei Pistolen‹?« fragte Longcourt Phyllis. »Was ist das hier?« Sie deutete auf ihre Waffe.

»Ich möchte Ihr Leben nicht aufs Spiel setzen«, erwiderte Mordan. »Sie wissen, weshalb.«

Ihre Blicke trafen sich einen Moment lang. Sie sagte nur zwei Worte: »Fleming Marjorie.«

»Hm — ich verstehe. Also meinetwegen.«

»Was macht sie überhaupt hier?« fragte Hamilton. »Und wer ist Fleming Marjorie?«

»Sie kam her, um sich mit mir über Sie zu unterhalten. Fleming Marjorie ist auch eine Kusine fünften Grades zu Ihnen. Sie hat ein ziemlich gutes Diagramm. Kommen Sie!« Er verließ mit entschlossenen Schritten das Zimmer.

Hamilton folgte ihm. Er überlegte fieberhaft. Erst nach einiger Zeit begriff er, was Mordans letzte Bemerkung bedeutete. Aber jetzt war keine Zeit mehr, darüber zu sprechen. Er vermied es, Phyllis anzusehen.

Bainbridge Martha stieß zu ihnen, als sie das Zimmer verließen. »Eines der Mädchen informiert die anderen«, erklärte sie.

»Gut«, erwiderte er und hetzte weiter.

Der Plasmaspeicher selbst befand sich in einem riesigen Saal, der gut und gern drei Stockwerke hoch war. Die Speicher waren wie Bibliotheksregale angeordnet. In halber Höhe verlief eine Plattform oder Galerie, von der die Techniker die oberen Zellen erreichen konnten.

Mordan betrat die Treppe in der Mitte des Raumes und stieg sofort zur Plattform hoch. »Phyllis und ich behalten die beiden vorderen Türen im Auge«, sagte er. »Felix, Sie kümmern sich um den hinteren Ausgang.«

»Und ich?« fragte die Technikerin.

»Du, Martha? Du kannst mit einer Schußwaffe nicht umgehen.«

»Hier ist noch eine Pistole«, erklärte sie und deutete auf Hamiltons Halfter. Hamilton warf einen verwirrten Blick auf seinen Gürtel. Natürlich, er besaß noch die Waffe, die er Monroe-Alpha abgenommen hatte. Er gab sie ihr.

»Weißt du, wie man damit umgeht?« fragte Mordan.

»Sie verbrennt alles, was sie trifft, nicht wahr?«

»Ja.«

»Mehr brauche ich nicht zu wissen.«

»Also schön. Phyllis, Sie und Martha decken die Hintertür. Felix und ich nehmen uns je eine Vordertür vor.«

Die Galerie wurde von einem hüfthohen Geländer umgeben, in dem sich hier und da kleine Öffnungen befanden – als Teil der Ornamente. Der Plan war einfach. Sie konnten durch diese Öffnungen die Türen im Auge behalten und sie gleichzeitig als Schießscharte benutzen.

Sie warteten.

Hamilton holte eine Zigarette aus der Tasche, steckte sie zwischen die Lippen und sog die Luft an, bis sich die Spitze entzündete. Er nahm dabei den Blick keine Sekunde von der Tür. Mordan winkte ab, als er ihm die Schachtel reichte.

»Claude, eines verstehe ich nicht ...«

»Ja?«

»Weshalb hat die Regierung nicht eingegriffen, bevor es zu spät war? Wenn mich nicht alles täuscht, befanden sich noch mehr Spione in dem Klub. Weshalb unternahm man nichts?«

»Ich bin weder die Regierung noch der Politische Ausschuß«, erwiderte Mordan vorsichtig. »Ich kann Ihnen nur meine persönliche Meinung verraten.«

»Bitte.«

»Es gab nur einen sicheren Weg, alle Verschwörer zu fassen. Man mußte warten, bis sie ihr wahres Gesicht zeigten. Und auf diese Weise wird es nicht nötig sein, sie zu verurteilen – was ohnehin eine unbefriedigende Lösung ist. Sie werden sich selbst bis auf den letzten Mann vernichten.«

Hamilton dachte darüber nach. »Ich finde, die Politiker haben nicht das Recht, den ganzen Staat aufs Spiel zu setzen.«

»Politiker betrachten die Dinge auf lange Sicht. Biologisch gesehen ist es besser, das Übel vollkommen auszurotten. Aber der Ausgang des Kampfes war nie unklar, Felix.«

»Wie können Sie so sicher sein? In diesem Moment befinden

wir uns in der Klemme — und das haben wir nur der langen Wartezeit zu verdanken.«

»Sie und ich stecken in der Klemme — das stimmt. Aber die Gemeinschaft wird weiterleben. Es dauert vielleicht eine Zeitlang, bis genug wehrtüchtige Männer zusammengetrommelt sind, um die Feinde von den Schlüsselpositionen zu verjagen, aber der Ausgang steht fest.«

»Verdammt, müssen wir denn erst die Bürger zusammenrufen? Wäre eine große Polizeimacht nicht besser gewesen?«

»Nein, das glaube ich nicht«, sagte Mordan. »Die Polizei in einem Staat sollte nie besser bewaffnet und stärker sein als die Bürger. Eine bewaffnete, kampfwillige Bürgerschaft ist der Grundstock der demokratischen Freiheit.«

»Aber angenommen, sie schaffen es nicht? Angenommen, diese Ratten gewinnen? Dann trägt der Politische Ausschuß die Schuld.«

Mordan zuckte mit den Schultern. »Wenn die Rebellion Erfolg hat, dann hat sie sich selbst gerechtfertigt — biologisch gesehen. Übrigens, halten Sie Ihr Feuer einen Moment lang zurück, wenn der erste Mann durch Ihre Tür kommt.«

»Weshalb?«

»Ihre Waffe ist so laut. Wenn der Mann allein ist, gewinnen wir einen kleinen Vorsprung.«

Sie warteten. Hamilton glaubte schon, seine Uhr sei stehengeblieben, bis ihm auffiel, daß er immer noch die erste Zigarette rauchte. Als er wieder einen Blick zur Tür warf, sah er den Schatten. Er winkte Mordan und tauschte geräuschlos den Platz mit ihm.

Der Mann trat vorsichtig, mit erhobener Waffe, ein. Mordan wartete, bis man ihn von der Tür aus nicht mehr sehen konnte. Dann tötete er ihn mit einem Kopfschuß. Felix warf einen Blick auf den Toten. Er erkannte ihn. Sie hatten einmal nebeneinander gesessen und Bier getrunken.

Dann kamen zwei Männer herein. Mordan gab Hamilton ein Zeichen, nicht zu schießen. Diesmal konnte er nicht so lange warten. Die Rebellen erblickten den Toten sofort. Hamilton stellte mit einer gewissen Bewunderung fest, daß man nicht erkennen konnte, welchen von beiden Mordan zuerst erschossen hatte. Sie fielen gleichzeitig.

»Beim nächstenmal können auch Sie mitschießen«, flüsterte Mordan. »Der Überraschungsmoment ist wohl vorbei.« Über die Schulter hinweg sagte er: »Das erste Blut, meine Damen. Schon etwas Neues?«

»Noch nicht.«

»Da kommen sie!« Babang! Bang! Hamilton hatte dreimal geschossen und drei Männer kampfunfähig gemacht. Einer von ihnen wollte sich noch einmal aufrichten und das Feuer erwidern. Hamilton tötete ihn. »Danke«, sagte Mordan.

»Wofür?«

»Das war mein Karteisekretär. Ich hätte ihn lieber persönlich zur Rechenschaft gezogen.«

Mordan hatte während des Sprechens weitergeschossen und vier Gegner erledigt. Damit lagen fünf an Hamiltons Tür, einer direkt im Eingang, und vier bei Mordan. »Wenn sie so weitermachen, haben sie bald eine Menschen-Barrikade«, stellte er fest. Der Lärm, den seine Pistole verursachte, hatte die Gegner von seiner Tür verscheucht.

»Ihnen scheint die Arbeit auszugehen«, stellte Mordan fest.

»Ich schieße ab jetzt bei Ihnen mit«, erklärte Hamilton und lief rasch zur nächsten Luke. »Wie geht es den Damen?«

»Martha hat einen erwischt!« rief Phyllis.

»Und du?«

»Ich finde mich schon zurecht.«

»Paßt auf, daß die Verletzten nicht mehr zur Waffe greifen können.«

»Tun sie nicht«, sagte Phyllis knapp.

Und dann gaben die Gegner den unbekümmerten Ansturm auf. Ein Kopf tauchte vorsichtig auf, der Besitzer schoß rasch, ohne richtig zu zielen, und verschwand wieder. Sie erwiderten das Feuer, hatten aber wenig Aussicht, einen Treffer anzubringen. Die Rebellen tauchten nie an der gleichen Stelle auf, und sie zogen sich blitzschnell wieder zurück.

»Claude, mir ist eben etwas Komisches eingefallen.«

»Ja?«

»Angenommen, ich komme bei diesem Kampf um. Dann haben Sie unsere Auseinandersetzung gewonnen, nicht wahr?«

»Ja. Und was ist daran so komisch?«

»Wenn ich umkomme, sterben Sie wahrscheinlich auch. Sie sagten mir, daß nur Sie von meinen Samen wüßten. Sie gewinnen also und verlieren doch.«

»Stimmt nicht. Im Moment bin ich zwar der einzige, der von Ihren Samen weiß, aber in meinem Testament sind sie erwähnt. Mein Nachlaßverwalter wird sie an die richtige Stelle weiterleiten.«

»Oho — dann werde ich auf alle Fälle Papa.« Er schoß rasch auf eine schattenhafte Gestalt und hörte einen Schmerzensschrei. »Mist«, knurrte er. »Ich muß mir wohl eine Brille anschaffen.« Er feuerte ein paar Geschosse so, daß sie als Querschläger durch die Türen pfiffen. »Das wird sie lehren, die Köpfe einzuziehen«, sagte er. »Hören Sie, Claude, wenn Sie die Wahl hätten, wofür würden Sie sich entscheiden? Daß wir beide umkommen und somit mein Nachwuchs gewährleistet ist, oder daß wir beide am Leben bleiben und noch einmal von vorne zu streiten beginnen?«

Mordan überlegte. »Ich würde es wohl mit einem Streit versuchen. Leider habe ich nicht das Zeug zu einem Märtyrer in mir.«

»Das dachte ich mir.«

Etwas später sagte Mordan: »Felix, ich glaube, sie wollen uns zum Schießen verleiten. Was ich da eben sah, war bestimmt kein Kopf.«

»Ich glaube, Sie haben recht. So oft verfehle ich mein Ziel im allgemeinen nicht.«

»Wieviel Schuß haben Sie noch?«

Hamilton mußte nicht nachzählen; er wußte Bescheid. Und die Sache bereitete ihm seit ein paar Minuten Sorgen. Er hatte vier Magazine besessen, als er zur Wolfsloge aufbrach – drei im Gürtel, eines in der Waffe, insgesamt achtundzwanzig Schuß. Nun befand sich das letzte Magazin in seinem Colt. Zwei Schüsse hatte er bereits abgefeuert. Er hielt eine Hand mit gespreizten Fingern hoch. »Und Sie?«

»Nicht sehr viel mehr. Allerdings konnte ich die Energie für diese Scheingefechte auf die Hälfte reduzieren.« Er überlegte einen Moment lang. »Decken Sie beide Türen.« Er kroch auf allen vieren zu der Stelle, wo die beiden Frauen in Deckung lagen.

Martha hörte ihn und drehte sich um. »Sieh dir das an, Boß!« Sie hielt die Linke hoch. Die beiden obersten Glieder des Zeigefingers waren abgesengt, ebenso die Daumenkuppe. »Ist das nicht scheußlich?« fragte sie. »Ich werde nie wieder operieren können.«

»Deine Assistenten können operieren. Mir ist vor allem dein Gehirn wichtig.«

»Was weißt du schon? Sie können nicht mit dem Skalpell umgehen – kein einziger von ihnen.«

»Du tust mir leid. Wie viele Ladungen hast du noch?«

Auch hier war die Lage nicht besser. Phyllis besaß eine Damenwaffe und hatte von Anfang an nur zwanzig Ladungen gehabt. Mordans und Monroe-Alphas Waffen enthielten zwar fünfzig Schuß, aber Monroe-Alphas Strahler war ebensowenig voll aufgeladen gewesen wie der von Mordan. Phyllis hatte dafür gesorgt, daß Martha sich in Sicherheit brachte. Sie plante, Monroe-Alphas Waffe an sich zu nehmen, sobald ihre eigene Pistole erschöpft war.

Mordan bat sie, sehr sparsam mit den Ladungen umzugehen und kehrte auf seinen Posten zurück. »Hat sich inzwischen etwas ereignet?« fragte er.

»Nein. Wie sieht die Lage aus?«

Mordan gab ihm einen kurzen Bericht.

Hamilton pfiff lautlos vor sich hin, die Blicke starr auf die beiden Türen gerichtet. »Claude?«

»Ja, Felix?«

»Glauben Sie, daß wir von hier lebend fortkommen?«

»Nein, Felix.«

»Hmm – jedenfalls war es eine hübsche Party.« Ein wenig

später fügte er hinzu: »Verdammt – ich will nicht sterben. Noch nicht. Claude, mir ist wieder ein Witz eingefallen.«

»Nur zu.«

»Was könnte dem Leben Sinn geben – ich meine, *richtigen* Sinn?«

»Diese Frage versuche ich Ihnen seit geraumer Zeit zu beantworten«, entgegnete Mordan. »Haben Sie die Lösung gefunden?«

»Jawohl. Etwas, das unserem Leben wirklich Sinn geben könnte, wäre das Wissen, was nach dem Tode mit uns geschieht. Ist dann alles vorbei – oder geht es irgendwie weiter?«

»Hmm – mag sein, daß Sie recht haben. Aber worin liegt der Witz?«

»Sofort. Ich denke an mein Kind. In ein paar Minuten weiß ich wahrscheinlich, was nach dem Tod geschieht. Aber meinem Sohn nützt das gar nichts. Er befindet sich hier – irgendwo in diesen Gefriertruhen – und schläft. Und es gibt für mich überhaupt keine Möglichkeit, ihm mein Wissen mitzuteilen. Dabei ist er der einzige, der etwas damit anfangen könnte. Ist das nicht lustig?«

»Ihr Sinn für Humor weicht ziemlich von der Norm ab.«

»Da kommen sie!« Diesmal war es ein organisierter Ansturm, und die Gegner kamen durch beide Türen. Sie waren ein paar Sekunden lang beschäftigt.

»Sind einige von ihnen durchgekommen?«

»Zwei, glaube ich«, erwiderte Mordan. »Sie decken die Treppe. Ich bleibe hier.« Es war nicht Feigheit, sondern Taktik. Mordan reagierte rasch, aber Hamilton war jünger und kräftiger.

Er lag auf dem Bauch. Sein Körper war zum größten Teil durch das Geländer geschützt. Beim ersten Schuß hatte er Glück. Sein Gegner tauchte auf, sah aber nicht in seine Richtung. Hamilton schoß ihn nieder und wechselte sofort seinen Standort. Aber im gleichen Moment bemerkte er, daß seine Waffe leer war.

Der zweite Gegner kam rasch näher. Hamilton schlug ihm den Pistolengriff über den Kopf, aber dem Mann gelang es, seine Beine zu umklammern und ihn mit in den Treppenschacht zu ziehen. Noch im Rutschen wiederholte Hamilton seinen Schlag. Der Rebell ließ den Kopf schlaff nach vorn sinken. Sein Griff lockerte sich. Hamilton stieß ihn die Treppe hinunter und meldete sich wieder bei Mordan.

»Gut. Wo ist Ihre Waffe?« Hamilton zuckte mit den Schultern und breitete die Hände aus. »Wahrscheinlich liegen beide Pistolen am Fuß der Treppe«, meinte er. »Ich könnte sie holen.«

»Kommt nicht in Frage, Sie bleiben hier oben. Holen Sie sich Marthas Schießeisen.«

Er kroch zu den beiden Mädchen, erklärte, was er wollte, und befahl Martha, in Deckung zu gehen. Sie protestierte. »Befehl vom Boß«, log er. Dann wandte er sich an Phyllis. »Wie geht es, Kleines?«

»Nicht schlecht.«

»Kinn hoch und Kopf nach unten!« Er verglich die Zählwerke der beiden Pistolen. Sie enthielten etwa die gleiche Ladung. Hamilton nahm Monroe-Alphas Waffe an sich, warf einen raschen Blick auf die Tür, die von Phyllis gedeckt wurde, und küßte die Freundin.

»Zur Erinnerung«, sagte er und wandte sich sofort ab.

Mordan berichtete, daß alles ruhig geblieben war. »Aber das kommt noch anders«, erklärte er. »Sie werden bald bemerken, daß wir Ladungen sparen.«

Das Warten zog sich hin. Sie schossen nicht auf die Ziele, die ihnen immer wieder angeboten wurden. »Eine Ladung müssen wir wahrscheinlich noch verschwenden«, meinte Mordan schließlich. »Es könnte eine wertvolle Verzögerung bewirken.«

»Sie glauben doch nicht im Ernst, daß wir noch aus dieser Mausefalle herausfinden? Ich habe nämlich den schweren Verdacht, daß niemand von diesem Angriff auf die Klinik weiß.«

»Mag sein. Aber wir geben nicht vorzeitig auf.«

»Natürlich.«

Sie bekamen bald ein Ziel – und es war kein Lockziel, sondern tatsächlich ein Gegner. Mordan schoß ihn an, aber er ließ ihn zurückkriechen, denn er wollte keine zweite Ladung verschwenden.

Hamilton sah einen Moment lang auf. »Claude, es interessiert mich wirklich ganz brennend, was geschieht, nachdem die Lichter ausgehen. Warum hat darüber noch niemand nachgedacht?«

»Religionsstifter und Philosophen tun es.«

»Das meine ich nicht. Das Problem müßte ebenso wissenschaftlich angepackt werden wie ...« Er unterbrach sich. »Riechen Sie etwas?«

Mordan sog prüfend die Luft ein. »Ich weiß nicht recht. Wonach riecht es?«

»Süßlich. Es ...« Er fühlte sich mit einemmal schwindlig, ein sonderbarer Zustand, den er noch nie erlebt hatte. Er sah zwei Mordans. »Gas. Sie haben uns erwischt. Leben Sie wohl, mein Freund.« Er versuchte zu Phyllis hinüberzukriechen, aber nach ein paar unsicheren Bewegungen brach er zusammen und blieb liegen.

10

Der Tod war angenehm. Angenehm und friedlich, aber nicht monoton. Ein wenig einsam vielleicht. Ihm fehlten die anderen – der heitere Mordan, Phyllis mit ihrem Übermut und der ewig melancholische Cliff. Und dann noch der sonderbare kleine Mann, dem die *Milky Way Bar* gehörte – wie hatte er nur geheißen? Herbie, Herbert, so irgendwie.

Egal, das nächstemal würde er nicht mehr Mathematiker werden. Langweiliges, stures Zeug, diese Mathematik. Verriet das Spiel immer schon, bevor es zu Ende war. Es machte keinen Spaß, wenn man den Ausgang bereits kannte. Einmal hatte er so ein Spiel konstruiert und *Unsinnigkeit* genannt — ganz gleich, wie man es anpackte, man gewann immer. Nein, das war nicht er gewesen, sondern ein Spieler namens Hamilton. Er selbst war nicht Hamilton — nicht in diesem Spiel. Er war Genetiker — nicht schlecht! Ein Spiel im Spiel. Man konnte die Regeln im Laufe des Geschehens verändern. Man konnte die Spieler auf andere Plätze stellen. Man konnte sich selbst betrügen.

»Augen schließen und nicht blinzeln! Ich will dich überraschen.«

Das war das Wesen eines Spieles — die Überraschung. Man verschloß das Gedächtnis, versprach nicht hinzusehen und spielte dann die Rolle, die einem die Regeln zuwiesen. Manchmal waren die Überraschungen allerdings abscheulich — er ließ sich nicht gern die Finger verstümmeln.

Nein! Diese Rolle hatte er gar nicht gespielt. Es war eine starre Rolle gewesen. Manche mußten starr bleiben.

Eigentlich war es beim Aufwachen immer so. Man konnte sich nicht mehr recht erinnern, welche Rolle man gespielt hatte. Nun, so war das Spiel eben. Es war das einzige Spiel in der Stadt, und man hatte sonst nichts zu tun. Konnte er etwas dafür, daß es ein hinterhältiges Spiel war? Selbst wenn er es erfunden und alle Rollen durchgespielt hatte. Aber das nächstemal würde er sich ein anderes Spiel ausdenken. Das nächstemal . . .

Mit seinen Augen war etwas nicht in Ordnung. Sie standen offen, aber er konnte nichts sehen. So war er nicht in der Lage, ein Spiel zu leiten — irgendein Irrtum.

»He! Was geht hier vor?«

Es war seine eigene Stimme. Er setzte sich auf, das Tuch fiel von seinen Augen. Alles war zu hell; seine Augen tränten.

»Was ist los?« Hamilton drehte sich um und versuchte, etwas gegen das schmerzhaft grelle Licht wahrzunehmen. Mordan lag kaum einen Meter von ihm entfernt. Er hatte eine Frage an Mordan, aber sie war ihm entfallen, bevor er sie stellen konnte.

»Hallo, Claude. Ich fühle mich nicht besonders wohl. Seit wann sind wir tot?«

»Wir sind nicht tot. Ihnen war eine Zeitlang übel, aber das wird gleich vergehen.«

»Übel? So fühlt man sich also, wenn einem übel ist?«

»Ja. Ich habe es schon einmal erlebt, vor etwa dreißig Jahren. Es war ein ähnlicher Eindruck.«

»Oh . . .« Was hatte er Mordan nur fragen wollen? Er konnte sich um alles in der Welt nicht daran erinnern. Es war wichtig, und Claude würde die Antwort wissen. Claude wußte alles . . .

Das war albern. Dennoch — Claude würde die Antwort wissen.

»Möchten Sie erfahren, was geschehen ist?« fragte Mordan. Vielleicht war es das. »Sie ließen ein Gas einströmen, nicht wahr? Was danach geschah, weiß ich nicht.« Das stimmte nicht ganz — es war noch etwas anderes dabeigewesen. Wenn er sich nur erinnern könnte!

»Ja, das Gas strömte ein, aber es wurde von unseren eigenen Leuten eingeleitet. Durch das Klimasystem. Wir hatten Glück. Kein Mensch wußte, daß wir unter Belagerung standen, aber sie waren nicht sicher, ob alle Angestellten die Klinik verlassen hatten. Deshalb benutzten sie kein tödliches Gas.«

Allmählich konnte er klarer denken. Er erinnerte sich jetzt in allen Einzelheiten an den Kampf. »Und? Wie viele blieben noch übrig? Wen haben wir übersehen?«

»Ich weiß es nicht, und es ist auch nicht so wichtig. Vermutlich sind sie jetzt alle tot.«

»Tot? Weshalb? Man hat sie doch nicht etwa erschossen, als sie bewußtlos waren?«

»Nein — aber dieses Gas ist ohne ein sofortiges Gegenmittel tödlich. Die Ärzte hatten alle Hände voll zu tun. Und da konnte man es ihnen natürlich nicht verdenken, daß sie zuerst uns versorgten.«

Hamilton grinste. »Sie alter Heuchler! Moment! Was ist mit Phyllis?«

»Völlig in Ordnung, ebenso wie Martha. Ich vergewisserte mich gleich nach dem Erwachen. Übrigens, wußten Sie, daß Sie schnarchen?«

»Tatsächlich?«

»Und wie! Ich habe mir Ihre Musik mehr als eine Stunde angehört. Vielleicht erwischten Sie eine stärkere Gasdosis als ich.«

»Schon möglich. Wo sind wir hier eigentlich?« Er schwang die Beine aus dem Bett und versuchte aufzustehen. Er fand sich auf dem Bett wieder.

»Legen Sie sich hin«, befahl Mordan. »Sie brauchen noch ein paar Stunden, bis Sie sich ganz erholt haben.«

»Das merke ich jetzt auch«, sagte Hamilton und ließ sich mit einem Seufzer in die Kissen fallen. »Ein merkwürdiges Gefühl. Ich dachte, ich würde jeden Moment fliegen.«

»Wir befinden uns im Carstairs-Revier, und zwar in einem provisorischen Anbau. Die Räumlichkeiten sind knapp geworden.«

»Ist alles vorbei? Haben wir gewonnen?«

»Natürlich haben wir gewonnen. Ich sagte doch, daß der Ausgang nie in Zweifel stand.«

»Ich weiß, aber ich konnte Ihre Zuversicht nicht recht verstehen.«

Mordan überlegte eine Zeitlang, bevor er antwortete. »Vielleicht könnte man es am einfachsten so begründen: sie hatten einfach nicht die nötigen Voraussetzungen. Ihre Anführer waren in den meisten Fällen genetische Nieten, deren Selbsteinschätzung weit über ihren tatsächlichen Fähigkeiten lag. Ich bezweifle, daß auch nur einer von ihnen sich vorstellen konnte, wie kompliziert die Führung eines Staates ist – selbst wenn es sich um einen maßgeschneiderten Staat handelt.«

»Sie redeten, als wüßten Sie es ganz genau.«

Mordan nickte. »Selbstverständlich. Das ist ein Fehler, der unserer Rasse anhaftet, seit sie Gesellschaftsformen entwickelt hat. Ein kleiner Geschäftsmann hält seinen Kramladen für ebenso komplex und umfangreich wie die ganze Regierung. Daraus folgert er dann, daß er ebenso kompetent wäre wie ein Staatsmann. Oder gehen wir zurück in der Geschichte. Wie viele Bauern haben ihren König als Tölpel bezeichnet und behauptet, sie könnten besser regieren, wenn man sie nur auf den Thron ließe? Diese Einstellung ist letzten Endes nur zurückzuführen auf mangelnde Vorstellungskraft und eine überwältigende Einbildung.«

»Oh, an Phantasie hat es ihnen nicht gefehlt.«

»Es besteht ein Unterschied zwischen schöpferischer Phantasie und wilden, unkontrollierten Tagträumen. Die einen können nicht zwischen Tatsachen und Einbildungen unterscheiden. Sie sind größenwahnsinnige Psychopathen. Die anderen sind kühle Denker. Eines jedenfalls gibt Anlaß zur Skepsis: sie hatten keinen einzigen fähigen Wissenschaftler in ihren Reihen, keinen einzigen Synthetiker. Ich wage sogar zu behaupten, daß wir unter diesen Rebellen nur Leute finden werden, die sich niemals auf irgendeinem Fachgebiet hervorgetan haben. Der graue Durchschnitt dominierte.«

Hamilton dachte darüber nach. Ihm waren diese Tatsachen selbst schon aufgefallen. Die Rebellen hatten wie Männer gewirkt, deren große Pläne unerfüllt geblieben waren. Kein einziger hatte zu den herausragenden Persönlichkeiten der Gesellschaft gehört. Aber innerhalb des Klubs hatten sie wichtigtuerisch dies und das geplant und stolzgeschwellt von den Zeiten »nach dem Umschwung« gesprochen. Angeber, die meisten unter ihnen.

Aber gefährlich, ganz gleich, was Mordan sagte. Es kam nicht darauf an, wer abdrückte. Wenn der Strahl traf, war man in jedem Fall tot.

»Felix, sind Sie noch wach?«

»Ja.«

»Erinnern Sie sich an die Gespräche, die wir während des Kampfes führten?«

»Ich glaube schon.«

»Sie wollten etwas sagen, als Sie vom Gas überrumpelt wurden.«

Hamilton ließ sich Zeit mit der Antwort. Er erinnerte sich an seine Gedanken, aber es war schwer, sie in die passenden Worte zu kleiden. »Es geht um folgendes, Claude. Meiner Meinung nach behandeln die Wissenschaftler alle Probleme, nur nicht die wichtigsten. Wenn ich nach dem ›Warum‹ frage, erklärt mir die Wissenschaft nur das ›Wie‹.«

»Das ›Warum‹ ist auch nicht die Aufgabe der Wissenschaft. Wissenschaftler beobachten, beschreiben, stellen Hypothesen auf und treffen Vorhersagen. Das ›Was‹ und ›Wie‹ ist ihr Fachgebiet; mit dem ›Warum‹ haben sie nichts zu tun.«

»Das verstehe ich nicht. Ich möchte nicht wissen, wie weit es von hier bis zur Sonne ist; ich möchte wissen, weshalb die Sonne dort ist — und weshalb ich hier stehe und sie ansehe. Ich frage nach dem Sinn des Lebens, und man zeigt mir statt dessen, wie ich ein besseres Brot bekomme.«

»Die Nahrung ist wichtig. Versuchen Sie einmal, ohne sie auszukommen.«

»Die Nahrung ist nicht mehr wichtig, wenn man dieses Grundproblem gelöst hat.«

»Waren Sie je hungrig?«

»Einmal — als ich mich mit den Grundlagen der Sozialwirtschaft befaßte. Aber das diente rein der Anschauung. Ich glaube nicht, daß ich je hungrig sein werde — und die anderen Menschen glauben es auch nicht. Das ist ein gelöstes Problem, und es bringt uns überhaupt nichts. Ich möchte wissen: ›Was kommt als nächstes? Wohin geht der Weg? Weshalb?‹«

»Während Sie schliefen, dachte ich über diese Dinge nach«, sagte Mordan langsam. »Die philosophischen Probleme scheinen unbegrenzt zu sein, und es ist nicht allzu gesund, sich an unbegrenzte Fragen zu klammern. Aber letzte Nacht hatten Sie ganz offensichtlich das Gefühl, daß Ihr Schlüsselproblem die uralte Frage nach dem Daseinsgrund des Menschen darstellt. Ist der Mensch mehr als ein Klecks Materie, die nach hundert Jahren erlischt? So war es doch, nicht wahr? Quält Sie dieser Gedanke immer noch?«

»Ja — ich glaube schon. Wenn es irgend etwas nach diesem verrückten Durcheinander, das wir Leben nennen, gäbe, dann würde ich mich vielleicht mit meinem Dasein abfinden — selbst wenn ich zu Lebzeiten nicht die volle Antwort erfahre.«

»Und angenommen, es gibt nichts danach? Angenommen, mit dem Tod ist alles zu Ende. Ich muß sagen, daß ich diese Hypothese durchaus möglich finde.«

»Nun, es wäre keine schöne Erkenntnis, aber besser als die Unsicherheit. Man könnte sein Leben wenigstens verplanen. Vielleicht fände man in diesem Planen sogar eine gewisse Befriedigung.«

»Oh doch, das ganz bestimmt«, sagte Mordan überzeugt. »Aber nun ein anderes Problem: Ob ich nun so oder so antworte

– Sie würden die Frage, die Sie mir bei unserer ersten Unterredung stellten, für gelöst empfinden?«

»Hmm – ja.«

»Und Sie würden sich positiv zu unserem genetischen Programm stellen?«

»Ja – *wenn* Sie mir eine Lösung bieten.«

»Ich kann Ihnen die Lösung nicht hier und jetzt geben«, erwiderte Mordan ruhig. »Würden Sie sich auch zur Mitarbeit bereiterklären, wenn Sie wüßten, daß ich ernsthaft versuche, Ihre Frage zu lösen?«

»Moment! Das ist nicht ganz fair. Angenommen, Sie beauftragen jemanden mit der Lösung, und er findet sie nicht. Er kann seinen Bericht so lange hinausschieben, bis ich meinen Teil der Übereinkunft erfüllt habe.«

»Es wäre nötig, daß Sie mir vertrauen. Eine solche Forschungsarbeit kann Jahre oder ganze Zeitalter dauern. Aber wenn ich Ihnen nun verspreche, daß wir ernsthaft und zielbewußt eine Lösung Ihres Problems anstreben, daß wir keine Kosten und keine Mühen scheuen werden – erklären Sie sich dann bereit, uns zu helfen?«

Hamilton preßte die Hände auf die Stirn. Hunderttausende von Faktoren wirbelten in seinem Gehirn umher – halb unterbewußt und keineswegs richtig verarbeitet. »Wenn Sie das tun – nun vielleicht . . .«

»Na, na«, sagte eine dröhnende Stimme. »Was geht denn hier vor? Aufregungen können wir nicht dulden.«

»Hallo, Joseph«, begrüßte Mordan den Neuankömmling.

»Morgen, Claude. Fühlen Sie sich besser?«

»Sehr viel besser.«

»Sie brauchen immer noch Schlaf. Zwingen Sie sich dazu.«

»Meinetwegen.« Mordan schloß die Augen.

Der Mann namens Joseph trat an Hamiltons Lager, fühlte seinen Puls, hob das Augenlid und untersuchte das Auge. »Sieht schon ganz vernünftig aus.«

»Ich möchte aufstehen.«

»Noch nicht. Schlafen Sie erst ein paar Stunden. Sehen Sie mich an. Sie fühlen sich müde, so müde. Sie . . .«

Felix riß seinen Blick gewaltsam los und sah zu seinem Freund hinüber. »Claude . . .«

»Er schläft. Sie können ihn jetzt nicht mehr wecken.«

»Ah, Sie sind Therapeut, nicht wahr?«

»Natürlich.«

»Kann man etwas gegen das Schnarchen unternehmen?«

Der Mann lachte vor sich hin. »Schlafen Sie, dann hören Sie es nicht. Sie sind müde, so müde . . .«

Als sie ihn endlich gehen ließen, versuchte er Phyllis zu erreichen. Es war schwer, sie zu finden, da die wenigen Krankenhäuser der Stadt überfüllt waren und sie in einer Notunterkunft aufgenommen worden war. Als er sie dann entdeckte, ließ man ihn nicht zu ihr. Es hieß, daß er sie nicht stören dürfe, da sie schliefe. Man zeigte sich auch nicht im geringsten geneigt, ihm Auskunft über ihren Zustand zu geben.

Er ließ nicht locker, bis man ihm ungnädig die Auskunft erteilte, es ginge ihr gut und sie müsse nur noch die Nachwirkungen der Gasvergiftung auskurieren. Damit mußte er sich zufriedengeben.

Achselzuckend machte er sich auf den Heimweg. Er hatte die Angewohnheit, Dinge, die sich nicht ändern ließen, aus seinen Gedanken zu verbannen. Und dann, als er sich schon in der Nähe seiner Wohnung befand, fiel ihm plötzlich Monroe-Alpha ein.

Er fragte sich, wie es ihm ergangen sein mochte. Öffentlich wagte er keine Auskunft einzuholen, da er nicht wußte, ob man den Freund mit der Verschwörung in Zusammenhang gebracht hatte. Wahrscheinlich hatte er sich irgendwie selbst verraten.

Er rief Monroe-Alphas Büro an – nein, dort war er nicht. Er rief in seiner Wohnung an – keine Antwort. Da er nicht wußte, was er tun sollte, ging er persönlich zur Wohnung des Freundes. Vielleicht konnte er ihn dort abfangen, bevor er eine Dummheit machte.

Auf sein Signal hin rührte sich nichts. Er kannte die Kode-Kombination, hätte sie aber normalerweise niemals benutzt. Diesmal schienen die Umstände eine Ausnahme zu rechtfertigen.

Monroe-Alpha saß im Wohnzimmer. Er sah auf, als Hamilton eintrat, erhob sich aber nicht und sagte auch nichts. Hamilton blieb vor ihm stehen. »Du bist also zurück?«

»Ja.«

»Seit wann?«

»Ich weiß nicht. Ein paar Stunden.«

»Aber ich habe doch angerufen.«

»Ach, du warst das?«

»Ja. Weshalb hast du nicht geantwortet?«

Monroe-Alpha schwieg, starrte dumpf vor sich hin und senkte den Kopf. »Mann, komm zu dir!« sagte Hamilton scharf. Allmählich verlor er die Geduld. »Der Putsch ist mißlungen. Das weißt du doch, oder?«

»Ja.« Dann fügte er langsam hinzu: »Ich bin bereit.«

»Wozu bereit?«

»Du bist doch gekommen, um mich zu verhaften?«

»Ich? Du liebe Güte, ich bin doch kein Polizist.«

»Schon gut. Mir macht es nichts aus.«

»Hör zu, Cliff«, sagte Hamilton ernst, »was ist in dich gefahren? Hast du immer noch nicht das Zeug verdaut, das McFee dir aufgetischt hat? Möchtest du unbedingt den Märtyrer spielen? Du warst ein Idiot – aber du mußt dich nicht weiterhin zu dieser

Rolle bekennen. Ich habe zu Protokoll gegeben, daß du für mich gearbeitet hast.« (Das stimmte nicht, aber er hatte die Absicht, es zu tun.) »Kein Mensch kann dir etwas anhaben. Und jetzt rede endlich. Du hattest nichts mit den Kämpfen zu tun, oder?«

»Nein.«

»Das dachte ich mir. Ich habe dir genug Hypnopillen verpaßt. Eine mehr, und du hättest die Englein singen gehört.« Er atmete tief ein. »Was ist nun los mit dir? Bist du immer noch ein fanatischer Anhänger dieses Klubs?«

»Nein. Das war ein Irrtum. Ich muß verrückt gewesen sein.«

»Endlich kommst du zur Vernunft. Aber nun hör doch — die Sache hat überhaupt keine Folgen für dich. Du brauchst dir keine Sorgen zu machen. Geh wieder in dein Büro, und kein Mensch wird etwas ahnen.«

»Es hat keinen Sinn, Felix. Nichts kann mir helfen. Trotzdem — vielen Dank.« Er lächelte schwach.

»Ja, zum ... Ich hätte gute Lust und würde dir eine Ohrfeige geben, nur um dich zur Vernunft zu bringen.« Monroe-Alpha gab keine Antwort. Er hatte das Gesicht in den Händen vergraben. Hamilton konnte nicht einmal erkennen, ob er seine Worte verstanden hatte. Hamilton rüttelte ihn an den Schultern.

»Was ist los? Ist noch etwas anderes geschehen? Etwas, wovon ich nichts weiß?«

»Ja.« Seine Stimme war ein heiseres Flüstern.

»Willst du es mir nicht erzählen?«

»Meinetwegen.« Er begann stockend. Aber dann brach alles aus ihm heraus. Er schien zu sich selbst zu sprechen. Seine Worte klangen auswendig gelernt.

Hamilton hörte mit Unbehagen zu. Er wußte nicht, ob er ihn unterbrechen sollte. Bisher hatte noch kein Mensch sein Inneres so entblößt. Es war ihm peinlich.

Aber Monroe-Alpha redete weiter, bis Hamilton das Bild klar und scharf vor Augen hatte. »Und so kam ich hierher zurück«, sagte er schließlich tonlos. Er sah nicht auf.

Hamilton fragte erstaunt: »Und das ist alles?«

»Ja.«

»Du hast bestimmt nichts ausgelassen?«

»Nein, natürlich nicht.«

»Was im Namen des Großen Eies tust du dann hier?«

»Nichts. Ich wußte nicht, wohin sonst ich gehen sollte.«

»Cliff, du bringst mich noch ins Grab. Los! Unternimm etwas. Erhebe dich endlich und leite etwas in die Wege.«

»Wie? Was denn?«

»Du mußt sie doch suchen, du Schwachkopf, du!«

Monroe-Alpha schüttelte müde den Kopf. »Du hast wohl nicht zugehört. Ich sage dir doch, daß ich versuchte, sie niederzuschießen.«

Hamilton holte tief Atem und sagte dann: »Hör mir zu. Ich verstehe nicht viel von Frauen, und manchmal sind sie mir, offen gestanden, sogar ein Rätsel. Aber eines steht fest — wenn du auch nur eine kleine Chance bei ihr gehabt hast, dann wird sie dir den Schuß nicht übelnehmen. Sie wird dir verzeihen.«

»Das meinst du doch nicht im Ernst?« Monroe-Alphas Gesicht war gramverzerrt, aber seine Augen leuchteten wieder.

»Und ob ich es im Ernst meine. Frauen verzeihen alles.« In plötzlicher Einsicht fügte er hinzu: »Andernfalls wäre die Menschheit längst ausgestorben.«

11

Das Ehrenwerte Mitglied von Great Lakes Central räusperte sich. »Ich kann nicht behaupten, daß ich dem Plan von Bruder Mordan zustimme. Er will das Projekt lediglich in die Wege leiten, um diesen jungen Hamilton zur Wahrnehmung seiner Zeugungspflichten zu bringen. Gewiß, ich bin nicht im einzelnen über die genetischen Folgen informiert . . .«

»Das sollten Sie aber«, unterbrach ihn Mordan scharf. »Ich habe bereits vor zwei Tagen die volle Erklärung abgeschickt.«

»Ich bitte um Verzeihung, Bruder. Während dieser achtundvierzig Stunden habe ich ununterbrochen Sitzungen abgehalten. Es geht um dieses Projekt des Mississippi-Tals. Die Sache ist äußerst dringend.«

»Entschuldigen Sie«, sagte Mordan höflich. »Als Laie vergißt man leicht die Aufgaben eines Planers.«

»Lassen Sie nur. Für Höflichkeitsfloskeln haben wir keine Zeit. Ich überflog die Zusammenfassung und die ersten sechzig Seiten. Das, zusammen mit den Vorkenntnissen über diesen Fall, vermittelt mir eine ungefähre Idee Ihres Problems. Nur eine Frage: Stimmt es, daß dieser Hamilton in seinen Genen keine besonderen Eigenschaften verbirgt? Sie haben auch noch andere Personen zur Wahl?«

»Ja.«

»Sie wollten die negativen Einflüsse in der nächsten Generation ausgemerzt haben. Wie lange würde das dauern, wenn Sie andere Personen einsetzen?«

»Drei weitere Generationen.«

»Das dachte ich mir, und deshalb bin ich hauptsächlich gegen Ihren Plan. Die genetische Auswahl ist wichtig, aber hundert Jahre hin oder her spielen doch keine Rolle — wenigstens keine so große Rolle, daß man deswegen ein Forschungsprojekt über das Leben nach dem Tode einleitet.«

Der Sprecher des Tages sah auf: »Sie richten sich also gegen Bruder Mordans Vorschlag?«

»Nein, Hubert, nein. Das wollte ich damit keineswegs sagen. Ich unterstütze seinen Antrag. Die Gründe sind zwar unzureichend, aber ich finde den Vorschlag an sich wertvoll. Ich bin der Meinung, daß wir ihm stattgeben sollten.«

Das Mitglied von den Antillen sah von dem Buch auf, das er gerade las. (Das war keine Unhöflichkeit; jeder wußte, daß er die Gabe des parallelen Denkens besaß, und man konnte nicht verlangen, daß er die Hälfte seiner Zeit aus Höflichkeit verschwendete.) Er sagte: »Ich finde, George sollte seine Gründe näher erläutern.«

»Sofort. Wir Politiker sind wie Piloten, die ihre Maschine sorgfältig steuern sollen, ohne ein Ziel zu kennen. Hamilton hat den schwachen Punkt unserer Kultur aufgewiesen — er sollte selbst ein Planer sein. Jede Entscheidung, die wir treffen, wird von unserer persönlichen Philosophie beeinflußt, wenn wir auch genug Daten zur Verfügung haben. Die Daten werden im Licht der Philosophie betrachtet. Wie viele von uns haben eine feste Meinung über das, was nach dem Tode kommt? Ich bitte um Handhochheben. Na, na, seid nicht so bescheiden.«

Etwas zögernd hoben sie ihre Hände, Männer und Frauen, alle Anwesenden. »Und nun melden sich diejenigen, die von der Richtigkeit ihrer Meinung überzeugt sind.«

Alle Hände senkten sich, nur das Mitglied von Patagonien hob den Finger. »Bravo!« rief Rembert von den Großen Seen. »Ich hätte mir denken können, daß Sie sich melden.«

Sie nahm die Zigarre aus dem Mund und sagte ziemlich scharf: »Jeder Idiot weiß, was nach dem Tod kommt.« Dann strickte sie weiter. Sie war über hundert Jahre alt und das einzige Naturkind im Ausschuß. Seit mehr als fünfzig Jahren bestätigte ihr Distrikt sie regelmäßig im Amt. Man hegte den Verdacht, daß ihr Augenlicht allmählich schwächer wurde, aber sie besaß noch alle ihre gelben Zähne. Ihre runzligen Züge verrieten mehr Indianer- als Mongolenblut.

»Carvala«, meinte Rembert, »wenn Sie uns die Lösung sagen, können wir die Angelegenheit vielleicht abkürzen.«

»*Sagen* kann ich euch gar nichts — und ihr würdet mir ohnehin nicht glauben.« Sie schwieg einen Augenblick, dann fügte sie hinzu: »Soll der Junge tun, was er will. Ihr könntet ihn auch gar nicht daran hindern.«

»Sind Sie für oder gegen Mordans Vorschlag.«

»Für. Obwohl ich überzeugt davon bin, daß ihr die Sache falsch anpacken werdet.«

Es entstand ein kurzes Schweigen. Die Ausschußmitglieder überlegten hastig, wann sich Carvala je getäuscht hatte — auf lange Sicht.

»Meiner Meinung nach führt die Überzeugung, daß nach dem Tode alles zu Ende ist, zur Philosophie der Hedonisten«, fuhr

Rembert fort. »Ein Hedonist kann sein Vergnügen im Leben auf versteckte, indirekte und sogar vergeistigte Weise suchen; aber im Vordergrund bleibt immer das Vergnügen. Wenn man andererseits annimmt, daß es noch etwas anderes als das irdische Leben gibt, dann eröffnen sich eine Unzahl von Philosophien, die nichts mit Hedonismus zu tun haben. Ich finde, das Thema ist eine nähere Untersuchung wert.«

Die Vertreterin der Nordwest-Union meldete sich zu Wort. »Selbst wenn Sie recht haben – ist es unsere Aufgabe, diese Untersuchung durchzuführen? Unsere Funktionen und unsere Autorität sind begrenzt. Die Verfassung verbietet es uns, Angelegenheiten der Kirchen in die Hand zu nehmen. Was sagen Sie dazu, Johann?«

Der Angesprochene war der einzige Priester im Raum. Er vertrat ein paar Millionen seiner Schäflein südlich des Rio Grande, und seine hervorragende politische Leistung wurde noch dadurch betont, daß die Mehrheit seines Wahlkreises nicht seiner Religionsgemeinschaft angehörte. »Ich glaube nicht, daß diese Satzung hier Gültigkeit hat, Geraldine«, sagte er. »Bruder Mordan schlägt eine rein wissenschaftliche Untersuchung vor. Die Ergebnisse bringen vielleicht Veränderungen auf dem religiösen Sektor mit sich, aber eine unvoreingenommene Untersuchung stellt keine Verletzung der religiösen Freiheit dar.«

»Johann hat recht«, erklärte Rembert. »Das Thema kann ohne weiteres wissenschaftlich behandelt werden. Johann, wir haben euch zu lange eine Monopolstellung in diesem Gebiet gelassen. Die ernsthaftesten Fragen der Menschheit wurden dem Glauben übertragen oder der Spekulation preisgegeben. Es wird höchste Zeit, daß sich die Wissenschaftler damit befassen, wenn sie nicht ganz unter die Räder geraten wollen.«

»Nur zu. Ich bin gespannt, zu welchen Erkenntnissen man in den Labors kommt.«

Hoskins Geraldine sah ihn an. »Ich frage mich, Johann, wie Sie denken werden, falls bei dieser Untersuchung Dinge auftauchen, die Ihren Glaubensartikeln widersprechen.«

»Das muß ich mit mir selbst aushandeln«, erwiderte er ungerührt. »Der Ausschuß hat nichts damit zu tun.«

»Ich glaube, wir können zu einer vorläufigen Abstimmung schreiten«, bemerkte der Sprecher des Tages. »Einige unterstützen den Antrag – ist jemand dagegen?« Es kam keine Antwort. »Noch jemand unentschlossen?« Ein Mitglied wirkte unsicher. »Wollten Sie sich zu Wort melden, Richard?«

»Noch nicht. Ich unterstütze den Antrag, möchte aber später noch etwas dazu sagen.«

»In Ordnung. Es handelt sich also um einen einstimmigen Beschluß. Später werde ich noch einen Projektleiter ernennen. Richard – Sie haben das Wort.«

Der Vertreter aller Wanderbürger nickte. »Meiner Meinung nach umfaßt das Forschungsthema nicht genug Stoff.«

»Ja?«

»Es genügte vielleicht, um Hamilton Felix den Wünschen unserer Genetiker geneigt zu machen. Aber nun behandeln wir das Thema an sich. Habe ich nicht recht?«

Der Sprecher sah sich um. Alle bis auf die alte Carvala nickten. Sie schien sich nicht mehr für die Angelegenheit zu interessieren. »Ja, Sie haben recht.«

»Dann sollten wir nicht nur ein philosophisches Problem behandeln, sondern alle. Die vorher genannten Gründe gelten auch hier.«

»Ihnen ist klar, daß es nicht unsere Pflicht ist, konsequent vorzugehen?«

»Ja, und es geht mir auch nicht um kleinliche Rechteleien. Die Sache interessiert mich. Ich möchte, daß wir die Forschung ausdehnen.«

»Gut. Auch ich bin stark daran interessiert. Es wird wohl ein paar Tage dauern, bis wir entschieden haben, was unsere Forschung alles umfassen soll. Bis dahin verschieben wir die Wahl des Beisitzers.«

Anfangs hatte Mordan die Absicht gehabt, sich zurückzuziehen, aber nun hätte ihn nichts dazu bringen können, den Saal zu verlassen. Als Bürger hatte er das Recht, die Debatte mitanzuhören. Und da er ein berühmter Synthese-Fachmann war, hätte wohl niemand etwas eingewandt, wenn er sich an der Diskussion selbst beteiligt hätte.

Das Mitglied für Wanderbürger meldete sich wieder zu Wort. »Wir sollten alle Probleme der Philosophie aufzählen und untersuchen, insbesondere die Probleme der Metaphysik und der Erkenntnistheorie.«

»Ich dachte, die Fragen der Erkenntnistheorie seien im großen und ganzen gelöst?« meinte der Sprecher leicht erstaunt.

»Gewiß, gewiß — aber in einem begrenzten Sinn. Man hat sich darauf geeinigt, daß die symbolische Kommunikation semantischer Natur ist. Sprache und andere Verständigungsmittel beziehen sich notwendigerweise auf vereinbarte, tatsächlich vorhandene physikalische Daten, ganz gleich, wie hoch die Abstraktionsstufe ist. Anders kann eine Verständigung gar nicht stattfinden. Bruder Johann und ich können nicht über die Religion streiten. Er trägt seine Überzeugung im Innern und kann mir nicht klarmachen, was er meint — und umgekehrt versteht er auch meine Gefühle nicht. Wir wissen nicht einmal, ob unsere Gesichtspunkte verschiedenartig sind. Es ist sehr gut möglich, daß wir identische Anschauungen besitzen — aber da wir nicht vernünftig darüber reden können, schweigen wir lieber.«

Johann lächelte in seiner gutmütigen Art und sagte nichts. Carvala sah von ihrem Strickzeug auf und fragte unwirsch: »Sind wir hier in einem Entwicklungszentrum?«

»Entschuldigen Sie, Carvala. Wir sind uns über die Methode der Symbol-Kommunikation einig. Wir gestehen ein, daß das Symbol niemals alle Einzelheiten des Vorgangs, auf den es sich bezieht, abstrahieren kann. Und wir geben zu, daß man mit Symbolen Fakten verändern kann – eine gefährliche, aber sehr nützliche Sache. Bis zu diesem Punkt ist die Erkenntnistheorie klar; aber das Schlüsselproblem haben wir damit keineswegs gelöst. *Woher* wissen wir, *was* wir wissen und was dieses Wissen bedeutet? Bis jetzt haben wir uns einfach geweigert, über dieses Problem zu sprechen – so wie Johann und ich nicht über Theologie sprechen.«

»Sie schlagen allen Ernstes vor, daß wir uns näher damit befassen sollten?«

»Ja. Es ist ein Schlüsselproblem im allgemeinen Persönlichkeitsproblem. Außerdem besteht eine starke Verbindung zu dem Thema, das Mordan vorgeschlagen hat. Überlegen Sie doch: Wenn ein Mensch ›lebt‹, nachdem sein Körper tot ist oder bevor sein Körper gezeugt wird, dann ist er mehr als seine Gene. Bisher war man der Überzeugung, daß ein Mensch nicht für sein Handeln verantwortlich gemacht werden kann, weil er ein Produkt seiner Gene ist. Ich will mich nicht in Einzelheiten verlieren – Sie alle können sich ausmalen, was geschieht, wenn das Gegenteil der Fall ist. Denken Sie an die Ethik, an die Politik, an all die anderen Anwendungsgebiete. Die Lösung eines dieser grundsätzlichen Probleme kann zu einem Schlüssel für alle anderen Probleme werden.«

»Sie erwähnten nicht die Möglichkeit der direkten Kommunikation ohne Symbole.«

»Ich habe sie angedeutet. Sie gehört zu den Dingen, die wir absichtlich ausschlossen, als wir die völlige Abstraktion von Symbolen verneinten. Aber auch damit sollten wir uns wieder befassen. Die Telepathie ist nicht von der Hand zu weisen, auch wenn wir sie nicht messen und nicht steuern können. Jeder, der glücklich verheiratet ist, weiß das, auch wenn er nicht gern davon spricht. Kinder und Tiere und primitive Völker benutzen zum Teil die Telepathie. Vielleicht sind wir zu klug geworden. Wir sollten die Angelegenheit von einem neuen Winkel aus betrachten.«

Das Mitglied von Neu-Bolivar meldete sich. »Da wir schon von allgemeinen philosophischen Fragen sprechen, möchte ich darauf hinweisen, daß wir im Moment bereits ein solches Projekt unterstützen: Doktor Thorgsens ballistisches Stellarium – oder *Eidouranion,* wie man es noch nennen könnte. Der Ursprung und der Zweck des Universums ist zweifellos ein klassisches Problem der Metaphysik.«

»Sie haben recht«, erwiderte der Sprecher. »Wenn wir Richards

Vorschlag annehmen, sollten wir Doktor Thorgsens Projekt mit einbeziehen.«

»Wir haben Doktor Thorgsen vielleicht nicht genug Geld zur Verfügung gestellt.«

»Die Summe könnte erhöht werden, aber er hat bis jetzt noch kaum etwas ausgegeben. Dafür scheint er kein Talent zu besitzen.«

»Vielleicht fehlt es ihm an fähigen Assistenten. Da wäre Hargrave Caleb und natürlich Monroe-Alpha Clifford. Monroe-Alpha ist viel zu schade für das Finanzministerium.«

»Thorgsen kennt Monroe-Alpha. Vielleicht möchte sich Monroe-Alpha nicht mit dem Problem befassen.«

»Unsinn! Jeder Mensch liebt es, wenn Anforderungen an ihn gestellt werden.«

»Dann hat Thorgsen vielleicht gezögert, ihn um Rat zu bitten. Thorgsen ist ebenso bescheiden wie Monroe-Alpha.«

»Das wäre natürlich möglich.«

»Diese Einzelheiten kann ein Mann übernehmen«, wandte der Sprecher ein. »Wir brauchen nicht den ganzen Ausschuß dazu. Sind Sie bereit zur Abstimmung? Es geht um folgendes: Soll der Vorschlag von Bruder Richard im weitesten Sinne – die Grenzen und Arbeitsmethoden können wir morgen festlegen – angenommen werden? Oder ist jemand dagegen?«

Es gab keine Opposition. Der Antrag wurde einstimmig akzeptiert.

12

»Was hältst du von Gladiator-Aktien?« fragte Felix Phyllis.

»Wovon in aller Welt sprichst du?«

»Von diesem Unternehmen, das Smith Darlington aufgebaut hat – Füßeball. Unser Agent ist der Meinung, daß es eine gute Investierung sein könnte. Ich finde, er hat recht.«

»Füßeball«, wiederholte Phyllis nachdenklich. »Du hast schon des öfteren davon gesprochen, aber ich verstand die Sache nie.«

»Ein ziemlich einfältiges Spiel, wenn man es genau betrachtet. Zweiundzwanzig Männer begeben sich auf ein offenes Feld und greifen einander an.«

»Weshalb?«

»Die Ausrede besteht darin, daß sie eine kleine Kunststoffkugel von einem Ende des Feldes zum anderen befördern.«

»Ist es nicht gleich, auf welcher Seite sie bleibt?«

»Eigentlich schon – aber dann wäre es kein Spiel.«

»Ich verstehe das einfach nicht«, beharrte Phyllis. »Weshalb kämpfen die Leute, wenn sie einander gar nicht töten wollen?«

»Du mußt das Spiel sehen, damit du es verstehst. Es ist aufregend. Ich ertappte mich dabei, daß ich aus vollem Halse schrie.«

»Du!«

»Jawohl. Der seriöse, ruhige Felix. Ich sage dir, dieses Spiel schlägt ein. Es wird populär. Wir werden erstens die Erlaubnis verkaufen, das Spiel direkt mitzuverfolgen. Dann verkaufen wir noch kleinere Rechte an die Fernseh- und Übertragungsanstalten. Smith hat ein paar tolle Ideen. Er möchte verschiedene Kombinationen aus einzelnen Städten und Organisationen zusammenstellen. Die Spieler sollen in verschiedenen Farben gekleidet sein und bestimmte Kennlieder singen. Für einen Barbaren ein erstaunlicher junger Mann.«

»Es hört sich jedenfalls so an.«

»Ich kaufe dir jedenfalls ein paar Aktien. Im Moment sind sie billig zu haben, und sie machen dich sicher reich.«

»Was soll ich mit noch mehr Geld anfangen?«

»Ich weiß nicht. Gib es für mich aus.«

»Sonst noch etwas? Du schwimmst ohnehin in Reichtum.«

»Oh, da kommt mir eine Idee. Wenn wir verheiratet sind, kannst du mir beim Hinauswerfen des Geldes helfen.«

»Schon wieder das gleiche Thema?«

»Weshalb nicht? Die Zeiten haben sich geändert. Das Hindernis ist weggeräumt. Ich denke jetzt wie Mordan.«

»Mordan hat es mir erzählt.«

»So — hat er? Es scheint sich alles hinter meinem Rücken abzuspielen. Aber egal. Wann lassen wir die Heiratsurkunde ausfertigen?«

»Wie kommst du auf die Idee, daß wir es tun?«

»Häh? Einen Augenblick! Ich dachte, meine Abneigung gegen Kinder sei der einzige Hinderungsgrund?«

»Du hast zuviel gedacht. Ich sagte nur, daß ich niemals einen Mann heiraten würde, der keine Kinder mag.«

»Aber ich dachte, das hieße ...« Er stand auf und ging nervös im Zimmer hin und her. »Sag mal, Phil, *magst* du mich nicht?«

»Du bist recht nett — auf deine eigene schreckliche Art.«

»Was fehlt dann noch?«

Sie gab keine Antwort.

Schließlich meinte er: »Ich weiß nicht, ob dir das etwas bedeutet, aber ich liebe dich. Hast du das nicht gewußt?«

»Komm her.« Er trat neben sie, und sie zog ihn an den Ohren zu sich heran.

»Filthy, du großer Esel — das hättest du vor zehn Minuten sagen müssen.« Sie küßte ihn.

Etwas später sagte sie verträumt: »Filthy ...«

»Ja, Liebling?«

»Wenn wir erst Theobald haben, bekommen wir ein kleines Mädchen und dann noch einen Jungen. Vielleicht werden es sogar vier — zwei Jungen und zwei Mädchen.«

»Hmm ...«

Sie setzte sich auf. »Was ist los? Gefällt dir die Aussicht nicht?« Sie sah ihn scharf an.

»O doch.«

»Weshalb bist du dann so abweisend?«

»Ich mußte eben an Cliff denken – der arme Tropf.«

»Hat er immer noch keine Spur von ihr entdeckt?«

»Nein.«

»Ach, du liebe Güte.« Sie schmiegte sich an ihn.

Keine Spur im Wald der Riesen, obwohl er noch einmal dort gewesen war. Keine Frau war unter dem Namen Marion in der Umgebung registriert. Niemand erkannte sie nach seiner Beschreibung. Kein Luftschiff hatte eine Person namens Marion zum Wald der Mammutbäume befördert, und kein Pilot konnte sich an sie erinnern.

Es blieb nur noch Johnson-Smith Estaire, in deren Stadthaus er sie zum ersten Mal kennengelernt hatte. Er hatte sie sofort aufgesucht, nachdem die Suche nach Marion im Park mißglückt war. Nein, sie erinnerte sich nicht an diese Person.

Ob sie eine Gästeliste hatte? Aber natürlich, wofür hielt er sie denn? Ob er sie durchsehen könnte? Sie ließ ihren Sekretär mit der Liste kommen.

Es war keine Marion dabei.

Er ging noch einmal hin. Könnte sie sich getäuscht haben? Nein, ein Irrtum war ausgeschlossen. Aber manchmal brachten Gäste Fremde zu ihrer Party mit – hatte er daran gedacht? In diesem Fall besaß sie natürlich keine Unterlagen. Ob sie sich an jemand erinnerte, der eine fremde Frau mitgebracht hatte? Nein – das war zuviel verlangt. Ob es zuviel Mühe war, wenn er ihr die Gästeliste zur Abschrift überließ? Aber nein – selbstverständlich.

Doch zuerst mußte er sich ihre Probleme anhören. »Es wird einfach *unmöglich*, Diener zu einem *vernünftigen* Lohn zu bekommen.« Ob er nicht etwas tun könnte? »*Lieber* Master Monroe-Alpha!« Inwiefern denn? Er war doch der Mann, der die Dividenden errechnete, oder? Daran hing alles. Bei einer so hohen Dividende arbeiteten die Leute nur, wenn man sie buchstäblich *bestach*.

Da er etwas von ihr wollte, unterdrückte er die Bemerkung, daß er auch nicht als Lohndiener arbeiten würde, wenn er nicht gerade am Verhungern wäre. Er versuchte es mit dem Vorschlag, Automaten aus der Fabrik ihres Gatten ...

»Aber wo denken Sie hin, mein Lieber! Wie gewöhnlich! Einen gut ausgebildeten Diener kann einfach *nichts* ersetzen. Man könnte sich vorstellen, daß Leute dieser Schicht *stolz* auf ihren Beruf wären. *Ich* jedenfalls wäre es in *ihrer* Situation.«

Ungeduldig, aber doch sehr sorgsam, ging er die Liste durch.

Einige der Gäste kamen bis aus Südamerika – Johnson-Smith Estaires Parties waren berühmt. Diese Leute konnte er nicht persönlich fragen, jedenfalls nicht rasch genug. Er stellte Detektive an, die ihn eine Menge Geld kosteten. (Persönliche Dienstleistungen wurden teuer bezahlt!) Er nahm einen Kredit auf sein nächstes Gehalt hin. Zwei der Gäste waren in der Zwischenzeit gestorben. Er mietete noch mehr Detektive, die taktvoll ihre Umgebung aushorchten und eine Frau namens Marion zu finden versuchten. Er konnte nicht einmal die Toten in Frieden ruhen lassen, aus Angst, die Spur würde erkalten.

Die anderen Leute, die in der Hauptstadt wohnten, befragte er persönlich. Nein, wir nahmen niemanden mit zu der Party – ganz bestimmt niemanden namens Marion. Estaires Party – mal sehen; sie gibt ja so viele. Ach die – nein, tut mir leid. Ich will überlegen – meinen Sie Selby Marion? Nein, Selby Marion ist zierlich und klein und hat rotes Haar. Tut mir leid, mein Freund, darf ich Ihnen einen Drink anbieten? Nein? Wohin so eilig?

Ja, gewiß. Meine Kusine, Faircoat Marion. Da drüben hängt ein Tridi-Bild von ihr. Nicht das Mädchen, das Sie suchen? Na, rufen Sie mich an und erzählen Sie mir, ob Sie ans Ziel gekommen sind. Einem Freund von Estaire helfe ich gern. Wunderbare Frau, diese Estaire – versteht etwas von Festen.

Ja, wir haben jemanden mitgenommen – wer war es nur, Liebling? Ach ja, Reynolds Hans. Er hatte ein fremdes Mädchen mit. Nein, an den Namen kann ich mich nicht erinnern. Ich nenne sie alle ›Süßes‹, wenn sie unter Dreißig sind. Aber da haben Sie Reynolds Adresse. Sie können ihn ja fragen.

Master Reynolds empfand es nicht als aufdringlich, beileibe nicht. Ja, er erinnerte sich noch – eine nette Fete. Ja, er hatte seine Kusine aus Sanfrisco mitgenommen. Natürlich hieß sie Marion, Hartnett Marion.

Ob er ein Bild von seiner Kusine hatte? Mal überlegen, er konnte es nicht garantieren. Halt, das Jugendbild in der Krimskramsmappe – allerdings kein Tridibild. Er hatte das Zeug schon wegwerfen wollen. Hier – das ist Marion, die zweite von links in der vorderen Reihe. Ist sie das?

Sie war es! Sie war es!

Wie schnell kann ein Flugauto rasen, ohne von der Schutzpolizei erwischt zu werden? Rasch – rasch – rasch!

An der Tür atmete er einmal tief durch, bevor er klingelte. Auf dem Leuchtschild blinkte das »Herein«, und die Tür öffnete sich.

Sie war allein.

Er blieb stehen, als er sie sah. Er konnte sich nicht rühren, und er fand keine Worte. Er war schneeweiß.

»Komm herein«, sagte sie.

»Du – empfängst mich?«

»Natürlich. Ich habe auf dich gewartet.«

Er sah ihr in die Augen. Sie waren immer noch warm und zärtlich, wenn auch ein wenig beunruhigt. »Ich verstehe das nicht. Ich habe dich doch mit der Waffe verfolgt.«

»Das hast du nicht so gemeint. Du wolltest es nicht.«

»Ich — aber . . . Oh, Marion!« Er stolperte auf sie zu und stürzte beinahe. Sein Kopf ruhte in ihrem Schoß. Er schluchzte hart. Er hatte es nie gelernt, zu weinen.

Sie klopfte ihm auf die Schulter. »Liebling!«

Endlich sah er auf. Auch ihr Gesicht war naß, obwohl er nicht gemerkt hatte, daß sie weinte. »Ich liebe dich«, sagte er. Er sagte es mit tragischer Stimme, als sei es ein furchtbares Verbrechen.

»Ich weiß. Ich liebe dich auch.«

Sehr viel später sagte sie leise: »Komm mit.«

Er folgte ihr in ein anderes Zimmer, wo sie Kleider in einen Koffer packte. »Was machst du?«

»Ich packe ein paar Kleinigkeiten zusammen. Diesmal komme ich mit.«

Auf dem Rückweg benutzte er den Satz: ». . . wenn wir verheiratet sind.«

»Du möchtest mich heiraten?«

»Natürlich. Wenn du mich willst.«

»Du würdest ein Naturkind heiraten?«

»Weshalb nicht?« Seine Stimme klang sogar lässig.

Weshalb nicht? Nun, römische Bürger, stolz auf ihr Patrizierblut, hätten es ihm sagen können. Die weiße Aristokratie des Südens hätte es ihm in allen Einzelheiten erklären können. »Arische« Rassenapostel hätten ihm die Gründe definiert. Selbst Smith-Johnson Estaire hätte ihm das »Warum« erklärt — und sie hätte ihn von ihrer Gästeliste gestrichen, wenn ihr diese »Alliance« zu Ohren gekommen wäre.

»Das wollte ich nur wissen«, sagte sie. »Komm her, Clifford.«

Er gehorchte, ein wenig verwirrt. Sie hob den linken Arm. Er las die kleinen Ziffern, die in die Achselhöhle tätowiert waren. Aber das war nicht wichtig. Wichtig waren nur die Buchstaben. Sie trug weder das N für normal noch das NK für Naturkind. Sie trug ein X — für Experiment.

Sie erklärte ihm die Sache ein wenig später. Ihre Urgroßeltern väterlicherseits waren beide Naturkinder gewesen. »Natürlich macht es sich leicht bemerkbar«, sagte sie. »Ich bekomme Erkältungen, wenn ich nicht regelmäßig meine Tabletten nehme. Und manchmal vergesse ich es eben. Ich bin ein schlampiges Mädchen.«

Ihr Großvater väterlicherseits war später als Mutation erkannt worden — als eine zu neunundneunzig Prozent günstige Mutation. Es hatte etwas mit Gefühlsstabilität zu tun. Vielleicht drückte man es am einfachsten so aus: Er war höflicher, als es die meisten Menschen erwarteten. Selbstverständlich versuchte man, die Mutation zu erhalten. Sie war eine seiner Nachkommen.

13

Phyllis war ganz aufgeregt, als er heimkam. »Felix!«

Er küßte sie. »Was ist los, Kind?«

»Das hier. Lies mal!« Es war die Kopie einer handgeschriebenen Mitteilung. Er las laut: »Espartero Carvala läßt Frau Longcourt Phyllis grüßen und bittet darum, sie morgen um halb fünf besuchen zu dürfen.« »Hmm. Du machst schnell Karriere, Liebling.«

»Aber was soll ich nur tun?«

»Tun? Na, du streckst ihr die Hand hin, sagst ein paar nette Worte und bietest ihr etwas an – Tee vielleicht. Allerdings heißt es, daß sie wie ein Seemann säuft.«

»Filthy!«

»Was gibt es?«

»Nimm mich nicht auf den Arm! Was soll ich wirklich tun? Ich kann mich nicht mit ihr unterhalten. Sie gehört zu den Leuten, die Politik machen. Ich weiß nicht, was ich mit ihr reden soll.«

»Na, und wenn schon! Sie gehört zwar zum Politischen Ausschuß, ist aber dennoch ein Mensch. Unsere Wohnung ist aufgeräumt. Was willst du mehr? Geh nach unten und kauf dir ein neues Kleid – dann sieht alles ganz anders aus.«

Anstatt ihn anzustrahlen, begann sie zu schluchzen. Er nahm sie in die Arme. »Aber, aber! Was ist denn nur? Habe ich etwas Falsches gesagt?«

Sie beruhigte sich und wischte die Tränen weg. »Nein. Nur die Nerven. Es ist gleich wieder vorbei.«

»Du hast mir einen schönen Schreck eingejagt. Ich sah dich noch nie weinen.«

»Ich erwartete auch noch nie ein Kind.«

»Ach ja, richtig. Weine ruhig weiter, wenn es dir guttut. Aber laß dich von dieser Alten nicht aufregen, Liebes. Du mußt sie ja nicht unbedingt empfangen. Ich rufe sie an und sage ihr, daß du dich nicht wohl fühlst.«

Sie schien sich von ihrer Schwäche völlig erholt zu haben. »Nein, laß nur. Ich möchte sie wirklich gern kennenlernen. Ich bin neugierig auf sie – und irgendwie fühle ich mich geschmeichelt.«

Sie hatten überlegt, ob Madame Espartero Carvala nur Phyllis oder Phyllis und Felix besuchen wollte. Felix war nicht gern anwesend, wenn er störte; aber er wollte es auch nicht an Höflichkeit dem hohen Gast gegenüber fehlen lassen. Er rief Mordan an, da der Freund mit diesen mächtigen Leuten besser bekannt war, aber auch Mordan konnte ihm nicht helfen. »Die Frau läßt sich nicht in ein Schema pressen, Felix. Wenn sie will, bricht sie selbst jede Höflichkeitsregel.«

»Haben Sie eine Ahnung, weshalb sie kommt?«

»Nicht die geringste, tut mir leid.« Mordan hatte sich diese

Frage selbst durch den Kopf gehen lassen, aber er war ehrlich genug, um sich einzugestehen, daß jede Antwort eine Vermutung bleiben mußte. Er besaß zu wenige Daten über die Alte.

Madame Espartero Carvala löste das Problem selbst. Sie stampfte in die Wohnung, und ihr Stock klopfte rhythmisch über den Boden. In der Linken trug sie eine brennende Zigarre. Hamilton trat näher und verbeugte sich. »Madame ...«, begann er.

Sie sah ihn aus schmalen Augen an. »Sie sind Hamilton Felix. Wo befindet sich Ihre Gattin?«

»Wenn Madame die Güte hätte, mir zu folgen.« Er wollte ihr den Arm reichen.

»Ich schaffe es schon«, sagte sie ziemlich knurrig. Dennoch klemmte sie die Zigarre zwischen die Zähne und ließ sich von ihm führen. Er staunte, wie wenig sie wog; allerdings stützte sie sich kaum auf ihn. Und dann waren sie im Salon, wo Phyllis wartete. »Kommen Sie her, Kind«, befahl die Alte mit ihrer dunklen Stimme. »Lassen Sie sich ansehen.«

Hamilton stand unschlüssig daneben. Er wußte nicht, ob er Platz nehmen oder das Zimmer verlassen sollte. Die alte Dame drehte sich um, sah, daß er immer noch da war, und sagte: »Es war sehr nett von Ihnen, daß Sie mich hergeleitet haben. Ich danke Ihnen.« Die formelle Höflichkeit stand in einem merkwürdigen Widerspruch zu ihren ersten spröden Bemerkungen, aber ihre Stimme klang immer noch kühl. Felix erkannte, daß man seine Gegenwart nicht wünschte. Er zog sich zurück.

Er ging ins Lesezimmer, holte eine Spule heraus und fädelte sie in das Gerät. Aber er konnte sich nicht auf den Text konzentrieren. Immer wieder spulte er das Band bis zum Anfang zurück.

Verdammt, dachte er, ebensogut hätte ich ins Büro gehen können.

Denn jetzt besaß er ein Büro. Der Gedanke entlockte ihm ein kleines Lächeln. Wo waren nur seine Grundsätze geblieben? Er hatte sich früher erfolgreich gegen alle Fesseln gewehrt, er hatte seine Gewinne lieber mit einem Agenten geteilt, als daß er sich selbst mit Geschäftsdingen belastet hätte. Und nun? Nun war er verheiratet, seine Frau erwartete ein Baby, er lebte ständig bei ihr – und er hatte sogar ein Büro!

Nun ja, das Büro hatte nichts mit seinen Spielautomaten zu tun. Im Gegenteil – man hatte ihm einen Platz in dem großen Forschungsprojekt zugewiesen, das er selbst in die Wege geleitet hatte. Carruthers Alfred, ein früheres Mitglied des Politischen Ausschusses, war zum Projektleiter ernannt worden. Er seinerseits holte sich Hamilton, trotz dessen Protesten, daß er weder Synthetiker noch Naturwissenschaftler sei. Carruthers war hart geblieben. »Sie besitzen eine ungewöhnliche, von Klischees unberührte Vorstellungskraft. Unser Projekt erfordert sehr viel Phantasie, je unorthodoxer, desto besser. Sie müssen sich nicht mit der

Routineforschung befassen, wenn Sie nicht wollen – dafür haben wir eine Menge von geduldigen Technikern.«

Felix hegte den Verdacht, daß Mordan eine übersteigert hohe Meinung von seinen Fähigkeiten besaß. Er selbst fand, daß er immer nur an zweiter Stelle stehen konnte. Gewiß, er war nicht dumm, aber an die Spitze würde er nie vordringen. Und was dieses Diagramm betraf, das Mordan ihm gezeigt hatte – man konnte einen Menschen nicht in ein paar Zeichen aufgliedern und dann an der Wand studieren. Er war nicht das Diagramm.

Aber er mußte zugeben, daß ihm die Arbeit bei dem Projekt Spaß machte. Sie interessierte ihn. Er hatte ziemlich bald erkannt, daß man das erweiterte Projekt nicht nur seinetwegen in die Wege geleitet hatte – eine Kopie der Einwilligung war ihm ausgehändigt worden. Aber er fühlte sich nicht betrogen. Mordan hatte Wort gehalten, und Felix zeigte echtes Interesse an beiden Projekten – an der großen Forschung und an dem Baby, das Phyllis zur Welt bringen sollte.

Er fragte sich, wie der kleine Kerl wohl aussehen würde.

Mordan schien es genau zu wissen. Er hatte ihm die Chromosomentabelle gezeigt, die durch die sorgfältig ausgewählten Gameten entstanden war, und er hatte genau erklärt, wie sich die Eigenschaften der Eltern in dem Kind vereinigen würden. Felix war nicht so überzeugt davon. Trotz seiner gründlichen Kenntnisse in genetischer Theorie und Technik konnte er einfach nicht glauben, daß die Vielfalt eines Menschen in einem winzigen Protoplasmaklecks enthalten war.

Mordan hatte es als sehr wünschenswert empfunden, daß Phyllis und er so viele Mendel-Charakteristika gemeinsam besaßen. Das machte seiner Erklärung nach nicht nur die Wahl der Gameten einfacher und kürzer, sondern bewirkte auch eine genetische Verstärkung der Eigenschaften.

Andererseits hatte Mordan die Verbindung zwischen Monroe-Alpha und Hartnett Marion befürwortet, obwohl die beiden völlig verschieden waren. Hamilton hatte ihn auf die Inkonsequenz hingewiesen, aber Mordan war ruhig geblieben. »Jeder genetische Fall muß gesondert behandelt werden. Wir kennen keine festen Regeln. Die beiden ergänzen einander geradezu ideal.«

Jedenfalls stand fest, daß Marion Cliff glücklich machte, glücklicher als je zuvor.

Felix hatte schon immer die Meinung vertreten, daß Cliff jemand brauchte, der auf ihn aufpaßte, der ihn an der Leine führte, der ihn ins Haus holte, wenn es regnete, und ihn kitzelte, wenn er schmollte.

Marion schien all diese Aufgaben erfüllen zu können. Sie ließ ihn kaum aus den Augen. Sie arbeitete unter dem beschönigenden Titel »Spezialsekretärin« für ihn.

»Spezialsekretärin?« fragte Hamilton, als ihm Monroe-Alpha

davon erzählte. »Was macht sie denn? Ist sie mathematisch begabt?«

»Überhaupt nicht. Sie hat keine Ahnung von Mathematik – aber sie findet mich wunderbar!« Er grinste jungenhaft. Hamilton sah zu seiner Verblüffung, daß der Freund um Jahre jünger wirkte. »Ich widerspreche ihr natürlich nicht.«

»Cliff, wenn du so weitermachst, entwickelst du noch Sinn für Humor.«

»Sie ist der Meinung, daß ich ihn jetzt schon besitze.«

»Mag sein. Ich kannte einen Mann, der Warzenschweine züchtete. Er sagte, sie eigneten sich herrlich dafür, ihm die Schönheit der Blumen näherzubringen.«

»Wie kam er darauf?« fragte Monroe-Alpha ernsthaft und ein wenig verwirrt.

»Lassen wir das. Was macht Marion nun eigentlich?«

»Oh, eine Menge Kleinigkeiten. Sie erinnert sich an die Dinge, die ich vergesse, und bringt mir nachmittags eine Tasse Tee. Meist ist sie einfach da, wenn ich sie brauche. Ich kann dir sagen, das hilft.« Wieder lächelte er.

Hamilton erkannte mit einemmal, daß seinem Freund eigentlich nichts Ernsthaftes gefehlt hatte. Er war nur nicht in der Lage gewesen, echtes Glück zu spüren. Er hatte keine Verteidigung gegen die Außenwelt besessen. Marion hatte genug Kraft für sie beide.

Er wunderte sich, wie Hazel die Ehe aufgenommen hatte, aber er zögerte, dem Freund die Frage zu stellen. Eines Tages kam Monroe-Alpha selbst darauf zu sprechen. »Weißt du, Felix, anfangs machte ich mir Sorgen wegen Hazel.«

»Tatsächlich?«

»Ja. Gewiß, sie hatte gesagt, daß sie freiwillig eine Vertragslösung beantragen wolle, aber ich glaubte ihr nicht so recht.«

»Weshalb nicht?« hatte Felix offen gefragt.

Monroe-Alpha war errötet. »Ah, du willst mich in Verlegenheit bringen. Jedenfalls schien sie ehrlich erleichtert, als sie von Marion hörte. Sie möchte wieder tanzen.«

Felix dachte bedauernd, daß es ein Fehler war, wenn eine ehemalige Künstlerin ein Comeback versuchte. Aber als Cliff weitersprach, merkte er, daß er vorschnell geurteilt hatte. »Eigentlich war es Thorgsens Gedanke ...«

»Thorgsen? Dein Chef?«

»Ja. Er hatte ihr von den Außenstationen erzählt, besonders von Pluto, aber er erwähnte auch Mars und die anderen. Dort draußen haben die Leute kaum Unterhaltung. Sie bekommen nur alte Revuefilme von der Erde.« Hamilton wußte, was er meinte, obwohl er bis dahin noch kaum über das Problem nachgedacht hatte. Mit Ausnahme der Touristenstädte auf Luna gab es nichts, was Menschen zu den anderen Planeten hinzog – außer sie wollten Forschungsarbeit leisten. Die wenigen, die das harte Leben auf sich nahmen, führten praktisch ein Mönchsdasein. Luna war natürlich ein Sonderfall. Es befand sich in direkter Verbindung zur Erde und war einfach ein romantisches Urlaubsziel.

»Sie kam auf die Idee — vielleicht war es auch Thorgsen — eine gemischte Truppe zusammenzustellen und eine Tournee auf den Außenstationen zu veranstalten.«

»Glaubst du, daß sich das lohnt?«

»Das ist nicht unbedingt nötig. Thorgsen schlug dem Ausschuß vor, die Truppe zu unterstützen. Er begründete seinen Antrag damit, daß die menschlichen Probleme der Forscher nicht außer acht gelassen werden dürften und daß es an der Regierung läge, etwas für ihre Zerstreuung zu tun.«

Hamilton pfiff durch die Zähne. »Nicht schlecht. Damit hat er das Prinzip durchbrochen, daß die Regierung sich niemals am Unterhaltungs- oder Kunstgeschäft beteiligen dürfe.«

»Die Planer sind nicht dumm. Sie gehen mit der Zeit. Das siehst du an unserem Projekt.«

»Richtig. Um es ehrlich zu sagen, ich kam eigentlich vorbei, um mich zu erkundigen, wie weit ihr seid.« Zur Zeit dieser Unterredung faßte Hamilton gerade Fuß in dem großen Forschungsprojekt. Carruthers hatte ihm keine festen Vorschriften gemacht, sondern ihm nur geraten, sich ein paar Wochen lang mit den Problemen auseinanderzusetzen.

Das große Planetarium, das sich Thorgsen zum Ziel gesetzt hatte und bei dem nun Monroe-Alpha mitarbeitete, befand sich bereits in einem fortgeschrittenen Stadium, da es früher begonnen worden war als das Gesamtprojekt. Monroe-Alpha war reichlich spät dazu gestoßen, aber Hamilton hatte angenommen, daß der Freund bald die führende Rolle spielen würde. Monroe-Alpha verneinte das.

»Hargrave ist für diese Art von Arbeit viel besser geeignet als ich. Ich erhalte meine Befehle von ihm — ich und sechzig andere Leute.«

»Hm — und was macht Thorgsen?«

»Nun ja, in der Konstruktion selbst nützt er uns nicht viel — er ist Astrophysiker, oder genauer gesagt, Kosmometer. Aber er bleibt stets auf dem laufenden, und seine Vorschläge sind sehr wertvoll.«

»Woher kommt es, daß Hargrave über dir steht? Ich dachte, du könntest mit Zahlen jonglieren wie kein anderer?«

»Ich habe mein Spezialgebiet, und Hargrave weiß, wie er mich am besten einsetzt. Du weißt vermutlich nicht, wie vielfältig die Gebiete der Mathematik sind, Felix. Ich erinnere mich an einen Kongreß, dem ich letztes Jahr beiwohnte. Es waren mehr als tausend Mathematiker anwesend, aber ich verstand kaum ein Dutzend von ihnen.«

»Ich verstehe. Nun – hast du alles, was du dir wünschst?«

»Ja«, erwiderte Monroe-Alpha. »Außer du besitzt eine Hypersphäre, eine Hyperfläche und eine vierdimensionale Flüssigkeit, aus der sich ein gutes Schmiermittel herstellen läßt.«

»Ich nehme alles zurück. Du besitzt doch Humor.«

»Ich meine es ganz im Ernst«, erwiderte Cliff. »Wenn ich auch noch nicht weiß, ob ich damit umgehen könnte, wenn ich es fände.«

»Wozu brauchst du diese Dinge denn?«

»Ich würde gern einen vierdimensionalen Integrator errichten, der mit Hilfe einer vierdimensionalen Nockensteuerung arbeitet. Er würde unsere Arbeit sehr erleichtern. Das Schlimme an der Sache ist, daß ich das Ding in mathematischen Symbolen recht gut beschreiben kann. Es wäre in der Lage, die Berechnungen, die wir jetzt in endloser Reihenfolge durchführen, in einem einzigen Arbeitsgang zu erledigen. Ärgerlich ist es schon – die Theorie weist keinen Fehler auf, aber in der Praxis kommen wir nicht weiter.«

»So leid es mir tut«, hatte Hamilton geantwortet, »das mußt du mit Hargrave besprechen.«

Bald danach war er gegangen. Es stand fest, daß diese menschlichen Rechenautomaten nichts von ihm brauchten und daß sie genau wußten, was sie taten. Das Projekt war bedeutsam – sehr bedeutsam. Man erforschte praktisch, was das Universum gewesen war und was es werden würde. Aber es handelte sich um eine Angelegenheit, die Jahrhunderte dauern konnte. Cliff hatte ihm verraten, daß sie hofften, nach dreihundertfünfzig Jahren die ersten Berechnungen nachprüfen zu können. Mit diesen Daten war es dann vielleicht möglich, einen Computer zu bauen, der die restlichen Fragen löste.

Er gab die Angelegenheit also auf. Gewiß, er bewunderte die intellektuelle Distanziertheit dieser Männer, aber für ihn war es nichts.

Das Große Projekt schien nach der Anfangsphase in ein halbes Dutzend kleinere Forschungsarbeiten zu zerfallen, von denen ihn einige mehr interessierten als die anderen, weil sie möglicherweise noch zu seinen Lebzeiten zu Ergebnissen führen konnten. Einige waren jedoch ebenso gigantisch wie das Unterfangen des Großen Planetariums. Die Verteilung des Lebens im physikalischen Universum beispielsweise, und die Möglichkeit, daß irgendwo andere nichthumanoide Intelligenzwesen existierten. Wenn es sie gab, dann war es nach den Gesetzen der mathematischen Wahrscheinlichkeit durchaus zu erwarten, daß einige von ihnen eine höhere Kultur besaßen als die Menschen.

Man hatte betont, daß es psychologisch für die Menschen gefährlich sein könnte, mit solch überlegenen Wesen zusammenzutreffen. Man brauchte nur an den tragischen Fall der australischen Ureinwohner zu denken – sie hatten sich angesichts der englischen Kolonisten in einen Minderwertigkeitskomplex hineingesteigert, der schließlich zu ihrer Demoralisierung und Ausrottung geführt hatte.

Die Forscher fanden sich gelassen mit dieser Gefahr ab – sie konnten gar nicht anders.

Hamilton war nicht so überzeugt davon, daß es sich tatsächlich um eine Gefahr handelte. Für einige vielleicht, aber er konnte sich kaum vorstellen, daß ein Mann wie Mordan irgendwann die Moral und den Mut verlieren könnte. In jedem Fall war es ein Projekt auf lange Sicht. Erst mußten sie die Sterne erreichen, was den Entwurf und den Bau eines Raumschiffes erforderte. Das würde eine Zeitlang in Anspruch nehmen. Die großen Schiffe, die zwischen den einzelnen Planeten verkehrten, waren einfach nicht schnell genug. Man mußte einen neuen Antrieb erfinden, wenn die Reisen nicht Generationen lang dauern sollten.

Für ihn stand fest, daß man irgendwo im Universum Leben finden würde, auch wenn man Jahrtausende dazu benötigte. Schließlich war das All geräumig. Die Europäer hatten vierhundert Jahre gebraucht, bis sie sich auf den zwei Kontinenten der Neuen Welt ausgebreitet hatten – wie stand es dann erst mit der Galaxis!

Aber Leben würden sie finden. Das war nicht nur innere Überzeugung, sondern wissenschaftliche Tatsache. Arrhenius der Große hatte zu Beginn des zwanzigsten Jahrhunderts die brillante Überlegung angestellt, daß Sporen mit Leben von Planeten zu Planeten getragen werden konnten, von Stern zu Stern, angetrieben von den Lichtstrahlen. Die günstigste Größe für solche Teilchen ist identisch mit der Größe von Bazillen. Und Bazillen sind praktisch nicht umzubringen – weder durch Hitze, Kälte, Strahlung oder Zeit. Sie bleiben eingekapselt, bis sie sich in einer günstigen Umgebung befinden. Arrhenius berechnete, daß Sporen in etwa neuntausend Jahren Alpha Centauris erreichen können – für den Kosmos ein kurzer Augenblick.

Wenn Arrhenius recht hatte, dann war nicht nur die Erde, sondern das ganze Universum bevölkert. Es spielte keine Rolle, wo sich das Leben zuerst entwickelt hatte, auf der Erde oder auf benachbarten Systemen. Es hatte sich ausgebreitet, lange bevor Raumschiffe existierten. Denn Sporen, die sich in günstiger Umgebung vermehrten, würden auf jedem Planeten die Lebensform entwickeln, die für ihn am passendsten war. Protoplasma ist eiweißhaltig; jedes einfache Protoplasma kann durch Mutation und Selektion zu einer komplexen Lebensform werden.

Die Voraussagen von Arrhenius schienen sich zu bewahrheiten. Man hatte außer auf Merkur und Pluto überall Leben vorgefunden; und selbst auf Merkur gab es Anzeichen dafür, daß in der Vergangenheit primitives Leben geherrscht hatte. Außerdem schien Protoplasma überall gleich zu sein — unglaublich vielfältig, aber immer verwandt. Es enttäuschte die Forscher, daß sie im Sonnensystem bis dahin nicht auf deutlich erkennbares intelligentes Leben gestoßen waren. Man hätte sich über Nachbarn gefreut.

Aber der größte Triumph für Arrhenius war die Tatsache, daß man im Vakuum, im angeblich sterilen Raum, tatsächlich Sporen gefunden hatte!

Hamilton erwartete nicht, daß zu seinen Lebzeiten die Suche nach fremden Intelligenzwesen Erfolg haben würde, außer man kam durch Zufall auf einen Sternenantrieb und stieß dann gleich bei dem ersten oder zweiten Versuch auf andere Lebewesen. Und auch er konnte nicht mithelfen — es gelang ihm vielleicht, ein paar Tricks für die Apparaturen zu erfinden, aber das Grundproblem, die Antriebskraft, lag jenseits seiner Fähigkeiten. Nein, er mußte sich auf dem laufenden halten und überall zusehen.

Aber es gab noch ein paar andere Forschungsmöglichkeiten, die mit Menschen zu tun hatten — mit Menschen in bisher kaum studierten Aspekten. Wohin geht der Mensch nach dem Tod? Und umgekehrt, woher kommt er? Er notierte im Geiste diese letzte Frage. Bisher hatte man hauptsächlich Wert auf das Leben nach dem Tod gelegt. Was ist Telepathie, und wie wird sie wirksam? Weshalb kann ein Mensch in seinen Träumen ein zweites Leben führen? Es gab Dutzende solcher Fragen, welche die Wissenschaft bisher nicht in Angriff genommen hatte, weil sie zu schwer zu fassen waren. Sie alle hatten Beziehung zu den komplizierteren Eigenschaften der menschlichen Persönlichkeit, und jede von ihnen konnte letzten Endes zur Lösung führen — zum *Ziel*, zum *Zweck* des Menschen.

Er hatte diesen Fragen gegenüber die gleiche freie und leichte Auffassung wie der Laie, den man fragte, ob er eine Rakete steuern könne: »Ich weiß nicht, ich habe es noch nie versucht.« Nun, er würde es versuchen. Und er würde zusammen mit Carruthers dafür sorgen, daß es noch viele andere versuchten, zielstrebig, beharrlich.

Hamilton wußte nicht genau, weshalb Carruthers ihn beschäftigte, aber er hatte auch nicht die Unterredung zwischen Mordan und Carruthers mitangehört.

»Was macht mein Sorgenkind?« hatte Mordan gefragt.

»Oh, es geht ihm ganz ausgezeichnet.«

»Wozu verwenden Sie ihn?«

»Nun ...« Carruthers preßte die Lippen zusammen. »Als Philosophen, aber das weiß er nicht.«

Mordan lachte vor sich hin. »Dann sorgen Sie nur dafür, daß er es nicht erfährt. Ich glaube, er wäre gekränkt, wenn er es wüßte.«

»Keine Angst. Ganz im Ernst, er leistet mir gute Dienste. Sie wissen, wie unmöglich diese Spezialisten sind. Das gleiche gilt für die meisten von uns Synthese-Fachleuten.«

»Aber, aber. Das ist Häresie.«

»Wirklich? Nun, Felix hat einen aktiven, unvoreingenommenen Verstand. Er kann sich in alle Situationen versetzen.«

»Ich sagte Ihnen ja, daß er zu einer Sternlinie gehört.«

»Ja. Hin und wieder stoßen auch die Genetiker auf einen wertvollen Fund.«

»Ich wünsche Ihnen, daß Ihre Schlafmatratze leck wird«, erwiderte Mordan grinsend. »Wir können uns doch nicht ständig täuschen. Das Große Ei liebt uns Menschen, sonst hätte es nicht so viele geschaffen.«

»Das gleiche können die Austern behaupten – mit noch größerer Berechtigung.«

»Das ist etwas ganz anderes – *ich* liebe Austern. Haben Sie schon zu Abend gegessen?«

Felix zuckte zusammen. Das Haustelefon neben seinem Ellbogen klingelte. Er drückte auf die Empfangstaste und hörte Phyllis. »Felix, Liebling, kommst du herein? Madame Espartero möchte gehen.«

»Ich bin sofort bei dir, Liebling.«

Er kehrte mit einem unbehaglichen Gefühl in den Salon zurück. Er hatte die alte Dame völlig vergessen.

»Madame, wenn Sie gestatten . . .«

»Kommen Sie her, mein Junge«, sagte sie im Befehlston. »Ich möchte Sie einmal im Licht sehen.«

Er stand vor ihr und fühlte sich wie ein kleiner Junge, der die therapeutische Untersuchung des Entwicklungszentrums über sich ergehen lassen muß.

Ganz plötzlich nahm sie ihren Stock und erhob sich. »Sie sind schon richtig«, stellte sie fest, und es klang, als sei sie über die Erkenntnis verärgert. Dann holte sie aus ihren Kleidern eine neue Zigarre, wandte sich Phyllis zu und sagte: »Leben Sie wohl, Kind. Und vielen Dank.« Damit ging sie auf die Tür zu.

Felix mußte sich beeilen, um sie einzuholen.

Nach einiger Zeit kehrte er zu Phyllis zurück und erklärte düster: »Ein Mann, der schon richtig ist, könnte sich gekränkt fühlen.«

»Aber, Felix!«

»Ich hasse diese alten Weiber, die der Ansicht sind, daß Höflichkeit die Pflicht der Jungen und Unverschämtheit das Vorrecht des Alters sei.«

»Du täuschst dich, Felix. Sie ist wirklich lieb.«

»Dann kann sie sich gut verstellen.«

»Oh, sie meint es nicht so. Ich glaube, sie hat es immer eilig.«

»Weshalb denn?«

»In diesem Alter fühlt man sich rastlos.«

Von diesem Standpunkt hatte er die Sache noch nicht betrachtet. »Vielleicht hast du recht. Worüber habt ihr gesprochen?«

»Oh — über allerlei. Wann das Baby käme, wie wir es nennen wollten und welche Pläne wir mit ihm hätten.«

»Ich möchte wetten, daß nur sie redete.«

»Nein, in der Hauptsache habe ich geredet. Sie stellte nur hin und wieder eine Frage.«

»Weißt du, Phyllis, was mir am wenigsten in unserer Ehe gefällt?« fragte Felix nüchtern. »Daß sich Außenseiter so sehr um dich, mich und den Kleinen kümmern. Es ist, als lebten wir in einem Aquarium, wo uns jeder bestaunen kann.«

»Ich weiß, was du meinst, aber bei ihr war es ganz anders. Wir unterhielten uns von Frau zu Frau. Es machte Spaß.«

»Hrrmph!«

»Jedenfalls sprach sie kaum über Theobald. Ich erzählte ihr, daß wir nach dem Jungen eine kleine Tochter haben wollten. Das interessierte sie brennend. Sie wollte wissen, wann wir sie bekommen würden, welche Pläne wir für *sie* hätten und wie sie heißen solle. Darüber hatte ich noch gar nicht nachgedacht. Weißt du schon einen hübschen Namen, Felix?«

»Du liebe Güte — ist das nicht etwas verfrüht? Ich hoffe, du hast ihr gesagt, daß wir damit noch lange warten wollen?«

»Ja, aber das schien sie zu enttäuschen. Ich erklärte ihr, daß ich wieder ein wenig ich selbst sein möchte, wenn Theobald geboren ist. Wie findest du den Namen ›Justina‹?«

»Ganz nett«, sagte er. »Wie kommst du darauf?«

»Sie schlug ihn vor.«

»Oh, tatsächlich? Wessen Kind ist es nun eigentlich?«

14

»Nun reg dich nicht auf, Felix!«

»Verdammt, Claude, sie ist jetzt schon so lange drinnen.«

»Übertreib nicht. Außerdem dauert die Geburt des ersten Kindes immer etwas länger.«

»Claude, ihr Biologen hättet euch längst etwas Besseres einfallen lassen können! Frauen dürften bei der Geburt nicht leiden.«

»Woran denkst du speziell?«

»Was weiß ich? An Ektogenese vielleicht.«

»Das ließe sich durchführen und ist auch schon durchgeführt worden«, erwiderte Mordan mit unerschütterlicher Ruhe. »Aber es wäre ein Fehler.«

»Weshalb wohl?«

»Es schwächt den Überlebenswillen. Die Menschen wären ganz von mechanischen Apparaten abhängig. Und es könnte ein Moment kommen, in dem wir diese Apparate nicht zur Verfügung hätten. Dann wäre das Fortleben der Menschheit gefährdet. Ektogenese ist nicht neu — sie existiert seit Millionen Jahren.«

»Wie lange, hast du gesagt?«

»Millionen Jahre. Was ist Eierlegen anderes als Ektogenese? Und wir haben gesehen, daß es nicht die günstigste Fortpflanzungsmethode ist. Das Risiko für die Eier ist sehr groß. Wer weiß, ob der Riesenalk und der Dodo nicht noch existierten, wenn sie ihre Jungen selbst geboren hätten. Nein, Felix, die Methode der Säuger ist die beste.«

»Das sagst du«, erwiderte Felix düster. »Es geht auch nicht um deine Frau.«

Mordan gab darauf keine Antwort. Er fuhr fort: »Das gleiche gilt für jede Technik, die das Leben auf Kosten der Tapferkeit erleichtert. Schon mal was von Flaschenbabys gehört, Felix? Nein, wahrscheinlich nicht – es ist ein veralteter Begriff. Während des Zweiten Genetischen Krieges starben die Barbaren beinahe aus. Sie wurden nicht alle getötet, das ist klar – es gibt immer die Überlebenstypen. Aber es war eine Generation der Flaschenbabys, und es blieben nur ganz wenige am Leben. Nicht genug Flaschen und nicht genug Kuhmilch. Ihre Mütter konnten sie nicht stillen.«

Hamilton hob verärgert die Hand. Mordans Gelassenheit während der Entbindung machte ihn nervös.

»Zum Kuckuck mit dem Unsinn. Hast du noch eine Zigarette?«

»Du hältst eine in der Hand.«

»Oh? Tatsächlich!« Automatisch drückte er sie aus und holte die nächste aus der Tasche. Mordan lächelte, aber er sagte nichts.

»Wie spät ist es?«

»Zwanzig vor vier.«

»Erst? Deine Uhr muß stehen.«

»Ich glaube, du wärst weniger nervös, wenn du der Geburt beiwohnen würdest.«

»Phyllis läßt mich nicht. Du kennst sie ja, Claude – eisenharter Kopf.« Er lächelte, aber seine Augen blieben ernst.

»Ihr seid beide sehr dynamisch.«

»Oh, wir kommen gut miteinander aus. Sie läßt mir meinen Willen, und später erst merke ich, daß ich genau das getan habe, was sie wollte.«

Mordan lächelte nicht. Auch er wurde allmählich unruhig. Weshalb die Verzögerung? Er sagte sich vor, daß sein Interesse völlig unpersönlich und wissenschaftlich war. Aber das stimmte nicht.

Die Tür ging auf, und eine Krankenschwester kam zu ihnen. »Sie können jetzt zu Ihrer Frau«, sagte sie mit berufsmäßiger Freundlichkeit.

Mordan war näher an der Tür und wollte den Operationssaal sofort betreten. Aber Hamilton packte ihn an der Schulter. »He! Wer ist der Vater?« Er schob sich nach vorn. »Du wartest, bis du an der Reihe bist.«

Sie wirkte ein wenig blaß. »Hallo, Felix.«

»Hallo, Phil.« Er beugte sich über sie. »Alles in Ordnung?«

»Natürlich, das kannst du dir doch denken.« Sie sah ihn an. »Und du brauchst gar nicht so eitel zu grinsen. Schließlich hast du die Vaterschaft nicht erfunden.«

»Fehlt dir wirklich nichts?«

»Nein. Aber ich muß schrecklich aussehen.«

»Du bist schön wie immer.«

Jemand sagte neben ihm: »Dein Sohn interessiert dich wohl gar nicht?«

»Wie? O doch.« Er drehte sich um und betrachtete den Kleinen. Die Schwester wollte ihm das Bündel in die Arme drücken, aber er traf keine Anstalten, es ihr abzunehmen. Die Zahl der Arme und Beine schien zu stimmen — aber die krebsrote Farbe? Komisch. Nun, vielleicht war es normal.

»Gefällt er dir nicht?« fragte Phyllis mißtrauisch.

»Aber selbstverständlich. Ein schönes Kind. Er hat Ähnlichkeit mit dir.«

»Babys haben mit niemandem Ähnlichkeit«, erklärte Phyllis. »Sie sehen einfach wie Babys aus.«

»Sie schwitzen ja, Mister Hamilton«, meinte die Schwester. »Fühlen Sie sich nicht wohl?« Sie legte das Baby zur Seite, nahm etwas Zellstoff und tupfte Felix die Stirn ab. »Immer mit der Ruhe. Ich bin jetzt schon siebzig Jahre im Dienst, habe aber noch nie einen Vater zu beklagen gehabt.«

Hamilton wollte ihr sagen, daß der Gag schon zu Beginn ihrer Dienstzeit alt gewesen war, aber er beherrschte sich. Er fühlte sich ein wenig gehemmt. »Ich nehme das Kind jetzt eine Weile mit«, fuhr die Schwester fort. »Bleiben Sie nicht zu lange.«

Mordan entschuldigte sich gutgelaunt und ging.

»Felix«, meinte sie nachdenklich, »mir ist etwas eingefallen.«

»Ja?«

»Wir müssen umziehen.«

»Weshalb? Ich dachte, unsere Wohnung gefiele dir.«

»Das tut sie auch. Aber wir brauchen ein Häuschen auf dem Land.«

Er wurde aufmerksam. »Liebling, du weißt, daß ich nicht für das Landleben tauge.«

»Du mußt ja nicht mit hinausziehen. Aber Theobald und ich gehen. Ich möchte, daß er sich richtig schmutzig machen kann, daß er einen Hund bekommt und so fort.«

»Aber weshalb so drastisch? Alle Entwicklungszentren halten sich an das Gebot von frischer Luft, Sonne und Natur.«

»Ich möchte nicht, daß er ständig in einem Entwicklungszentrum ist. Die Anstalten sind nötig, aber sie können keinesfalls das Familienleben ersetzen.«

Der Kleine war durchaus kein Wunderkind. Er krabbelte, als er das Krabbelalter erreicht hatte, versuchte sich aufzurichten, verbrannte sich ein paarmal die Finger und wählte die sonderbarsten Gegenstände zum Verschlucken aus.

Mordan schien zufrieden, Phyllis ebenfalls. Felix kannte sich mit Kindern nicht aus und hatte deshalb keine eigene Meinung.

Mit neun Monaten versuchte Theobald die ersten Worte, doch danach schwieg er über eine längere Periode hinweg. Mit vierzehn Monaten begann er zu sprechen, kurze Sätze mit eigenwilliger Konstruktion, aber immerhin Sätze. Die Konversationsthemen beziehungsweise Feststellungen waren hochgradig egozentrisch. Auch völlig normal – kein Mensch erwartet von einem Kleinkind, daß es Traktate über die Nächstenliebe anfertigte.

Eines Tages deutete Hamilton mit dem Daumen zu Theobald hinüber und sah Mordan skeptisch an. Der Junge saß nackt im Gras und bemühte sich, einem widerstrebenden jungen Hund die Ohren auszureißen. »Das ist also dein Superkind«, sagte er.

»Hm, ja.«

»Wann wird er seine ersten Wunder liefern?«

»Er wird überhaupt keine Wunder liefern. Er ist in keiner Hinsicht herausragend; aber er hat auf allen Gebieten das Beste mitbekommen, das wir ihm geben konnten. Er ist normal – im schönsten Sinn des Wortes.«

»Hm. Ich bin jedenfalls froh, daß ihm keine Tentakel aus den Ohren oder Hörner auf der Stirn wachsen. Komm her, mein Junge.«

Theobald ignorierte ihn. Er konnte taub sein, wenn er wollte. Besonders schlecht reagierte er auf das Wort »Nein«. Hamilton stand auf, ging zu ihm und hob ihn hoch. Er hatte eigentlich nichts Besonderes im Sinn; er wollte den Kleinen nur eine Weile für sich besitzen. Einen Augenblick sträubte sich Theobald dagegen, von seinem Hund getrennt zu werden, doch dann gab er nach. Er vertrug sehr viel Liebe – wenn ihm danach zumute war. Wenn er allerdings andere Dinge im Kopf hatte, war er steif wie ein Holzklotz.

Er konnte sogar beißen. Er und sein Vater hatten eine lehrreiche halbe Stunde miteinander verbracht, als er fünfzehn Monate alt war. Phyllis mischte sich nicht ein. Seit dieser Zeit biß Theobald nicht mehr, aber Felix besaß für immer eine kleine gezackte Narbe am linken Daumen.

Hamilton liebte das Kind abgöttisch, wenn er es auch nicht zeigte. Es schmerzte ihn, daß der Kleine anscheinend wenig von ihm wissen wollte und sich viel lieber von Onkel Claude verwöhnen ließ.

Auf Mordans Rat hin beschloß Phyllis, Theobald erst mit den üblichen zweieinhalb Jahren das Lesen beizubringen, obwohl Tests ergeben hatten, daß er den Gedanken abstrahierter Symbole schon früher begriff. Sie benutzte die übliche Methode,

Gruppensymbole zu zeigen und dann die Unterschiede zu betonen. Theobald nahm die Sache ziemlich gelangweilt auf und schien während der ersten drei Wochen keinen Fortschritt zu machen. Dann erkannte er plötzlich, daß die Angelegenheit doch Spaß machen könnte, denn er las seinen Namen auf einer Liste, die Felix mitgebracht hatte. Kurz danach übernahm er die Initiative in seiner Ausbildung und lernte mit der ganzen Konzentration, zu der er fähig war.

Neun Wochen nach Beginn des Unterrichts konnte er lesen; weitere Belehrungen hätten ihn höchstens verwirrt. Phyllis überließ ihn sich selbst und sorgte nur dafür, daß gedruckte Dinge, die nicht für ihn bestimmt waren, aufgeräumt wurden. Er las alles, was ihm in die Finger kam. Phyllis mußte ihn manchmal unter Aufbietung aller pädagogischen Künste zum Essen oder Turnen locken.

Felix war beunruhigt über die Lesebesessenheit seines Sohnes. Phyllis beschwichtigte ihn. »Das gibt sich von selbst. Wir haben plötzlich sein Bewußtseinsfeld erweitert; er muß es eine Zeitlang erforschen.«

»Bei mir war es nicht so. Ich lese heute noch gern, ganz besonders, wenn ich dringende Arbeiten zu erledigen habe.«

Der Junge las holprig und laut und mußte oft um Hilfe bitten, wenn ihm die Symbole neu waren oder aus dem Text nicht klar genug hervorgingen. In einem Privathaushalt hatte man nicht die gleichen Möglichkeiten wie in einem Entwicklungszentrum, wo Anfänger niemals auf Worte stießen, die ihnen nicht erklärt worden waren.

Aber Theobald gewann ein breiteres Wissen als die Kinder in den Entwicklungszentren, und sie hätten eine Bibliothek von der Größe eines Museums gebraucht, wenn sie Symbole für alle Begriffe, die er wissen wollte, angelegt hätten. Phyllis mußte ihre ganze Erziehungskunst anwenden, aber sie hielt sich eisern an das Prinzip der semantischen Pädagogik: Niemals ein Symbol mit Hilfe bereits bekannter Symbole definieren, wenn es andere Bezugspunkte gibt.

Das eidetische Gedächtnis wurde zum erstenmal beim Lesen offenbar. Er las rasch, wenn auch schlecht, und merkte sich alles. Die Angewohnheit anderer Kinder, geliebte Bücher immer wieder zu lesen, besaß er nicht. Wenn ein Band abgespult war, wollte er das nächste.

»Was heißt ›vernarrt‹, Mama?« fragte er.

»Hmm«, erwiderte sie vorsichtig, »wo hast du denn das Wort gefunden?«

»›Es ist nicht so, daß ich einfach vernarrt in dich bin, wie dieser Esel von Mordan zu glauben scheint ...‹ Das verstehe ich auch nicht, Mama. Ist Onkel Claude ein Esel? Er sieht gar nicht wie ein Esel aus.«

»Was hat das Kind da nur wieder gelesen?« fragte Felix. Mordan sagte nichts, aber er sah mit hochgezogenen Brauen zu Hamilton hinüber.

»Ich glaube, ich weiß es«, flüsterte Phyllis Felix zu. Dann wandte sie sich wieder dem Jungen zu. »Wo hast du das gefunden? Sag es Phyllis.«

Keine Antwort.

»War es im Schreibtisch von Phyllis?« Sie wußte, daß es dort gewesen war. Sie hatte ein Bündel von Schriften aufgehoben, die aus ihrer frühen Bekanntschaft mit Hamilton stammten. Damals hatten sie ihre Differenzen oft brieflich ausgetragen. Hin und wieder las sie die Zeilen noch. »Sag es Phyllis.«

»Ja.«

»Du weißt, daß du nicht an meinen Schreibtisch darfst.«

»Du hast mich nicht gesehen«, stellte er triumphierend fest.

»Das stimmt.« Sie überlegte rasch. Sie wollte ihn dazu ermutigen, die Wahrheit zu sagen, aber gleichzeitig seinen Ungehorsam zügeln. Gewiß, Ungehorsam war manchmal eher eine Tugend als ein Laster, aber – nun gut! Sie mußte die Sache verschieben.

»Das Kind scheint überhaupt keinen Sinn für Moral zu besitzen«, sagte Felix leise.

»Und du?« fragte sie leise. Sie wandte sich wieder Theobald zu.

»Es stand noch viel mehr drin, Mama. Willst du es hören?«

»Nein, nicht jetzt. Ich muß dir zuerst deine beiden Fragen beantworten.«

»Aber Phyllis!« unterbrach Felix.

»Wollen wir in den Garten gehen und eine Zigarette rauchen?« fragte Mordan. »Phyllis ist für die nächste Viertelstunde sicher beschäftigt.«

Das stimmte. Das Wort »vernarrt« war schon an sich eine Hürde, aber wie sollte man einem Kind von dreieinhalb Jahren die allegorische Benutzung von Symbolen klarmachen? Es gelang ihr auch nicht vollständig; in der Folgezeit benutzte Theobald »Onkel Claude« und »Esel« als gleichberechtigte Begriffe.

Das eidetische Gedächtnis ist rezessiv. Sowohl Phyllis wie auch Felix besaßen die Gen-Gruppe von einem ihrer Vorfahren; Theobald erbte sie von beiden Eltern. Daher wurde die Fähigkeit in ihm voll wirksam. »Rezessiv« und »dominant« sind aber relative Begriffe. Sie heben einander nicht auf wie Plus- und Minuszeichen einer Gleichung. Phyllis und Felix hatten jeder ein ungewöhnlich gutes Gedächtnis. Theobalds Gedächtnis war nahezu perfekt.

Rezessive Eigenschaften sind im allgemeinen unerwünscht. Der Grund ist einfach – dominante Züge werden schon durch die natürliche Auswahl an den Tag gebracht und verstärkt. Die natürliche Auswahl – das Aussterben der Schwachen – geht Tag für Tag weiter, unerbittlich und automatisch. Sie ist ebenso unermüdlich und unentrinnbar wie die Entropie. Eine wirklich ungünstige Dominante wird im Laufe der Generationen von selbst ausgerottet. Die schlimmsten Dominanten erscheinen nur als Mutationen und gehen dann unter, da sie entweder ihre Träger töten oder eine Fortpflanzung verhindern. Aber hin und wieder erhält in einer Generation ein Kind die rezessive Eigenschaft von beiden Eltern – und schon sind die unerwünschten Züge wieder da, so stark wie eh und je. Aus diesem Grund fiel es den Genetikern anfangs so schwer, beispielsweise Bluterkrankheit und Taubstummheit auszurotten; es war unmöglich, bis die fraglichen Gene durch schwierige, indirekte Methoden aufgezeichnet wurden. Erst dann ließ sich feststellen, ob ein Erwachsener, der äußerlich völlig gesund war, die Gene dieser Erbkrankheit besaß oder nicht.

Felix wollte von Mordan wissen, weshalb das eidetische Gedächtnis rezessiv war, obwohl die rezessiven Eigenschaften einen so schlechten Ruf genossen.

»Darauf gibt es zwei Antworten«, erwiderte Mordan. »Erstens sind sich Spezialisten in manchen Fällen immer noch nicht im klaren darüber, weshalb manche Eigenschaften rezessiv und andere dominant sind. Zweitens – weshalb findest du das eidetische Gedächtnis wünschenswert?«

»Aber – du liebe Güte! *Du* hast es doch für Baldy ausgesucht.«

»Ja, gewiß – für Theobald haben wir es getan. ›Wünschenswert‹ ist ein relativer Begriff. Wünschenswert für wen? Das vollkommene Gedächtnis ist nur dann ein Vorteil, wenn das Gehirn damit fertig wird. Ansonsten entwickelt es sich als Fluch. Man kannte solche Fälle in der Vergangenheit manchmal – arme, einfache Seelen, die durch den Wust ihrer Erfahrungen nicht hindurchfanden. Sie kannten jeden Baum, sahen aber den Wald nicht. Zudem ist das Vergessen heilsam und schmerzlindernd. Die meisten Menschen haben es nicht nötig, sich an viele Dinge zu erinnern, und sie tun es auch nicht. Bei Theobald ist das etwas anderes.«

Die Unterredung hatte in Mordans Büro stattgefunden. Nun nahm er von seinem Schreibtisch einen Akt, in dem säuberlich Lochkarten mit unendlich vielen Fakten angeordnet waren. »Siehst du das? Ich habe mir die Sachen noch nicht zu Gemüte geführt – es sind Daten, die mir meine Techniker zusammenstellten. Die Anordnung ist ebenso wichtig wie der Inhalt – vielleicht noch wichtiger.« Er nahm den Akt und warf die Lochkarten auf den Boden. »Die Daten sind immer noch vorhanden. Aber welchen Nutzen haben sie jetzt?« Er drückte auf eine Taste, und sein neuer Aktensekretär trat ein. »Albert, könnten Sie die Karten noch einmal durch die Sortiermaschine laufen lassen? Ich habe sie leider miteinander vermischt.«

Albert sah ihn überrascht an, aber er sagte: »Gern, Chef«, und nahm die Karten mit.

»Theobald besitzt, grob gesprochen, den Verstand, alle Daten richtig einzuordnen und hervorzuholen, wenn er sie braucht. Er wird in der Lage sein, die Verbindungen zu erkennen und Wichtiges aus der Masse der Einzelheiten hervorzuheben. Bei ihm ist das eidetische Gedächtnis wünschenswert.«

Zweifellos — aber manchmal hatte Hamilton seine liebe Not mit Theobald. Je älter das Kind wurde, desto häufiger korrigierte es Erwachsene, wenn sie sich irrten. Er prägte sich Kleinigkeiten haarscharf ein. »Nein, Mutter, das war nicht letzten Mittwoch, sondern letzten Donnerstag. Ich erinnere mich noch daran, weil Papa mich mit zum Stausee nahm. Dort sahen wir eine schöne Dame mit einem grünen engen Strumpfkostüm, und Papa lachte sie an. Da blieb sie stehen und fragte mich, wie ich heiße. Ich sagte ihr, daß ich Theobald sei und daß Papa Felix genannt würde und daß ich vier Jahre und einen Monat alt sei. Da lachte Papa wieder und sagte . . .«

»Jetzt reicht es aber«, unterbrach ihn Felix. »Du hast uns überzeugt. Aber es ist nicht nötig, daß du andere Leute wegen solcher Kleinigkeiten korrigierst.«

»Aber wenn sie sich täuschen, muß ich es ihnen doch sagen.«

Felix schwieg, aber er überlegte, daß Theobald später einmal ein guter Schütze werden mußte, wenn er so oft ins Fettnäpfchen trat.

So sehr Felix sich anfangs gegen das Landleben gesträubt hatte — nun wollte er es nicht mehr missen. Wenn es nicht ständig neue Arbeit beim Forschungsprojekt gegeben hätte, wäre er wohl zum Freizeitgärtner geworden. Er fand es wohltuend und befriedigend, unter den eigenen Händen die Pflanzen gedeihen zu sehen.

Er hätte den ganzen Tag im Garten verbracht, wenn Phyllis es erlaubt hätte. Aber ihre freien Tage waren seltener als die seinen, da sie eine Schicht im nächsten Entwicklungszentrum arbeitete. Sie fand, daß Theobald alt genug war, um nicht ständig bemuttert zu werden. Und so unternahmen sie an Phyllis' freien Tagen meist einen kleinen Ausflug mit anschließendem Picknick.

Sie mußten wegen des Forschungsprojektes in der Nähe der Hauptstadt leben, aber der Pazifik war nur knappe fünfhundert Kilometer entfernt. So konnten sie hinfliegen, ein wenig schwimmen und in der Sonne liegen und dann nach dem Abendessen wieder heimkehren.

Felix war gespannt auf die Reaktion von Theobald, als er das Meer zum erstenmal zu Gesicht bekam. »Nun, mein Junge, was hältst du davon?«

Theobald betrachtete stirnrunzelnd die Wellen. »Geht schon«, meinte er zögernd.

»Was gefällt dir nicht?«

»Das Wasser sieht so gelb aus. Und die Sonne müßte da *drüben* sein, nicht hier. Wo sind außerdem die großen Bäume?«

»Was für große Bäume?«

»Die hohen, schlanken mit den Büscheln am oberen Ende.«

»Hmm – und wie war das mit dem Wasser?«

»Es ist nicht *blau.*«

Hamilton ging zu Phyllis, die im Sand lag. »Weißt du, wo Baldy Bilder von Königspalmen gesehen hat?« fragte er langsam. »An einer tropischen Küste?«

»Keine Ahnung. Weshalb fragst du?«

»Überlege. Hast du ihm so ein Bild gezeigt, um ihm etwas zu erklären?«

»Nein, das weiß ich ganz bestimmt.«

»Du weißt, was er gelesen hat – sind darin auch keine Strandbilder enthalten?«

Sie überlegte lange. »Nein, daran müßte ich mich erinnern. Ich hätte ihm nie so ein Bild in die Hand gegeben, ohne es genau zu erklären.«

Der Vorfall spielte sich ab, noch bevor Theobald in das erste Entwicklungszentrum kam. Natürlich war es möglich, daß er das Bild flüchtig in den Nachrichten gesehen hatte, aber allein konnte er das Fernsehgerät nicht einschalten, und die beiden Erwachsenen erinnerten sich nicht an eine Szene dieser Art. Es war äußerst merkwürdig.

»Was wolltest du sagen, Liebling?«

Hamilton zuckte ein wenig zusammen. »Nichts. Gar nichts.«

»Was ›gar nichts‹?«

Er schüttelte den Kopf. »Zu unwahrscheinlich. Meine Gedanken waren abgeschweift.«

Er ging wieder zu dem Jungen und versuchte ihn auszuhorchen. Aber Theobald redete nicht. Er hörte nicht einmal zu.

Bei einer ähnlichen Gelegenheit, aber sehr viel später, hatten sie wieder ein beunruhigendes Erlebnis mit dem Jungen. Diesmal kamen sie allerdings etwas weiter. Felix und Theobald hatten in der Brandung gespielt, bis sie müde waren. Sie legten sich in den Sand und ließen sich von der Sonne trocknen. Nach einiger Zeit begann das Salz auf ihrer Haut zu jucken.

Felix kratzte Theobald zwischen den Schulterblättern – dieser schrecklichen Stelle, die man nie selbst erreichte – und überlegte, mit welchem katzenhaften Vergnügen sich der Junge diese kleine Erleichterung gefallen ließ. Im Augenblick machte es ihm Spaß, sich verhätscheln zu lassen; ein paar Minuten später war er vielleicht schon wieder kühl und hochmütig wie eine Perserkatze. Oder er kuschelte sich in den Sand.

Danach legte sich Felix auf den Bauch, Theobald setzte sich rittlings auf seinen Rücken und kratzte ihn ebenfalls. Felix hatte ein wohliges Gefühl, bis ihm etwas Sonderbares und beinahe Unerklärliches auffiel.

Wenn ein menschlicher Affe den anderen kratzt, dann erwischt er fast nie genau die Stelle, die juckt. Trotz der sorgfältigsten Anweisungen wird er ein Stück zu tief oder zu hoch beginnen. Und meist verrenkt sich letzten Endes der Gepeinigte halb die Armkugel, um selbst den Fleck zu erreichen, der ihn juckt.

Felix gab Theobald keinerlei Anweisungen. Im Gegenteil, er war fast eingeschlafen, bis er die aufregende Entdeckung machte. Theobald kratzte genau da, wo es ihm angenehm war.

Sobald es irgendwo zu jucken begann, kneteten ihn die kleinen Finger seines Sohnes.

Er mußte das mit Phyllis besprechen. Also stand er auf und erklärte ihr, was geschehen war. Den Jungen schickte er inzwischen zum Strand. »Aber geh nur bis zu den Knöcheln ins Wasser!«

»Du mußt es versuchen«, sagte er zu Phyllis, nachdem er ihr die Sache geschildert hatte. »Er kann es wirklich.«

»So leid es mir tut – ich bin immer noch frisch und sauber und frei von vulgären Nöten.«

»Phyllis . . .«

»Ja, Felix?«

»Was muß ein Mensch sein, um genau zu erkennen, wo er dem anderen helfen kann?«

»Ein Engel.«

»Nein, ganz im Ernst.«

»Sag du es mir.«

»Du weißt es ebensogut wie ich. Der Kleine ist Telepath.«

15

Hamilton Felix nahm seinen Sohn am nächsten Tag mit in die Stadt. Es gab Männer beim Forschungsprojekt, die mehr von diesen Dingen verstanden als er oder Phyllis. Er wollte, daß sie den Jungen untersuchten. Felix wies Theobald in seinem Büro einen Platz an und gab ihm ein Lesegerät. Das fesselte den Jungen ebenso sicher wie eine Kette. Dann rief er Jacobstein Ray an. Jacobstein war der Chef eines Teams, das sich mit Telepathie und verwandten Erscheinungen beschäftigte.

Er erklärte Jake, daß er das Büro im Moment nicht verlassen könne und ihn deshalb bitte, zu ihm zu kommen. Jake versprach es und klopfte tatsächlich ein paar Minuten später an der Tür. Die beiden Männer betraten das benachbarte Zimmer, damit das Kind sie nicht hören konnte. Felix erzählte, was am Strand geschehen war, und bat Jake, sich um die Sache zu kümmern.

Jake zeigte sich sehr interessiert. »Aber erwarten Sie nicht zuviel«, warnte er. »Wir erkennen immer wieder bei Kindern Spuren von Telepathie, aber sie hatten nie eine Kontrolle darüber. Sie konnten nicht erklären, was vorging, und nach einiger Zeit verschwand die Fähigkeit meist auch wieder. Die Telepathie schrumpft in sich zusammen wie der Thymus, je älter die Kinder werden.«

Hamilton sah ihn aufmerksam an. »Thymus? Könnte ein Zusammenhang bestehen?«

»Kaum.«

»Alles, was mit Telepathie zusammenhängt, scheint zweifelhaft zu sein. Könnte man nicht ein Team auf das Problem ansetzen? Ein guter Biostatiker und einer Ihrer Leute?«

»Gern, wenn Sie es wünschen.«

»Ja. Ich werde die Unterlagen an Ihr Büro schicken. Wahrscheinlich handelt es sich um eine Sackgasse, aber man kann nie wissen.«

Sagen wir es gleich – es *war* eine Sackgasse. Nichts kam dabei heraus, außer ein paar Daten, die den Massen negativer Informationen zugeordnet wurden.

Felix und Jake gingen zurück in das Zimmer, in dem Theobald las. Sie setzten sich, und Felix stellte dem Jungen Jake in aller Form vor. Dann sagte er vorsichtig:

»Paß auf, Freund. Papa möchte, daß du Jake begleitest und ihm etwa eine Stunde lang hilfst. Kannst du das?«

»Weshalb?«

Das war eine schwierige Frage. Man hatte die Erfahrung gemacht, daß es bei Kindern und Jugendlichen besser war, wenn sie den Zweck der Versuche nicht kannten. »Jake möchte herausfinden, wie dein Verstand arbeitet. Er wird mit dir darüber sprechen. Nun – wirst du ihm helfen?«

Theobald dachte darüber nach.

»Du tust Papa einen Gefallen damit.« Phyllis hätte ihn warnen können. Theobald hatte längst die Stufe erreicht, wo es ihm Spaß machte, von anderen gebettelt zu werden.

»Tust *du* mir dann auch einen Gefallen?«

»Was willst du denn?«

»Ein Hasenmännchen mit ganz langen Ohren.« Der Junge zog mit Hilfe der Erwachsenen seit einiger Zeit Kaninchen; aber wenn man seinen Plänen nachgegeben hätte, so wäre nach kurzer Zeit das ganze Haus von fetten, pelzigen Nagetieren besetzt gewesen. Dennoch – Hamilton war erleichtert, daß es sich um keinen größeren Wunsch handelte.

»Natürlich, Junge. Den hättest du ohnehin haben können.«

Theobald antwortete nicht, sondern stand auf, ein Zeichen seiner Bereitschaft.

Nachdem sie fort waren, überlegte Hamilton noch einen Augenblick. Das mit dem Hasen ging noch an; er hatte schon Angst gehabt, der Kleine würde ein Rehkitz verlangen. Aber allmählich mußte er etwas unternehmen, sonst konnte er den Garten abschreiben.

Theobald arbeitete mit voller Unterstützung seiner Kaninchen ein interessantes, wenn auch fehlerhaftes neo-Mendelsches Gesetz aus. Warum, so wollte er wissen, bekamen weiße Häschen manchmal braune Häschen? Felix deutete an, daß ein brauner Rammler daran nicht unschuldig war, blieb aber bald im Sumpf stecken und überließ die Angelegenheit Mordan, auch wenn er dabei an Prestige verlor.

Der Junge hatte eine Spezialmathematik entwickelt, um seine Hasenzucht einigermaßen in den Griff zu bekommen. Er ging dabei von dem Axiom aus, daß Eins plus Eins mindestens Fünf ergab. Hamilton hatte es entdeckt, als er im »Hasen-Notizbuch« unbekannte Symbole sah. Theobald erklärte sie ihm gelangweilt.

Hamilton zeigte Monroe-Alpha das Notizbuch, als dieser wieder einmal mit Marion zu Besuch kam. Er hatte die Angelegenheit als Scherz betrachtet, aber Claude nahm sie wieder einmal todernst. »Wird es nicht allmählich Zeit, daß du ihm höhere Mathematik beibringst?«

»Ich weiß nicht recht. Er ist noch ein wenig jung dazu — bis jetzt hat er die Grundbegriffe kaum verdaut.« Man hatte Theobald über die allgemeine Geometrie, die Analyse und die Integralrechnung in die Symbolik der Mathematik eingeführt. Selbstverständlich hatte man ihm die schwierigen praktischen Beispiele und Berechnungen erspart — er war ja noch ein halbes Baby.

»Ich finde nicht, daß er zu jung ist. In seinem Alter entwickelte ich bereits ein neues System für Positions-Schreibweisen. Er könnte es schaffen, wenn du nicht von ihm verlangst, daß er Tabellen auswendig lernt.« Monroe-Alpha wußte nicht, daß das Kind ein eidetisches Gedächtnis besaß, und Hamilton ging über die Sache hinweg. Er hatte nicht die Absicht, Monroe-Alpha etwas von Theobalds genetischem Hintergrund zu erzählen. Er fand, daß es gegen den guten Geschmack verstieß. Das Privatleben des Jungen sollte unangetastet bleiben. Er und Phyllis wußten Bescheid, die Genetiker kannten sich aus, und die Planer mußten es ebenfalls erfahren, weil es sich um eine Sternlinie handelte. Selbst das bedauerte er, denn es führte zu Dingen wie dem Besuch der alten Carvala.

Theobald würde erst als Erwachsener erfahren, wie es mit seinen Genen aussah. Wenn er kein Interesse für diese Dinge zeigte, konnte es sogar sehr lange dauern.

Es war besser so. Die Charaktereigenschaften eines Menschen besaßen Bedeutung für die Rasse, und man konnte ihnen nicht ausweichen. Aber wenn man zuviel darüber nachdachte, erstickten sie einen.

Nein, es hatte wirklich keinen Sinn, zuviel von diesen Dingen zu sprechen. Er selbst hatte zu häufig davon gesprochen, und das tat ihm jetzt noch leid. Erst vor kurzem hatte er Mordan seinen Standpunkt hinsichtlich weiterer Kinder dargelegt – nach der Geburt des Mädchens natürlich. Phyllis wollte mehr als zwei Kinder, und Mordan unterstützte sie darin. »Vier oder noch besser sechs Kinder wären das beste für euch. Für diese Zahl könnten wir eine genaue Auswahl treffen.«

Hamilton explodierte beinahe. »Es fällt dir offensichtlich nicht schwer, für andere Leute Pläne zu schmieden. Du selbst leistest aber herzlich wenig auf diesem Gebiet. Soviel ich weiß, kommst du selbst sehr nahe an eine Sternlinie heran. Nun?«

Mordan hatte den Angriff gelassen aufgenommen. »Ich bin durchaus bereit. Mein Plasma liegt in den Kühlfächern und kann jederzeit verwendet werden. Meine Tabelle ist bekannt.«

»Dennoch bleibt die Tatsache bestehen, daß du dich persönlich kaum um Kinder bemüht hast.«

»Nein. Nein, das stimmt. Martha und ich haben so viele Kinder in unserem Distrikt und so viele zukünftige Kinder, daß wir kaum Zeit besitzen, uns auf ein einziges zu konzentrieren.«

Mit einem Mal ging Hamilton ein Licht auf. »Hör mal – *bist du etwa mit Martha verheiratet?«*

»Ja. Seit dreiundzwanzig Jahren.«

»Aber dann – weshalb ...«

»Wir können nicht«, sagte Mordan ein wenig tonlos. »Sie ist eine Mutation – steril.«

Hamilton war bis an die Haarwurzeln errötet, daß er den Freund zu einem solchen Geständnis gezwungen hatte. Aber er hatte nichts von dieser Beziehung geahnt; Martha nannte Claude immer nur »Boß« oder »Chef«; sie tauschten niemals Zärtlichkeiten aus. Dennoch, es erklärte sehr viel: die enge Zusammenarbeit, die Tatsache, daß Mordan auf das Gebiet der Genetik übergewechselt war, obwohl er eine steile Karriere in der Verwaltung hinter sich hatte; sein starkes, väterliches Interesse an seinen Schützlingen.

Er erkannte mit einem leichten Schock, daß Claude und Martha fast so etwas wie Eltern für Theobald waren – zumindest Pflegeeltern oder Pateneltern. Vermittler-Eltern, das war vielleicht der richtige Ausdruck. Sie waren Vermittler-Eltern für Hunderttausende von Kindern.

Aber er mußte sich wieder auf die Arbeit konzentrieren. Heute hatte er nicht viel Zeit, denn er mußte wegen Theobald früher heimgehen. Er wandte sich seinem Schreibtisch zu. Ein Zettel fiel ihm auf – eine Notiz, die er selbst geschrieben hatte. Er mußte sich gleich darum kümmern. Am besten sprach er mit Carruthers. Er nahm den Telefonhörer in die Hand.

»Chef?«

»Ja, Felix.«

»Ich unterhielt mich vor kurzem mit Doktor Thorgsen, und da

kam mir ein Gedanke. Ich weiß nicht, ob sich etwas daraus machen läßt.«

»Fang an.«

Auf Pluto draußen ist es sehr kalt. Die Temperatur steigt selten über achtzehn Grad absolut, nicht einmal auf der sonnenzugewandten Seite. Viele Geräte der Observatorien werden dieser strengen Kälte ausgesetzt. Maschinen, die auf Terra arbeiten, versagen auf Pluto und umgekehrt. Die physikalischen Gesetze scheinen unveränderlich zu sein, aber die Materialeigenschaften verändern sich bei veränderter Temperatur. Man denke nur an Eis und Wasser.

Schmieröl ist bei solchen Temperaturen ein trockenes Pulver. Stahl ist nicht mehr Stahl. Die Wissenschaftler und Forscher hatten ganz neue Techniken entwickeln müssen, bis es ihnen gelang, Pluto zu erobern.

Ähnliches gilt für elektrische Anlagen. Elektrische Geräte hängen unter anderem von den Widerstandseigenschaften der Leitmetalle ab; extreme Kälte verringert den elektrischen Widerstand von Metallen ungeheuer. Bei dreizehn Grad absolut wird Blei zu einem superleitfähigen Material, das überhaupt keinen Widerstand besitzt. Ein elektrischer Strom, der durch dieses Blei geschickt wird, läuft ewig weiter, ohne sich abzuschwächen.

Es gibt noch eine Menge solcher Eigenheiten. Hamilton verlor sich nicht in Details – er wußte, daß ein Synthese-Fachmann wie sein Chef genug Daten über solche Dinge besaß. Sein Hauptanliegen war folgendes: Pluto stellte ein natürliches Labor für Tieftemperatur-Versuche dar. Die Ergebnisse konnte man für die Observatorien und andere Dinge verwerten.

Eine der klassischen Schwierigkeiten in der Naturwissenschaft ist folgende: die Forscher wissen meist ganz genau, was sie messen wollen, besitzen aber noch nicht die nötigen Instrumente. Die Genetik befand sich praktisch mehr als ein Jahrhundert lang auf einem Stillstand, bis durch die Ultramikroskopie die Gene sichtbar gemacht werden konnten. Dabei spielten vor allem die besonderen Eigenschaften von Supraleitern eine Rolle. Man stattete die Instrumente mit stark abgekühlten Metallen aus, so daß die elektrische Leitfähigkeit wuchs und man Dinge sichtbar machen konnte, die bis dahin nur in der Theorie bekannt waren.

Thorgsen und seine Kollegen besaßen so feine und empfindliche Bolometer, daß frühere Messungen daneben wie über den Daumen gepeilt wirkten. Thorgsen behauptete, er könne die Wärme einer geröteten Wange auf zehn Parsek messen. In der Pluto-Kolonie gab es sogar einen elektromagnetischen Strahlungs-Empfänger, der es ihnen eines Tages ermöglichen würde, Botschaften von Terra zu empfangen. Auch die Telepathie mußte irgendwie meßbar sein, wenn sie eine physikalische Größe darstellte. Selbstverständlich brauchte man dazu ein Meßgerät von unendlicher Schärfe. Pluto war der einzige Planet, auf dem es sich vielleicht entwickeln ließ.

Es gab sogar einige Hoffnung; zwei Wissenschaftler hatten ein Instrument fertiggestellt, das zu ihrer Zufriedenheit funktionierte – bis sie es ihren Kollegen vorführen wollten. Offenbar wurde es durch die Körperströme von Menschen gestört.

Von *lebenden* Menschen. Äquivalente Massen von Bluttemperatur und ähnlichen Strahlungsoberflächen hatten überhaupt keinen Einfluß. Aber sobald Menschen in der Nähe waren, wurde es widerspenstig. Man nannte das Gerät »Lebensdetektor«; der Direktor der Kolonie erkannte die Möglichkeiten, die es enthielt, und regte eine gründliche Forschung an.

Hamiltons Vorschlag an Carruthers war folgender: Konnte es nicht sein, daß dieser sogenannte Lebensdetektor auf Telepathie reagierte? Carruthers hielt es für möglich. War es dann nicht ratsam, Forschungen in dieser Richtung auch auf Terra zu betreiben? Ganz gewiß. Oder hielt er es für günstiger, ein Team zum Pluto zu schicken, wo alle Tieftemperaturbedingungen vorhanden waren? Beides selbstverständlich.

Hamilton erklärte, daß es anderthalb Jahre dauern würde, bis das nächste fahrplanmäßige Schiff Pluto erreichte. »Oh, darüber machen Sie sich keine Sorgen«, erwiderte Carruthers. »Wir schikken ein Sonderschiff. Der Ausschuß wird es befürworten.«

Hamilton legte auf, schaltete das Tonbandgerät ein und gab ein paar Minuten lang Anweisungen. Später wurde das Band an zwei seiner fähigen jungen Assistenten weitergeleitet. Hamilton wandte sich dem nächsten Punkt der Tagesordnung zu.

Beim Durchsuchen der alten Literatur war festgestellt worden, daß die Menschheit sich früher gründlicher mit Grenzfällen des menschlichen Geistes beschäftigt hatte als heutzutage. Spiritismus, Geistererscheinungen, Berichte von Toten, die den Lebenden im Traum erschienen – das alles gehörte in diese Sparte. Viele Menschen hatten diesen Dingen Aufmerksamkeit geschenkt. Das meiste davon schien psychopathisch zu sein. Aber nicht alles. Dieser Flammarion beispielsweise, ein Astronom (oder war er Astrologe?) – ein Mann, der selbst zu jener Zeit mit den grundsätzlichen Methoden der wissenschaftlichen Forschung vertraut war. Flammarion hatte eine Unmenge von Daten zusammengetragen. Wenn nur ein Prozent davon stimmte, dann gab es keinen Zweifel am Weiterleben des Ichs nach dem physischen Tod.

Es war für ihn jedesmal ein erhebendes Gefühl, seine Berichte zu lesen.

Hamilton wußte, daß diese Geschichten vergangener Tage keinen Beweis erster Ordnung darstellten, aber einige davon konnten nach einer Untersuchung durch Psycho-Semantiker als Beweise zweiter Ordnung gewertet werden. Auf jeden Fall gaben die Erfahrungen der Vergangenheit wertvolle Aufschlüsse für die moderne Forschung. Das Schwierige an der Sache war nur, daß man nicht wußte, wo man beginnen sollte.

Da waren beispielsweise zwei alte Bücher von einem Mann namens Doon oder Dunn – die Veränderung der Sprachsymbole hatte zu einer Verschleifung mancher Vokale geführt – der in mühevoller Arbeit fünfundzwanzig Jahre lang alle Träume seiner Verwandten erforscht und aufgezeichnet hatte. Aber nach seinem Tod hatte niemand das Werk vervollständigt, und es war in Vergessenheit geraten. Egal – Dunns Geduld sollte belohnt werden; mehr als zehntausend verläßliche Menschen zeichneten zusätzlich zu ihrer normalen Arbeit ihre Träume sofort nach dem Erwachen auf. Wenn Träume tatsächlich ein Fenster in die Zukunft öffnen sollten, dann war der erste Schritt dazu getan.

Hamilton versuchte selbst, seine Träume aufzuzeichnen, aber leider träumte er sehr selten. Nun, das machte nichts. Andere lieferten mehr Material, und er war ständig in Verbindung mit ihnen.

Die alten Bücher, die Hamilton gern durchgearbeitet hätte, waren meist schwer verständlich; nur in den seltensten Fällen existierten Übersetzungen. Es gab Philologen, welche die vergleichende Sprachwissenschaft beherrschten, aber selbst für sie stellte die Übersetzung eine schwierige Aufgabe dar. Zum Glück hatten sie einen Mann zur Verfügung, der Anglisch aus dem Jahre 1926 beherrschte – Smith John Darlington oder J. Darlington Smith, wie er sich mit Vorliebe nannte. Hamilton hatte sich mit ihm in Verbindung gesetzt, aber Smith biß nicht so recht an. Er war voll und ganz damit beschäftigt, seine Fußballindustrie aufzubauen – er hatte bereits drei Ligen mit je zehn Mannschaften, und eine vierte befand sich im Aufbau. Sein Geschäft blühte. Er war auf dem besten Wege, so reich zu werden, wie er sich wünschte, und er verschwendete nicht gern Zeit.

Aber er ließ sich überreden – schließlich hatte Hamilton ihm zu seiner Karriere verholfen.

Felix rief ihn als nächsten an. »Hallo, Jack.«

»Tag, Felix.«

»Hast du wieder etwas für mich?«

»Einen mannshohen Stapel an Bändern.«

»Sehr schön. Kannst du sie zu mir herüberschicken?«

»In Ordnung. Hör mal, Felix, ein Großteil dieser Bücher ist Mist.«

»Daran zweifle ich gar nicht. Aber überlege einmal, wieviel Erz verarbeitet werden muß, bis man ein einziges Gramm reines Radium gewinnt. So, ich mache jetzt Schluß.«

»Einen Augenblick noch, Felix. Ich geriet gestern in eine böse Klemme. Vielleicht könntest du mir einen Rat geben.«

»Gern. Erzähle.« Offenbar hatte Smith, der trotz seiner Geschäftserfolge die Friedensbinde trug und technisch gesehen ein

Naturkind war, unabsichtlich einen bewaffneten Bürger beleidigt, als er ihm auf einem öffentlichen Platz nicht automatisch den Weg freigegeben hatte. Der Bürger hatte Smith eine Belehrung über die Etikette erteilt. Smith hatte sich nie ganz an die Sitten der fremden Kultur angepaßt; und so hatte er sich zu einer ganz und gar unhöflichen Tat hinreißen lassen: er hatte dem Bürger einen Faustschlag auf die Nase versetzt. Selbstverständlich mußte er Bußgeld und Arztrechnungen bezahlen.

Der engste Freund des Bürgers hatte am nächsten Vormittag angerufen und Smith eine formelle Herausforderung überbracht. Smith mußte sie entweder annehmen und sich dem Duell stellen oder sich in aller Form entschuldigen. Tat er keines von beiden, wurde er von dem Bürger und seinen Freunden aus der Stadt gewiesen, während Polizeibeamte darauf achteten, daß niemand gegen die Sitten verstieß.

»Was soll ich tun?«

»Ich würde dir raten, dich zu entschuldigen.« Hamilton sah keinen anderen Weg; der Kampf selbst wäre Selbstmord gewesen, und er nahm mit Recht an, daß Smith noch eine Zeitlang am Leben bleiben wollte.

»Nein, das kann ich nicht – ich bin doch kein Nigger.«

»Ich verstehe nicht, was du damit meinst. Hat etwa deine Hautfarbe einen Einfluß auf den Kampf?«

»Ach, laß nur. Eine alte Redewendung. Aber ich kann mich nicht entschuldigen, Felix. Ich stand wirklich vor ihm. Ganz ehrlich.«

»Aber du hast die Friedens-Armbinde getragen.«

»Hör mal, Felix, ich möchte die Sache austragen. Kannst du die Antwort für mich überbringen?«

»Gern, wenn du es verlangst. Aber wahrscheinlich tötet er dich.«

»Oh, vielleicht ziehe ich schneller.«

»Nicht bei einem vereinbarten Duell. Die Pistolen sind präpariert. Sie gehen erst los, wenn der Schiedsrichter das vereinbarte Zeichen gibt.«

»Ich bin ziemlich wendig.«

»Nicht in unserer Kultur. Du weißt, weshalb du nicht mehr selbst Füßeball spielst.«

Smith wußte es. Er hatte selbst spielen und die Mannschaften ausbilden wollen. Ein paar Begegnungen mit den Männern, die er angestellt hatte, überzeugten ihn rasch, daß ein Sportler seiner Epoche schlechter Durchschnitt zu den jetzigen Athleten war, ganz besonders, was die Reflexe betraf.

»Du unternimmst gar nichts und bleibst in deiner Wohnung«, erklärte Felix. »Ich werde ein paar Telefongespräche führen und sehen, was sich tun läßt.«

Der Freund des Bürgers war höflich, aber eisern. Es täte ihm wirklich leid, Master Hamilton nicht helfen zu können, aber er habe seine Anordnung. Ob Master Hamilton nicht mit dem Bürger selbst sprechen könnte? Nun, das entsprach kaum den Formen, aber die Umstände waren tatsächlich etwas verwirrend — er wolle sich einmal erkundigen.

Hamilton erhielt die Erlaubnis, mit dem Bürger selbst zu sprechen; er rief ihn an. Nein, die Forderung konnte nicht zurückgenommen werden — und das Gespräch müßte streng geheim bleiben. Er war bereit, eine formelle Entschuldigung anzunehmen; schließlich bedeutete ihm der Tod des Fremden nichts.

Hamilton erklärte, daß Smith die Demütigung nicht ertragen würde — er konnte es nicht, wegen seines psychologischen Hintergrundes. Er war ein Barbar und besaß nicht die Fähigkeit, sich in die Lage eines Gentleman zu versetzen. Hamilton deutete an, daß Smith mit dem Mann aus der Vergangenheit identisch sei.

Der Bürger nickte. »Ich weiß das jetzt. Hätte ich es bei der Begegnung geahnt, so hätte ich seine Ungezogenheit ignoriert und ihn wie ein Kind behandelt. Aber ich wußte es nicht — und nun kann ich die Dinge kaum noch ungeschehen machen.«

Hamilton gab zu, daß ihm Satisfaktion zustand, aber er meinte auch, daß es ihn unpopulär machen würde, den Wilden zu töten. »Sie wissen, er steht im Blickpunkt der Öffentlichkeit. Die meisten werden die Herausforderung als Mord betrachten.«

Daran hatte der Bürger auch schon gedacht. Ein Dilemma, nicht wahr?

»Was halten Sie von einem Faustkampf? Sie können ihn dafür bestrafen, was er Ihnen angetan hat.«

»Aber, Sir!«

»Es war nur ein Gedanke«, beschwichtigte ihn Hamilton. »Sie wissen selbst wahrscheinlich eine bessere Lösung. Dürfte ich Sie noch um drei Tage Aufschub bitten?«

»Selbstverständlich — noch mehr, wenn Sie wollen. Ich hatte nicht die Absicht, ihn zu einem Duell zu zwingen. Ich wollte nur seine Manieren zurechtstutzen. Schließlich könnte sich so ein Vorfall wiederholen.«

Hamilton verabschiedete sich und rief Mordan an, wie immer, wenn er mit einem Problem nicht fertig wurde. »Was soll ich nur tun, Claude?«

»Hm, wenn er Lust hat, soll er ruhig Selbstmord begehen. Es ist sein Leben — und sozial gesehen, besitzt er wenig Wert.«

»Du vergißt, daß ich ihn als Übersetzer benutze. Außerdem mag ich ihn recht gern. Er ist einfach großartig tapfer in unserer fremden Welt.«

»Hmm — in diesem Fall werde ich versuchen, eine befriedigende Lösung zu finden.«

»Weißt du, Claude«, meinte Felix ernsthaft, »mir kommen allmählich Zweifel an unseren Sitten. Vielleicht werde ich alt, aber ich finde es kindisch, daß die Junggesellen durch die Stadt schlendern und überall Streit suchen. Ich dachte sogar daran, selbst eine Friedens-Armbinde anzunehmen.«

»Nein, Felix, das darfst du nicht!«

»Weshalb nicht? Ich kenne viele, die es tun.«

»Aber für dich ist es nichts. Die Armbinde kommt einem Eingeständnis der Schwäche und Unterlegenheit gleich.«

»Und? Ich bleibe dennoch der Alte. Mir ist es gleichgültig, was die anderen denken.«

»Täusche dich nicht, mein Junge. Es kann böse Folgen haben, wenn du denkst, du könntest außerhalb des Kulturschemas leben. Du gehörst zu deiner Gruppe, ob du es willst oder nicht, und du bist an ihre Gesetze gebunden.«

»Es handelt sich doch nur um Bräuche!«

»Man kann eher Erbeigenschaften verändern als Bräuche. Wenn du dich nicht um sie kümmerst, fesseln sie dich irgendwann, ohne daß du es merkst.«

»Ach was! Wie kann es je einen Fortschritt geben, wenn wir nicht mit alten Sitten brechen?«

»Du kannst sie nicht brechen – du kannst sie höchstens umgehen. Nimm sie in deine Berechnungen mit auf, prüfe genau nach, wie sie funktionieren, und unterwirf sie dir. Du hast es bisher auch mit einer Waffe verstanden, Kämpfen auszuweichen. Wenn du deine Pistole ablegst, wirst du die gleichen Schwierigkeiten erleben wie Smith. Ich kenne dich. Ein bewaffneter Mann wird selten zum Kampf gezwungen. Ich kann mich nicht erinnern, wann in den letzten Jahren ich meine Waffe gezogen hätte.«

»Wenn ich es genau bedenke, habe ich auch vor vier Jahren das letztemal gekämpft.«

»Eben. Aber gib dich jetzt nicht dem irrtümlichen Glauben hin, die Friedens-Armbinde sei ganz umsonst. Sitten und Bräuche haben immer einen Grund, manchmal einen guten, manchmal einen schlechten. Und die Armbinde gibt es aus gutem Grund.«

»Weshalb sagst du das? Erst dachte ich auch so, aber nun habe ich meine Zweifel.«

»Nun, erstens ist eine bewaffnete Gesellschaft eine höfliche Gesellschaft. Sobald man mit dem Leben für seine Manieren bürgt, benimmt man sich entsprechend. Für mich ist Höflichkeit das *sine qua non* der Zivilisation. Das ist allerdings nur eine persönliche Meinung. Aber der Kampf mit den Waffen hat noch einen starken biologischen Sinn. Heutzutage gibt es wenige Möglichkeiten, die Schwachen und Dummen auszusieben. Wenn man jedoch als bewaffneter Bürger am Leben bleiben will, muß man entweder mit dem Verstand oder mit den Händen schnell sein, am besten mit beidem.

Natürlich«, fuhr er fort, »hat unsere Kampflust etwas mit unserer Entwicklungsgeschichte zu tun.« Hamilton nickte; er wußte, daß Mordan sich auf den Zweiten Genetischen Krieg bezog. »Aber wir haben dieses Erbe absichtlich bewahrt. Die Planer sind froh über jede Waffe, die sie sehen.«

»Vielleicht«, erwiderte Felix langsam, »aber ich bin der Meinung, daß man zu wirksameren Methoden greifen müßte. Im Moment ist uns alles ein wenig aus den Händen geglitten. Es geschieht oft genug, daß Unschuldige ums Leben kommen.«

»Nicht die Klugen«, erwiderte Mordan. »Aber erwarte nicht, daß menschliche Institutionen wirksam sind. Sie waren es nie – und sie werden es auch in den nächsten tausend Jahren noch nicht sein.«

»Weshalb?«

»Weil der Einzelmensch nachlässig ist – und demzufolge die ganze Gemeinschaft. Sieh dir bei Gelegenheit einen Käfig voller Affen an. Hör dir ihr Geschwätz an und beobachte ihre Gesten. Du wirst danach die Menschen besser verstehen.«

Felix grinste. »Ich weiß, was du meinst. Aber was soll ich nun mit Smith anfangen?«

»Wenn er die Sache lebend übersteht, sollte er sich auch eine Waffe zulegen. Vielleicht kannst du ihm klarmachen, daß sein Leben zum großen Teil von seiner Ausdrucksweise abhängt. Übrigens kenne ich den Mann, der ihn herausgefordert hat. Schlage mich als Schiedsrichter vor.«

»Willst du sie kämpfen lassen?«

»Auf meine Weise. Ich glaube, ich kann sie zu einem Kampf ohne Waffen überreden.« Mordan hatte in seinem eidetischen Gedächtnis gekramt und etwas aus den Tiefen gezerrt, das Hamilton nicht so ganz gefiel. Smith entstammte einer dekadenten Epoche, in der Faustkämpfe in Mode waren. Zweifellos besaß er Geschick darin. Bei einem Duell durften die Gegner ihre eigenen Waffen nicht benutzen, da sie zu gut damit umgehen konnten. Wenn jemand ein guter Faustkämpfer war, durfte er demgemäß seine Fäuste nicht einsetzen. Mordan wollte das Schiedsrichteramt übernehmen, um selbst die Regeln festsetzen zu können.

Es ist unnötig, dem ziemlich farblosen und unwichtigen J. Darlington Smith zuviel Aufmerksamkeit zu schenken. Hamilton war gezwungen, sein Vermittleramt abzugeben, da Carruthers ihn zur Zeit des Duells dringend brauchte, und er sah die Begegnung deshalb nicht. Er erfuhr nach ein paar Wochen davon, und da lag Smith noch im Krankenhaus, um ein paar recht ungewöhnliche Wunden auszuheilen. Aber das linke Auge wurde nicht ganz blind, und die übrigen Verletzungen waren nach einiger Zeit kuriert.

Hamilton kehrte an seine Arbeit zurück. Es gab noch verschiedene Kleinigkeiten zu erledigen. Ein Forscherteam beschäftigte sich mit ihm ganz persönlich. Ihm war bereits in seiner Jugend aufgefallen, daß ein Gegenstand, besonders wenn er aus Metall war, eine merkwürdige Reizung in ihm auslöste, sobald er ihn in die Nähe der Nasenwurzel brachte. Er hatte das lange Zeit vergessen, bis er im Rahmen des Großen Forschungsprojektes wieder darauf stieß. Es handelte sich um eine Nervenanspannung, um ein unbehagliches Gefühl, das sich von anderen Empfindungen deutlich unterschied. Kannten andere Menschen dieses Phänomen ebenfalls? Wodurch wurde es ausgelöst? Bedeutete es etwas?

Er sprach mit Carruthers darüber, und der sagte nur: »Grübeln Sie nicht, sondern übergeben Sie die Aufgabe einem Forscherteam.«

Er hatte es getan. Die Männer wußten bereits, daß es dieses Gefühl häufig gab, daß aber nur wenige Menschen darüber sprachen. Es war so unauffällig und nur schwer zu definieren. Man hatte Leute gefunden, bei denen die Erscheinung stärker hervortrat als beim Durchschnitt – Hamilton war nicht mehr das einzige Versuchskaninchen.

Er rief den Leiter des Teams an. »Schon etwas Neues, Boß?«

»Ja und nein. Wir haben einen Mann ausfindig gemacht, der mit geschlossenen Augen verschiedene Metalle voneinander unterscheiden kann; Holz erkennt er auf Anhieb. Aber wir wissen immer noch keine Erklärung dafür.«

»Braucht ihr etwas?«

»Nein.«

»Gut. Ruft an, wenn ihr irgendwie nicht weiterkommt. Onkel Felix hilft immer.«

»In Ordnung.«

Niemand darf sich dem Irrtum hingeben, daß Hamilton Felix wichtig für das Forschungsprojekt war. Carruthers besaß noch eine ganze Reihe von Leuten, die ihn mit Ideen belieferten. Wahrscheinlich wäre das Projekt auch ohne ihn weitergelaufen; aber vielleicht hätte es einen anderen Weg genommen.

Doch es ist schwer, die relative Bedeutung von Einzelmenschen abzuschätzen. Wer war wichtiger – der Erste Tyrann von Madagaskar oder der namenlose Bauer, der das Attentat auf ihn verübt hatte?

Die Arbeit von Felix hatte ihren Einfluß. Aber das gleiche konnte man von den mehr als achttausend anderen Beschäftigten des Großen Forschungsprojektes sagen.

Jacobstein Ray rief an, bevor er zum nächsten Punkt der Tagesordnung gehen konnte. »Felix? Du kannst zu mir kommen und deinen hoffnungsvollen Sprößling wieder abholen.«

»Schön. Irgendein Resultat?«

»Zum Wahnsinnigwerden. Er gab nacheinander sieben richtige Antworten, dann war alles aus. Reine Zufallsergebnisse. Schließlich weigerte er sich überhaupt, auf meine Fragen einzugehen.«

»Oh, tatsächlich?« Felix dachte an ein langohriges Hasenmännchen.

»Ja, tatsächlich. Ich wußte nicht, was ich mit ihm anfangen sollte.«

»Nun, wir versuchen es vielleicht ein anderesmal. In der Zwischenzeit werde *ich* mich um ihn kümmern.«

»Ich würde dir gern helfen«, meinte Jake wehmütig.

Theobald tat weniger als nichts; er saß einfach auf seinem Stuhl. »Hallo, Baldy«, sagte Felix, »können wir heimfahren?«

»Ja.«

Felix wartete, bis sie im Luftauto saßen und die Automatik eingestellt war. »Ray erzählte mir, daß du ihm nicht sehr geholfen hast.«

Theobald drehte einen Faden um seinen Finger. Er konzentrierte sich darauf.

»Nun, was sagst du dazu? Hast du ihm geholfen oder nicht?«

»Er wollte ein paar dämliche Spiele mit mir machen«, stellte das Kind fest. »Völlig sinnlos.«

»Und da hast du dich geweigert?«

»Ja.«

»Hast du mir nicht versprochen, daß du helfen würdest?«

»*Gesagt* habe ich nichts.«

Felix überlegte. Der Junge hatte vermutlich recht – er jedenfalls konnte sich nicht an ein Versprechen erinnern.

»War da nicht die Rede von einem langohrigen Hasenmännchen?«

»Ja, doch du hast gesagt, das hätte ich auch so bekommen können«, erklärte Theobald.

16

Madame Espartero Carvala kam wieder zu Besuch, unerwartet und ohne jede Zeremonie. Sie rief einfach an und erklärte, daß sie vorbeisehen wolle. Sie hatte Phyllis beim ersten Besuch gesagt, daß sie das Baby begutachten würde. Aber mehr als vier Jahre waren vergangen, und sie hatte nichts von sich hören lassen; Phyllis dachte allmählich nicht mehr an sie. Schließlich hat ein Mitglied des Politischen Ausschusses auch allerhand zu tun!

Man sah ihr Bild immer wieder in den Nachrichten: Madame Espartero ohne Gegenstimme wiedergewählt. Madame Espartero bietet ihren Rücktritt an. Die große alte Dame im Politischen Ausschuß erleidet Schwächeanfall. In einer Sonderwahl wird Madame Esparteros Nachfolger ermittelt. Carvala kämpft um ihr Leben. Ehrung zum sechzigsten Dienstjubiläum – Planer gratulieren. Sie war zu einer Institution geworden.

Als Felix ihr zum erstenmal gegenüberstand, hatte er überlegt, daß sie älter als je ein anderer Mensch wirkte. Doch er hatte sich getäuscht. Diesmal war sie noch verhutzelter und gebrechlicher, und sie bewegte sich nur mühsam. Ihre Lippen waren von der Anstrengung zusammengepreßt.

Aber die Augen glänzten, und ihre Stimme war fest. Sie beherrschte ihre Umgebung.

Phyllis begrüßte sie. »Wir sind entzückt. Ich erwartete gar nicht mehr, daß Sie Ihr Versprechen wahrmachen würden.«

»Ich sagte doch, daß ich mir den Jungen ansehen wollte.«

»Ja, ich erinnere mich. Aber inzwischen sind Jahre vergangen.«

»Es hat keinen Sinn, sich mit Kindern zu beschäftigen, solange sie nicht selbst reden können. Wo ist er? Holen Sie ihn her.«

»Felix, könntest du ihn suchen?«

»Selbstverständlich, Liebling.« Felix überlegte, weshalb es diese uralte Frau fertigbrachte, ihn so nervös zu machen. Er mußte sich zusammennehmen. Schließlich war er ein erwachsener Mann.

Theobald wollte seine Kaninchen nicht allein lassen. »Ich habe zu tun.«

Felix überlegte schon, ob er hineingehen und sagen sollte, daß Theobald Madame Espartero höchstens im Kaninchenstall empfangen würde. Aber das konnte er Phyllis nicht antun. »Hör mal, Junge, da drinnen ist eine Dame, die dich sprechen möchte.«

Keine Antwort.

»Entscheide dich«, erklärte Felix freundlich.

»Entweder du gehst freiwillig mit, oder ich schleppe dich ins Haus. Mir macht es nichts aus.«

Theobald sah langsam an seinem Vater hoch und ging wortlos ins Haus.

»Madame Espartero, das ist Theobald.«

»Ja, das sehe ich. Komm her, Theobald.« Theobald stand stocksteif da.

»Hast du nicht gehört, Theobald?« Phyllis sprach sehr scharf, und der Junge gehorchte sofort. Felix wußte nicht, weshalb das Kind seiner Mutter sehr viel rascher folgte als ihm. Verdammt, er war gut und gerecht zu Theobald. Er hatte sich mehr als einmal beherrscht, obwohl seine Nerven zum Zerreißen gespannt waren.

Madame Carvala unterhielt sich leise mit ihm, so leise, daß weder Felix noch Phyllis etwas verstanden. Er schmollte und versuchte sich abzuwenden, aber die Alte sah ihm in die Augen und schien ihn festzubannen. Er antwortete ebenso leise. Sie sprachen ein paar Minuten miteinander, dann hob Carvala den Kopf und sagte etwas lauter: »Danke, Theobald. Du kannst jetzt gehen.«

Er floh aus dem Haus. Felix sah ihm sehnsüchtig nach, aber er blieb. Er holte sich einen Stuhl, schuf eine gewisse Entfernung zwischen sich und der Alten und nahm Platz.

Carvala holte eine Zigarre hervor, paffte, bis sie von blauem Rauch eingehüllt war und wandte dann ihre Aufmerksamkeit ausschließlich Phyllis zu. »Ein gesundes Kind«, erklärte sie. »Gesund. Es wird ihm gut gehen.«

»Es freut mich, daß Sie dieser Ansicht sind.«

»Ich bin nicht dieser *Ansicht*, ich *weiß* es.« Sie unterhielten sich noch eine Weile über den Jungen; es waren belanglose Dinge. Felix hatte das Gefühl, daß die Alte improvisierte, bis sie den eigentlichen Grund ihres Kommens anbringen konnte.

»Wann soll sein Schwesterchen kommen?«

»Ich bin seit Monaten bereit«, erwiderte Phyllis. »Die Genetiker wählen die Gameten aus.«

»Was gibt es da lange zu wählen? Soll sie anders als Theobald werden?«

»Nicht in der grundsätzlichen Anlage — bis auf einen Unterschied. Kleinere Abweichungen sind natürlich vorhanden, da man nicht alles genau abstimmen kann.«

»Und der eine große Unterschied?«

Phyllis erklärte ihr den Sachverhalt. Da das nächste Kind ein Mädchen werden sollte, enthielt sein Chromosomen-Schema zwei X-Chromosomen, eines von jedem Elternteil. Der Zeugungswille hängt selbstverständlich von den Geschlechtsgenen ab. Hamilton besaß eine starke Abneigung gegen die Vermehrung der Rasse, daran sei erinnert. Theobald hatte sein einziges X-Chromosom von der Mutter geerbt; Mordan rechnete zuversichtlich damit, daß er später einen normalen Zeugungswillen entwickeln würde.

Aber seine kleine Schwester würde sowohl vom Vater als von der Mutter ein X-Chromosom erben. Vielleicht stand sie Nachkommen einmal ziemlich kühl gegenüber. Wenn sie sich jedoch zu Kindern entschloß, konnte durch Genwahl das X-Chromosom ihrer Mutter an die nächste Generation weitergegeben werden. Damit war Hamiltons Nachteil für immer aus der Welt geschafft.

Carvala hörte sich die Erklärung genau an und nickte freundlich. »Keine Angst, mein Kind. Das wird überhaupt nichts ausmachen.« Sie erläuterte ihre sonderbare Antwort nicht näher.

Sie sprach noch eine Zeitlang von anderen Dingen, dann erhob sie sich plötzlich. »Das Mädchen kommt also bald?«

»Ja«, entgegnete Phyllis.

Carvala verabschiedete sich ebenso rasch, wie sie gekommen war. »Ich hoffe, wir sehen Sie bald wieder, Madame«, sagte Felix vorsichtig.

Sie blieb stehen, drehte sich um und sah ihn an. Sie nahm die Zigarre aus dem Mund und grinste. »Und ob ich wiederkomme! Darauf können Sie sich verlassen.«

Felix sah ihr stirnrunzelnd nach. Phyllis seufzte glücklich. »In ihrer Gegenwart fühle ich mich so wohl, Felix.«

»Ich nicht. Sie sieht wie eine Mumie aus.«

»Aber, Filthy!«

Felix ging hinaus und suchte seinen Sohn auf. »Hallo, Kollege!«

»Hallo.«

»Was wollte sie von dir?«

Theobald murmelte etwas vor sich hin. Felix verstand nur: »Blöde Alte!«

»Immer langsam, Junge! Was wollte sie?«

»Ich sollte ihr etwas versprechen.«

»Und hast du es getan?«

»Nein.«

»Was war es?«

Aber Theobald spielte wieder einmal taub.

Nach einem späten Essen in der Kühle des Gartens drehte Felix die Nachrichten an, eigentlich mehr aus Langeweile. Er hörte eine Zeitlang mit halbem Ohr zu. Doch mit einemmal richtete er sich steif auf. »Phyllis!«

»Was ist?«

»Komm schnell her!«

Sie rannte zu ihm, und er deutete auf den flimmernden Bildschirm.

»... Madame Espartero Carvala. Sie scheint sofort tot gewesen zu sein. Man nimmt an, daß sie am oberen Ende der Rolltreppe stolperte und stürzte. Die große alte Dame des Politischen Ausschusses wird unvergeßlich bleiben ...« Es folgte eine Aufzählung ihrer Taten, aber Phyllis schaltete aus. Felix sah, daß sie Tränen in den Augen hatte, und er unterdrückte die Bemerkung, die ihm auf der Zunge gelegen hatte.

Hamilton fand es nicht ratsam, Theobald wieder zu Jacobstein Ray zu bringen; er hatte das Gefühl, daß sich zwischen den beiden bereits eine Antipathie entwickelt hatte. Aber es gab noch andere Wissenschaftler, die sich mit Telepathie befaßten; ihnen stellte er Theobald vor. Er hatte aus dem ersten Fehlschlag eine Theorie entwickelt; die damals angewandten Methoden waren auf Kleinkinder zugeschnitten gewesen. Diesmal erklärte man Theobald, was man von ihm erwartete, und begann gleich mit Erwachsenen-Tests.

Er schaffte es spielend. Es hatte schon ähnliche Fälle gegeben, und der Gruppenleiter warnte Felix, nicht allzuviel zu erwarten, da telepathische Talente oft nachließen, wenn die Kinder älter wurden. Felix wußte das. Aber Theobald hatte, zumindest innerhalb gewisser Grenzen, bewiesen, daß er die Gedanken anderer Menschen lesen konnte.

So rief Felix wiederum Mordan an und erzählte ihm alles. Er fragte den Freund, ob er Theobald für eine Mutation halte.

»Eine Mutation? Dafür fehlen mir die Daten.«

»Weshalb?«

»›Mutation‹ ist ein Fachausdruck. Er bezeichnet eine *neue* Eigenschaft, die nach den Mendelschen Gesetzen weitervererbt werden kann. Ich weiß nicht, worum es sich in Theobalds Fall handelt. Erst wenn du mir genau sagst, *was* Telepathie ist, kann ich dir erklären, ob diese Eigenschaft erblich ist oder nicht. Und meiner Meinung dauert es noch mindestens dreißig Jahre, bis die Forschungen auf diesem Gebiet beendet sind.«

Nun, die Sache konnte warten. Wichtig war, daß Theobald wenigstens im Augenblick eine telepathische Begabung besaß. Der »Lebensdetektor«, an dem ein Team von Wissenschaftlern arbeitete, zeigte allmählich Fortschritte. Er war in einem Kältelabor außerhalb von Buenos Aires nachgebaut worden und zeigte die gleichen Reaktionen wie auf Pluto. Jetzt, da die Forscher wußten, worauf sie achten mußten, hatte man die Anlage stark verbessert. Leider wies sie immer noch Probleme auf.

Eines davon hatte man auf merkwürdige Weise gelöst. Die Maschine reagierte nur auf fühlende, denkende Wesen (Pflanzenleben oder Tierleben niedriger Form akzeptierte sie nicht). Im Labor nun befand sich eine Katze zweifelhafter Herkunft, die von den Forschern als eine Art Maskottchen betrachtet wurde. Nach Einschalten des Gerätes war der Techniker einen Schritt zurückgegangen und dabei der Mieze versehentlich auf den Schwanz getreten. Ihr paßte das gar nicht, und sie tat das auch kund.

Aber dem Techniker, der als Empfangsperson diente, hatte es noch weniger gepaßt. Er riß mit einem Schrei die Kopfhörer herunter. Und er behauptete, daß die Katze ihre Schmerzen ihm entgegengewimmert habe.

Eine gründliche Untersuchung ergab, daß die Maschine besonders empfindlich auf plötzliche, heftige Gefühlsäußerungen reagierte. Kühle Überlegungen hatten eine weitaus schwächere Wirkung. Und noch eines zeigte sich: das Gefühl mußte stark und echt sein. Wenn man beispielsweise jemandem mit dem Hammer auf den Daumen schlug, so geschah fast nichts, weil er den Schlag erwartete und die Reaktion durch »kühlere« Gedanken dämpfte.

Danach trat man noch auf viele Katzenschwänze; die armen Tiere opferten eine Zeitlang ihren Seelenfrieden der Wissenschaft.

Theobald entwickelte eine starke Abneigung seiner Mutter gegenüber, als seine Schwester unterwegs war. Phyllis zeigte sich ganz unglücklich, und so versuchte Felix den Grund von dem Jungen zu erfahren. »Hör mal, Freund«, sagte er, »ist Mama nicht immer gut zu dir gewesen?«

»Ja. Natürlich.«

»Was ist dann los? Weshalb magst du sie nicht mehr?«

»Ich mag sie doch — aber die andere kann ich nicht leiden.« Er deutete, und die Handbewegung war unmißverständlich. Felix fragte im Flüsterton seine Frau: »Was ist denn das, Phil? Hatten wir nicht vereinbart, ihm noch nichts davon zu sagen?«

»Ich habe keinen Ton verraten.«

»Ich auch nicht — das weiß ich genau. Glaubst du, daß Claude

– nein, Claude spricht nicht von solchen Dingen. Hmm, es gibt noch eine Möglichkeit. Er kann es selbst herausgefunden haben.« Er sah seinen Sohn mit gefurchter Stirn an; es war offenbar nicht immer günstig, einen Telepathen im Haus zu haben. Nun, vielleicht gab sich das.

»Wir werden mit offenen Karten spielen müssen. Theobald!«

»Was ist?«

»Magst du deine kleine Schwester nicht?«

Der Junge machte ein verstocktes Gesicht und nickte schließlich.

»Wahrscheinlich nichts als Eifersucht«, flüsterte er Phyllis zu. »Bis jetzt war er die Nummer Eins.« Er wandte sich wieder an den Jungen. »Sieh mal, Baldy, du glaubst doch nicht, daß sich Mamas und Papas Gefühle dir gegenüber verändern, wenn die kleine Schwester kommt?«

»Nein, wahrscheinlich nicht.«

»Eine kleine Schwester wird auch dir Spaß machen. Du bist der Größere und weißt sehr viel mehr als sie, und du kannst ihr alles zeigen. Du wirst ihr helfen.«

Keine Antwort.

»Möchtest du keine Schwester?«

»Nicht *die* da.«

»Weshalb nicht?«

Er wandte sich völlig ab. Sie hörten ihn murmeln: »Blöde Alte!« Dann fügte er deutlich hinzu: »Und ihre Zigarren *stinken*!«

Die Unterredung wurde verschoben. Phyllis und Felix warteten, bis der Junge schlief. »Ganz offensichtlich identifiziert er Justina mit der alten Carvala«, sagte Felix.

Sie nickte. »Ich bin erleichtert, daß er nicht *mich* haßt. Dennoch, es ist eine ernste Sache. Ich finde, wir sollten einen Psychiater fragen.«

Felix stimmte ihr zu. »Zuerst spreche ich allerdings mit Claude darüber.«

Claude nahm die Sache ruhig hin. »Es ist doch ganz natürlich, daß Blutsverwandte sich nicht mögen. Das ist eine der Grunderkenntnisse in der Psychologie. Wenn ihr ihn nicht dazu bringen könnt, die Kleine zu akzeptieren, müßt ihr die beiden eben getrennt aufwachsen lassen. Umständlich, aber mehr nicht.«

»Und was sagst du zu seiner fixen Idee?«

»Ich bin kein Psychiater. Allerdings würde ich mir keine großen Sorgen deswegen machen. Kinder bilden sich oft die merkwürdigsten Dinge ein. Wenn man nicht darauf achtet, vergessen sie es meist wieder.«

Der Psychiater war der gleichen Meinung. Aber es gelang ihm nicht, Theobalds Überzeugung zu erschüttern. Der Junge ließ sich nicht auf Diskussionen ein.

Abgesehen von Theobalds phantastischer Wahnvorstellung

war die Erkenntnis äußerst wichtig, daß ein Telepath Personen wahrnehmen konnte, die er noch nie im Leben gesehen hatte und von deren Existenz er nichts wußte. Wieder hatte man einen großen Baustein gefunden. Hamilton meldete die Angelegenheit Carruthers.

Carruthers zeigte lebhaftes Interesse. Er stellte Fragen, legte einen Akt an und studierte ihn eingehend. Am nächsten Tag rief er Felix zu sich, um ihm seinen Plan zu erläutern. »Bitte«, sagte er, »ich dränge Sie nicht. Schließlich handelt es sich um Ihre Frau und Ihr Baby. Aber es wäre eine einmalige Gelegenheit, die Forschung um einen Schritt voranzutreiben.«

Felix dachte darüber nach. »Ich sage Ihnen morgen Bescheid.«

Als sie an diesem Abend allein waren, wandte er sich an Phyllis: »Was hältst du davon, wenn wir nach Buenos Aires gehen und du Justina dort zur Welt bringst?«

»Buenos Aires? Warum ausgerechnet dort?«

»Weil sich dort die einzige Telepathmaschine der Welt befindet. Und man kann sie nicht aus dem Tieftemperatur-Labor entfernen.«

17

»Da ist es wieder.« Der Techniker, der als Empfangsperson arbeitete, stellte es düster fest. Das Gerät benahm sich immer noch launenhaft; während der vergangenen paar Tage hatte es insgesamt zwanzig Minuten perfekt gearbeitet. Während der übrigen Zeit ließ es sich einfach nichts entlocken. Offenbar hatte es etwas von der Widerspenstigkeit des kleinen Wesens angenommen, dessen Lebensenergie es anzapfte.

»Was empfangen Sie?«

»Erinnert an einen Traum. Wasser, eine große Wasserfläche. Dahinter ein Uferstreifen mit Berggipfeln.« Ein Bandgerät neben ihm nahm jedes seiner Worte auf.

»Und Sie sind sicher, daß die Ausstrahlungen von dem Baby kommen?«

»Ganz sicher. Moment! Da kommt wieder etwas. Eine Stadt, eine große Stadt, größer als Buenos Aires.«

»Theobald«, sagte Claude leise, »kannst du sie noch hören?« Man hatte Mordan mitgebracht, weil selbst Felix zugeben mußte, daß er am besten mit dem Jungen umgehen konnte. Das Kind konnte von seinem Platz aus die Worte des Technikers nicht hören. Claude besaß eine Kopfhörerverbindung. Phyllis befand sich selbstverständlich in einem gesonderten Raum. Sie war ganz mit sich und dem Baby beschäftigt, das nun bald auf die Welt kommen sollte. Das hatte weder auf Theobald noch auf die Maschine einen Einfluß. Felix lief hin und her und stand allen im Wege herum, aber man behandelte ihn mit Nachsicht.

Der Junge lehnte sich an Mordan. »Sie ist nicht mehr über dem Meer«, sagte er. »Sie ist in die Hauptstadt gegangen.«

»Bist du sicher, daß es sich um die Hauptstadt handelt?«

»Klar.« Seine Stimme klang verächtlich. »Schließlich war ich schon dort, oder? Da ist auch der komische Turm.«

Jenseits der Trennwand fragte jemand: »Eine moderne Stadt?«

»Ja. Könnte die Hauptstadt sein. Der Tower für den automatischen Flugverkehr kommt mir bekannt vor.«

»Sonst noch Einzelheiten?«

»Stellt nicht so viele Fragen — das unterbricht den Traum. Wir sind in einem Raum — viele Leute, alles Erwachsene. Sie unterhalten sich.«

»Was ist jetzt, Junge?« fragte Mordan.

»Ah, sie ist wieder auf dieser Party.«

Zwei Beobachter, die sich ein wenig abseits befanden, flüsterten miteinander. »Mir gefällt die Sache nicht«, meinte der eine. »Es ist gruselig.«

»Aber es geschieht.«

»Verstehst du denn nicht, was das bedeutet, Malcolm? Woher empfängt ein ungeborenes Kind solche Eindrücke?«

»Telepathisch von der Mutter vielleicht. Daß der Bruder Telepath ist, steht fest.«

»Nein, nein! Es sei denn, all unsere Theorien über die Denktätigkeit des Gehirns sind falsch. Begriffe sind auf Erfahrungen beschränkt oder auf erfahrungsähnliche Dinge. Ein ungeborenes Kind kennt nichts außer Wärme und Dunkelheit. Es kann keine solchen Begriffe haben.«

»Hmm.«

»Ist das deine ganze Antwort?«

»Ja. Ich weiß einfach keine Lösung.«

Jemand sagte zu dem Techniker: »Können Sie jemanden von den Anwesenden erkennen?«

Er hob den Kopfhörer. »Hört auf, dazwischen zu sprechen! Eure eigenen Gedanken löschen das Bild aus. Nein, ich kann niemanden erkennen. Es sind Traumbilder — ich kann nur dann etwas fühlen, wenn sie selbst über den Traum nachdenkt.«

Ein wenig später: »Etwas bereitet sich vor — der Traum ist zu Ende. Unbehaglichkeit — sehr unangenehm ... sie sträubt sich dagegen — sie ... sie ... ach, du liebe Güte, es ist entsetzlich. Es schmerzt. *Ich kann es nicht mehr ertragen!«* Er riß den Kopfhörer herunter und erhob sich, kreidebleich und zitternd. Im gleichen Augenblick schrie Theobald auf.

Minuten später öffnete eine Krankenschwester die Tür zu Phyllis' Zimmer und winkte Hamilton zu sich.

»Sie können jetzt hereinkommen«, sagte sie freundlich.

Felix sprang hoch und sagte zu Theobald: »Du bleibst bei Onkel Claude, Liebling.« Dann ging er zu seiner Frau.

Es war schön, wieder ans Meer zu fliegen. Er freute sich, daß Phyllis bereits so unternehmungslustig war. Wie herrlich, im Sand zu liegen und es sich bequem zu machen!

Die Dinge hatten sich nicht so entwickelt, wie er es geplant hatte, aber das taten sie selten. Vor ein paar Jahren war er noch völlig ahnungslos gewesen ... Phyllis und Baldy und nun Justina. Einmal hatte er Claude nach dem Warum des Lebens gefragt — nun war es ihm gleichgültig. Das Leben war schön, was es auch darstellen mochte. Und die wichtigste Frage war ihm beantwortet worden. Sollten die Psychologen streiten, wenn sie Lust dazu hatten — es gab eine Art Leben nach dem Diesseits!

Denn das Hauptproblem: »*Bekommen wir noch eine Chance?*« war gelöst worden, indirekt. Ein neugeborenes Kind war mehr als ein Gen-Schema. Justina hatte ihm das verraten, ob sie es nun wußte oder nicht. Sie hatte Erinnerungen mitgebracht; sie hatte schon einmal gelebt. Davon war er überzeugt. Es stand fest, daß das Ego nach dem Tode irgendwohin ging. Welchen Weg es einschlug, darüber wollte er sich später seine Sorgen machen.

Sehr wahrscheinlich wußte Justina nicht, was sie bewiesen hatte (und natürlich konnte man sie nicht fragen). Ihr telepathisches Schema nach der Geburt war bedeutungslos, wirr gewesen, wie man es von einem Baby erwarten mußte. Gedächtnisschwund durch Schock — so nannten es die Psychologen. Die Geburt war eine Art Gewalterwachen. Man bekam eiskaltes Wasser ins Gesicht geschüttet. Das mußte zu einem Schock führen.

Ein Glück, daß Theobald nicht mehr daran dachte, Justina mit der alten Carvala in Verbindung zu bringen. Gewiß, er konnte nicht viel mit dem Baby anfangen, aber das wäre auch zuviel verlangt gewesen. Die Kleine gab ihm Rätsel auf. Da — eben beugte er sich über ihr Körbchen. Das sah doch so aus, als ob ...

»Theobald!«

Der Junge richtete sich sofort auf.

»Was hast du da gemacht?«

»Nichts.« Vielleicht — aber es hatte so ausgesehen, als habe er sie gezwickt. — »Es ist besser, wenn du am Strand unten spielst. Das Baby muß schlafen.«

Der Junge warf noch einen raschen Blick auf das Baby und wandte sich ab. Er schlenderte langsam zum Wasser.

Felix warf einen Blick zu Phyllis hinüber. Ja, sie schlief immer noch. Es war eine gute Welt, sagte er sich vor, eine Welt voll von schönen Dingen. Dazu gehörten auch die Kinder. Er sah Theobald nach. Der Schlingel entwickelte sich prächtig. Und je älter er wurde, desto besser verstanden sie sich ...

ENDE